茅盾文学奖
获奖作家短经典

Short Classic

徐怀中

或许你看到过日出

徐怀中 —— 著

人民文学出版社

图书在版编目(CIP)数据

或许你看到过日出/徐怀中著.—北京：人民文学出版社,2020
(茅盾文学奖获奖作家短经典)
ISBN 978-7-02-016066-2

Ⅰ.①或… Ⅱ.①徐… Ⅲ.①中篇小说—小说集—中国—当代②短篇小说—小说集—中国—当代③散文集—中国—当代 Ⅳ.①I217.2

中国版本图书馆CIP数据核字(2020)第019493号

选题策划	付如初
责任编辑	付如初
装帧设计	刘　远
责任印制	任　祎
出版发行	人民文学出版社
社　　址	北京市朝内大街166号
邮政编码	100705
网　　址	http://www.rw-cn.com
印　　刷	三河市宏盛印务有限公司
经　　销	全国新华书店等
字　　数	200千字
开　　本	787毫米×1092毫米　1/32
印　　张	10.125　插页3
版　　次	2020年7月北京第1版
印　　次	2020年7月第1次印刷
书　　号	978-7-02-016066-2
定　　价	38.00元

如有印装质量问题，请与本社图书销售中心调换。电话：010-65233595

出 版 说 明

茅盾文学奖自1981年设立迄今,已近四十年。这一中国当代文学的最高奖项一直备受关注,获奖作品所涉作家近五十位,影响甚巨。其中获奖作品人民文学出版社所占的比例接近百分之四十,几乎所有的获奖作家都与人民文学出版社有过合作。这些作家大多在文坛耕耘多年,除了长篇小说之外,在中篇小说、短篇小说和散文等"短"体裁领域的创作也是成就斐然。

2013年,我们以全面反映茅盾文学奖获奖作家的综合创作实力为宗旨,以艺术的眼光,遴选部分获奖作家的中篇小说、短篇小说和散文的经典作品,编成集子,荟萃成了"茅盾文学奖获奖作家短经典"丛书,得到了专家和读者的一致好评。

此次再版,我们在原丛书的基础上,增添了第九届和第十届茅盾文学奖获奖作家的"短经典",一些作家的作品篇目也有所增删,旨在不断丰富丛书内容,让读者更加全面细致地了解这些作家的创作。相信该系列图书能够与我社的

"茅盾文学奖获奖作品全集"系列一起,为您完整呈现一代又一代茅盾文学奖获奖作家的创作实绩、艺术品位和思想内涵。

人民文学出版社编辑部

2020年1月

目　录

001　西线轶事

053　一位没有成功的老军人

120　十五棵向日葵

132　雪松

144　卖酒女

154　阿哥老田

163　四月花泛

185　那泪汪汪的一对杏核儿眼

213　没有翅膀的天使

236　来也匆匆　去也匆匆

248　或许你看到过日出

258　万里长城万里长

276　我观测一颗流星

285　回返未来

296　陈斐老素描

313 寻访陌生的故地

319 第十届茅盾文学奖答谢词

西线轶事

一

有线电连多了六名女电话兵,显得格外有生气,无形中强化了连队的生活基调。

一讲要缩减部队编制,往往首先想到就是女同志们。如果人们到九四一部队去,了解一下有线通信连女子总机班的情况,就会感觉到,把穿裙服的看作是天然的"缩编"对象,这种看法至少是过于狭隘了。

九四一部队女子总机班一共是六名战士,人们称"六姐妹"。作为连队里一个正正规规的编制班,她们完全适应了从早到晚整齐划一的紧张生活。适应了随时随地面对各种严格的要求,适应了多少条成文不成文的纪律规定。当然,要把家庭带来的各种各样的习惯统一到领章帽徽下面来,要把平均年龄二十岁的一群女孩子的心收拢来,是要有一个过程的。

女兵班刚刚编起来那段时间,没有让连里干部少伤脑筋。比如说,其中有几个总是嘴不闲着,坐在床上吃葵花子,从窗户里吐皮儿出去。男兵送了她们一个外号,叫"五香嘴儿"。给人起外号是一种不良倾向,连里批评了他们。不过自从叫出了这个外号,女兵班窗户里再没有葵花子皮飞出来了。又比如另一位女战士,在幼儿园就是个爱哭出了名的。老师说她眼窝太浅,存不住泪水。现在穿上了正二号女军服,还是照常爱哭。芝麻大的一点事儿,绝对用不着哭的,她可以大哭一场。一次,正要出发去野外训练,她忽然抹起眼泪来了。为了什么事情?天晓得。连长见她没完没了地哭,在她面前放了一个小板凳说:"你坐下慢慢哭,哭够了我们再去训练。"她倒不哭了,仰起头,站到队列里去了。

照部队规定,当战士的是不准谈"个人问题"的。这一条历来很明确,没有任何含糊的余地。干部常在队前讲话说:

"有空余时间,你宁肯去看看蚂蚁搬家,也别往那一方面去动心思。动也白动。"

令行禁止,应该说是没有问题的。不过,服兵役的军龄,正是怀着大胆的幻想,而又战战兢兢开始去探索"个人问题"的年龄。如同鸡雏儿要冲破蛋壳,天数足了,怎么能阻止得了呢?总机班就曾经有人要试试,能不能在严守秘密的前提下,比别人先走一步。指导员在全连同志面前严厉批评了这件事。他只讲是"个别同志",没有点出名字来。

这个"个别同志"在知青点的时候,和一位男同学一起担任看守甘蔗田的任务。他们搭了一个很高很高的草棚,坐在上边向四外瞭望。甘蔗林仿佛是一片波涛汹涌的海水,那草棚正如一只随波逐流的小船。那些日子里,给她留下了多少值得回味的记忆呵!片片断断的,像是一节节甜甜蜜蜜的甘蔗。她应征入伍了,约定了要常写信。谁知对方来信太勤,她觉得不大好,让他不要总用一种信封。落款地址也要变换着,让人看见不是一个人写来的。

这一下弄巧成拙,信封和寄信落款地址虽然变幻不定,可是信上的邮戳始终没有变。指导员找她谈话了,说个人之间通信是宪法保护的,别人无权过问。问题是信件内容有没有超出一般范围,这就全靠自觉了。组织上没有把相关规定讲清楚,那是组织的责任。三令五申讲了,偏偏还要违反,这是什么性质的问题?此后,那种神秘的书信就完全断绝了。这件事情,给了女兵班全体战士一个明确的警告。她们私下里议论说:

"算了,趁早别去找那个麻烦。要么等脱了军装再讲,要么穿上了皮鞋再考虑。"

脱了军装再讲,显然是说等到复员以后。穿上了皮鞋再考虑,这个话恐怕外界的人就不明白了。部队规定,战士只准穿胶鞋、布鞋、塑料凉鞋,提升了干部才准穿皮鞋。这就是说,在没有取得穿皮鞋的自由之前,"个人问题"只能是明智地放到一边去了。

九四一部队医院和业余文艺宣传队,也都有一部分女兵。因为工作上无法分开,男女同志之间接触很平常。连队里就不是这样了。工作、训练、学习、课外活动,女兵班总是自成格局,几乎和其他班排没有什么联系。尽管如此,男兵随时都意识到了六名女电话兵的存在。最明显的是他们很注重衣着整洁,再热的天,不打赤膊。还有些细微的情形,表面上不大容易察觉。编到这个连里来的兵,活泼的更见活泼,庄重的越发要显示自己的庄重,扬长避短,以突出自己个性。

有线电连和无线电连赛篮球,实力比对方差着一大截。可是运动员们一个比一个要强,总是全场人盯人,一拼到底,输也输不了几分。他们倒不是一定要压倒无线电连,明知是拼不赢人家的。主要是女兵们围在球场四周观战,谁也不甘心给人留下一个"窝囊废"的印象。总之可以这样说,有线电连多了六名女电话兵,显得格外有生气,无形中强化了连队的生活基调。

无论从哪一方面看,女兵班在全连都算是靠前的。理论考核不用讲,电工学、电话学,难不住这六名高中生。内务卫生是女同志的长项,更不必讲的。劳动种菜也都不比男兵差劲,在知青点打下了底子,两大桶粪,挑起来颤颤悠悠地在田埂上走。说到训练,五百米的放收线,不敢说速度上能和男兵打平手,可是论收线的均匀、紧密、垂直和平整,女兵班要更符合教范的要求。军区召开有线电全程协作经验交流大会,邀请女子总机班做过表演的。

不过,假如你和有线连的男兵谈论起女兵班来,他们往往是笑一笑,颇有点不便评论的样子。说自己心服口服,他们不乐意,说不服气吧,多不合适,只好笑笑。还是有个别嘴快的,忍不住说:

"女同志嘛!电话上声音绵绵的,口齿又清楚,谁不欢迎。等打起仗来再看吧!"

二

我们为什么要送自己孩子去部队,就为的让她们穿起军服,神气活现地去照相,四吋六吋去放大吗?

一九七九年二月十七日凌晨,"对越自卫反击作战"打响了,九四一部队奉命完成了一线战备,随时可以开赴前线。

中国政府公开向世界宣布,这次反击从时间到作战地域都是有限的,中国无意占领越南一寸土地。一次惩罚性有限战争,不过是古往今来战争史长河中的一支细流。但毕竟是一次震动世界的、具有一定程度的现代化战争。在中越人民友好往来的历史乐谱上,这只是一个小小的插曲。不过,两国军队在面对面的严峻时刻,照例是大吼"缴枪不杀"!

女子总机班听到了"透露社"的消息,说上级已经决定不让她们上前线去。大家急了,吵吵嚷嚷要去问连长,凭什么不让上去。班长严莉不主张去问。她说,到目前为止,并没有谁正式宣布,说不让去,是小道透露出来的。连里要问,你们怎么知道不让你们去的呢?倒不好回答。不管他的,反正我们班向党支部送了决心书,先抓紧轻装准备。万一真是那么决定的,到时候再去闹也不迟。

其他班排都去理发,一律推了光头。为的是头部受伤便于救治。女兵班有的人主张照男兵办理,也推光头,有人觉得那样未免太"洋相"。她们多数留的是两个小鬏鬏,用猴皮筋扎着,一晃脑袋,像两把刷子在肩膀上摩挲着。她们上街,每人花了两角钱,都剪成了"运动头"。以后早上起来,揸开五指梳拢几下就完事,连猴皮筋也用不着了。

连排长们到各班检查轻装情况。女兵班轻装很彻底,干部都表示满意。连长是结了婚的人,知道的多些。他清了清

嗓子,郑重其事地向女兵班指出:

"该轻的轻,该带的还是要带。像纸呀什么的,可以多带一点,要用的时候没有,到哪找去!小镜子那些,能不带就不带了。"

干部们一走,六姐妹高兴得一个个拍着手跳。既然这么认真地检查了她们的轻装情况,说明不让女兵班上前方的话,纯粹是谣言。

很快就要上火线了,总机班的女战士在想些什么呢?她们先是在自己心里搁着,交谈起来才知道,原来大家想的全部都一样。用一个字说,死!至于各人将会在什么情况下完成一死,谁都没有作过具体的设想。只有一点是十分明确的,谁都不想还可以活着回来。

人们也许觉得这是不是太丧气了。在部队里,谁也不会笑话谁的。大家都没有打过仗,没有打过仗的人,往往首先肯定的就是自己要牺牲。虽然如此,她们在谈论这个问题的时候,神情都那么自然,语调是那么平静,随随便便,连说带笑的。

班里有几个人,家在本省,她们要求挂个电话,对妈妈讲一声。虽说已经是一名军人了,有话还是找妈妈,而不是找爸爸讲。她们很自觉,电话不长,大致是这样的:

"喂!妈!我们要外出执行任务了。"

"噢!我已经想到了,看报上的动向,知道部队可能要上去。你们哪天出发呢?"

"不知道,在等命令。"

"好!到前边要服从命令听指挥,一定要保证电话畅通。

不要像在家里,胆小害怕可要不得,那么多首长和同志,又不是你一个人。你能立功更好,怕不是每个人都有那种机会。至少你可不能让我和你爸爸脸上挂不住。你记住没有?"

"记住了。"

"到时候你得机灵点,听着炮弹的响声。人家说,从头上飞过去的炮弹,和冲着你落下来的,响声不一样……"

"妈!你别啰唆,不能老占着线。"

"你等等,还有……"

妈妈的声音开始发颤,耳机里传来极力克制的抽泣声。随后,一点声音也听不到了,显然是妈妈把送话器捂起来了。

"喂!喂!妈妈!你还有什么话说没有,没有就挂了吧!"

和妈妈通过了话,几个人一交换情况,禁不住笑了。这几位妈妈岗位不同,互不相识,却像是用了一份统一的讲话稿。几位妈妈无一例外,都在电话上哭出了声。要不怎么是妈妈呢?

只有陶坷没有给妈妈挂"长途"。小陶的妈妈劳动改造八年,把身体彻底改造垮了,放出来直接就进了医院。最近刚刚出院,还在全休,说定了这一两天到部队来看望女儿。所以小陶用不着打电话了。

第二天,小陶的母亲果然来了,她带来了一大包麻辣胡豆,这是女儿最喜欢吃的。来队亲属带的吃食,向来都是当众公开的,谁赶上有谁的份儿。总机班的姑娘们一起围上去,抓一把麻辣胡豆吃着,和母亲说呀笑的。小陶不作声,在一边待着。指导员对母亲说:

"你看,好像这一大群都是你的亲生女儿,只有小陶是一个外人。"

小陶就是这样,喜爱沉默。她高兴起来,什么都忘了。一张粉团团的脸儿,稚气地笑,并不言语。她常常一个人静静地待在一边,细长的眼睛眯缝着,久久地遥望天边。她在追寻着什么?她在探求着什么?她在迎接着什么?这时候那张粉团团的脸就变得十分严正,十分深沉,似乎还流露出几分怒气。开始,同班战友们不了解她的习性,嘀嘀咕咕议论说:"就像是谁借了她米,还给她的是糠。"

谈起"九四一"行动,小陶妈妈问连长:

"现在领导上怎么说,是不是已经定了总机班全体到前边去?"

连长说:"问题不大。"

女电话兵一起嚷起来:"什么叫问题不大,定就是定了,没定就是没定。"

"反正我们心里有数,让去也要去,不让去也要去。"

母亲笑了,说:"你们先别吹,要不是我这个军属大妈替你们说话,准不准你们上去,还真是难说哩。"

前天,九四一部队的几位领导到省城去参加作战会议,抽空去看望了陶坷的妈妈曾方同志。谈到对女子总机班,通信部门有几种方案。第一种是让她们全体上去锻炼锻炼。第二种是全不上去。第三种是挑选几个身体好的去,其余有几个干部子女,体质较差,就留守了。

曾方问:"照第三种方案,留守的人里是不是包括陶坷在内?"

回答是肯定的。又向她解释说,这并不是专门照顾干部子女。反正后方需要有人留守总机,连里的猪也得有人看,谁体力差就留下谁,理所当然,只能这样考虑。

曾方说:"现在的事情就是这样,不准请客,照样请,说不是请客,是加菜。不准走后门,照样走,说不是开后门儿,该有什么手续办下来了,该有什么图章盖上去了。不让陶坷她们到前边去,还怕找不出几条现成的理由!"

这么一说,大家都笑起来。

曾方又说:"我看第一种考虑是正确的,后两种方案恐怕欠妥当。当然,部队的事用不着征求我的意见。不过我也有一点发言权的,至少我的那一个不能留下来。我们为什么要送自己孩子去部队,就为的让她们穿起军服,神气活现地去照相,四时六时去放大吗?现在要打仗了,把这一个战士拉下来,让另一个战士顶上去,想都不应该这样想的。哪一个不是人生父母养的!真的这样,等欢迎部队凯旋的时候,我心里会是什么滋味?你们得站在我的地位,替我想一想啊!"

这位老同志态度是那么诚恳,她的意见无疑是对的。九四一部队的几个领导说,好!就这么定下来:干部子女原来在什么位置上,作战期间还必须在什么位置上,不得以任何理由向任何后方单位调动。

三

等过了若干年,向后辈儿孙们讲起这些事情来,你会感到很难使他们完全理解。

小陶妈妈不愿意住招待所,在连里住下了。严莉告诉小陶,晚班不用上机,陪妈妈睡,和妈妈说说话。等屋里只剩了母女二人,曾方才有时间上下打量着小陶。拉住了女儿的手,问长问短。小陶一边搭话,不好意思地抽回了手,女儿大了。

妈妈说:"我原想是来看看你,现在是送你上前方了。"

"我本来想打个电话,让你别来了。还是想见见妈妈,就没有打。"

"要是姥姥能和我一起来送你,你就该高兴了。她上了年纪,怕路上不方便。我没有让她来。"妈妈似乎是带了一些妒意说,"陶啊!你承认不承认,你喜欢我,不及喜欢姥姥的三分之一。"

"妈!瞧你,又来这一套了。"

在妈妈和妈妈的妈妈之间,很难说小陶跟谁更亲近。她在外祖母身边比在母亲身边的时间还要长些,无形中对外祖母更熟些,这是事实。

我们现在讲,对某些事情不必说长道短,留给后代去作出评价好了。这是可以的。不过,等过了若干年,向后辈儿孙们讲起这些事情来,你会感到很难使他们完全理解。不知要以几位数字计算的那么多干部,阴阳头一剃,成了"牛鬼蛇神"。有的人出身不好,容易让人抓住什么。曾方是毕业于太行山抗日中学的一个农家女,历史清白无瑕。她既没有在高呼口号的时候精神不集中,喊错了什么话,又没有在旧报纸上随意写画,不提防墨水渗过去,弄脏了背面的领袖像。可是,查出了她丈夫一九五九年在病故前不久曾经攻击过

"小土群",和彭德怀的言论很相似。丈夫死了,便宜了他,妻子不能再白白放过,于是曾方进了"牛棚"。随后被转送监狱劳改,一改就是八年——整整是抗日战争所耗用的时间。以后放出来又挂了三年——够进行一次解放战争的。曾方有思想准备,进"牛棚"前写了信给母亲,请老人来把七岁的孙女儿接到农村去。

小陶初次见到姥姥有些害怕。城里的孩子,没有接触过农村装束的老年妇女,她看着姥姥很像小人书上的"狼婆婆"。现在妈妈顾不得她了,不跟"狼婆婆"走,到哪里去呢?

公社起先不知道情况,以后外调回来,立即宣布撤销了这位老人"贫农协会"的委员资格,让她交代和女儿女婿的关系。外孙女儿原来是有临时口粮的,也宣布取消。姥姥倒也没有当一回事,就是不取消,反正也别想能拿回一粒粮食来。公社通知说,因为两年大旱无收,返销粮指望不上,社员们只能各想各的办法了。谁要外出去讨生活,公社可以给出证明。连年旱灾苦了群众,却也让各级领导很容易下台阶了,顺手把造成大面积饥荒的罪过完全推给了老天爷。他们则仍然可以心安理得,也仍然悟不出一个极为简单的道理——革命高调不能当饭吃。

一天,姥姥用白布口袋装了一个饭盒,一双筷子,拿给陶珂,打发她和村里几个半大孩子一同出门去讨要。小外孙女儿愣住了,迷惑不解地望着老人,她问:

"姥姥!我们现在不是在新社会吗?"

一个似懂事不懂事的孩子,还没有学会掩饰自己的内心活动,她天真地向外祖母提出了一个尖锐问题。换了别人,也许根本不回答孩子这样的问题,只是喝叫她不要胡说八道! 姥姥觉得应该对外孙女把话讲清楚,尽管这话很难讲清楚的。老人顺理着外孙女的头发说:

"孩子! 姥姥怎么跟你讲呢? 要说我们不是新社会,不对! 要说新社会就应该是如今这样子的,也不对。新也罢旧也罢,肚子饿得咕噜咕噜那种滋味是一样的。这就得要你挺着些了,姥姥就是这么挺过来的。倒也好,这才让你知道什么叫做没饭吃。那年你烧破了衣服,你妈骂你说:'再这么胡闹,没有你的饭吃。'你说:'没饭吃我吃包子。'孩子! 不过你也不用总那么愁眉苦脸的,该高兴还是高兴,该唱歌还是唱歌。你权当这是闹着玩的,不是当真的。你去吧,姥姥等着你回来。你们沿着铁路走,听见火车响,早点靠边等等。"

陶坷和一群小伙伴们上路了,结成了一支长长的队伍。树枝上的小鸟叽叽喳喳欢乐地叫着,它们看见和它们很熟识的这群孩子,沿着铁路只管往前去,越走越远了。

孩子们来到一个疗养地,看见一所庭院的铁栏里边,有一位白头发的解放军在躺椅上晒太阳。这是一位将军。其实他没有多大的病,林彪把持军委期间,不明不白地叫他靠边疗养。林彪在温都尔汗折戟沉沙,他可以出去工作了。不想,住疗养院几年,真的住出了几样要紧的病来,只好仍然留在这里。将军无可抱怨,在他这一茬"老家伙"里,他算是够幸运的了。

陶坷隔着栏杆,远远向老将军伸出一只干瘦的小手。老人知道这小姑娘要什么,他一面在衣袋里翻找零钱和粮票,一面问小姑娘叫什么,哪里人。小姑娘低着头,始终不说话。将军又问她：

"你怎么不在家好好上学搞生产,自己跑出来？"

"我有证明。"小姑娘终于开口了。

她递过去皱皱巴巴的一张纸,将军掏出老花镜来看,上面写着：

> 兹有我队社员陶坷(女)因事外出,望沿途军警及有关单位放行为荷。此致"文化大革命"战斗敬礼……

一两行字,将军反复在读。从二万五千里长征到抗美援朝,几次战争都在这位老战士身上留下了纪念。他哆哆嗦嗦看着那封证明信,心里在说：我这是为的什么？ 就为的是在新中国成立二十多年以后,还照样让我们的孩子"因事外出"吗？ 两行热泪扑扑簌簌掉在信纸上。

陶坷忙收回了信,她像在哄小孩子似的对军人说：

"解放军爷爷！ 您别这样,您别这样。我姥姥说了,权当这是在闹着玩的,不是当真的。"

小姑娘几句安慰的话,白发将军实在受不了。已经有些人开始围过来,想知道这里发生了什么热闹的事。将军觉得他就要痛哭失声,双手掩面,连忙离开了。他忘记了把零钱和粮票拿给小姑娘。

说到陶坷在姥姥家度过的几年艰难生活,妈妈又心酸起来。她原以为把小女儿送到乡下去会好一些,反倒是让孩子"受到了更大的锻炼"。曾方为了排遣自己的伤感,洗了脸,随后以愉快的语调对女儿说：

"算你们运气，人家也当兵，一茬一茬地复员了，都没有赶上打仗，偏偏让你们这一茬的赶上了。"

"我们班已经上送了三次决心书，政治部还把我们的决心书摘了一段登在简报上了。"小陶自豪地说。

母亲笑笑说："不过，上简报是一回事，上了战场又是一回事。"

"那倒也是。"小陶深深点头说。

曾方从旅行袋里取出一个纸包，对女儿说："现在报上讨论干部子女应不应该继承父母的遗产。你爸爸给你的遗产全在这里，我给你带来了。"

小陶打开纸包，是一副草绿色粗布绑腿。

这副绑腿是爸爸在八路军一二九师时发的，妈妈一直保存着。造反派抄家，抄出了爸爸和妈妈许多来往书信，用绑腿捆着拿走了。那些书信要归档，剩下了这副绑腿。

"这是爸爸留给我们的永久纪念，我怕用坏了，还是妈妈保存着吧。"女儿说。

"你到前方去，打在腿上，这才是实际的纪念哩。"母亲又说，"你怕还没有学过怎么打法吧，来！你看着。"

曾方踩着床边，把裤脚裹紧，开始熟练地打起绑腿。每绕一圈，或正或反打一个褶儿，小腿外侧打出一排"人"字儿。妈妈讲解说：

"我打的这是单'人'字，还有打双'人'字的。有人喜欢打花，有人不加花儿，各有所爱。要领是脚脖上可以打紧些，到了腿肚上松紧要适当。松了往下秃噜，太紧走起来腿疼。"

曾方兴致勃勃地讲解着,已经打好了绑腿,顺手扎上了小陶的皮带,在屋里来回走了几转给女儿看。小陶惊奇地发现,妈妈一下变了一个人。一对细长细长的眼睛,那么明亮,脸上焕发出青春的光彩。胸脯挺起来,腰身自然地扭动着,那步伐姿态是别人学不来的。曾经在哪里看见过妈妈这样子的?是在照相册上。那是一个漂亮的女八路,短短的头发在军帽下边蓬松着。皮带一扎,鲜明地勾勒出了苗条的身材,绑腿打得那样规整自然。看上去既有着严正的军人风度,又充分保留了女性的线条。

陶坷欣赏着妈妈,上前抱住妈妈说:"妈!你怎么还是像照片上那样好看。"

母亲推开小陶说:"滚一边去,没有见过你这样的,拿自己亲娘老子开心。"

曾方侧过身,在窗户玻璃上看到了一张忧伤苍老的面容,看到了那染霜的鬓发。如果来谈论,一场迫害运动夺去了我们许多女同志的美丽俊俏,未免不够严肃。多少人被夺去了生命,还说谁的容颜外貌,实在讲不出口。不过,的的确确,多少人在骤然之间变得那么苍老不堪了,一头青丝在短短几天之内,以至是在一夜之间化为霜雪。这也是对"十年浩劫"所作的忠实记录之一。可以平反昭雪,可以恢复名誉,但是人们外形上留下的这种明显的印记是无法复原的了,正如内心受到的创伤很难平复一样。

晚上,小陶和妈妈挤在一张小床上睡。床边加了一条长板凳。吹熄灯号很久了,母亲还在讲话,小陶熬不住了,迷迷糊糊地搭着腔,睡着了。曾方在昏暗中望着女儿侧身睡卧的姿态。圆圆的肩头从绿棉被下露出来,臀部高高隆起,小时候两条腿像麻秆儿,正长个儿的那些年一直缺营养,不想几年来发育得这么好。母亲疼爱地望着女儿,她将怎样去迎接战火纷飞的考验呢?

"红河!红河!过红河了!"小陶在睡梦中欢乐地呼喊起来。

母亲笑了,这孩子够性急的,刚合上眼,已经跨过了红河天险。

四

> 在战场上,一切都是用最严格的尺度来衡量的,不讲任何宽容,不作降格以求。

红河发源于云南省崇山峻岭间,在中国境内叫作元江。红河从老街地方进入越南,流经越南北方腹地,向东南入海。九四一部队在老街附近渡舟桥,跨过了红河。几天以前,兄弟部队过河开辟了战场,现在他们可以驱车向前开进了。

越南北部边境,和我们的滇南河口一线,都属于亚热带山岳丛林地带,自然环境没有多大差别的。河口地区是我国橡胶产地之一,三叶树环绕山丘,一行行,一层层,郁郁葱葱。胶林深处,可以望见国营农场的楼房,红瓦白墙。米轨小火车沿着溪流隆隆驰过,留下一缕烟云。这遥远的边疆,向战士们展示了它的富饶美丽。一过红河,就是另一番风光了。六姐妹挤在电话车窗口留意观察着,她们明显地感到,已经置身于异国的土地。

虽是旧历正月,到中午颇有点盛夏的味道。电话车闷得要命,几个人吐了,愉快的笑声停止了。不一会儿,浓雾漫卷过来,热风里带着雨丝,灰蒙蒙的。十多米以外,听见汽车响,却看不见。班长严莉查了地图,说此地是黄连山山脉。山脊又高又陡,有的地方突然形成断裂,下边是乱石嶙峋的深渊。公路两旁覆盖了灌木竹林,茅草刺藤相互盘绕,密不透风。女电话兵们不免有些犯愁了,要在这样的地形条件下执行架线任务,从哪里下手呢?

傍晚,部队接到命令,原地宿营待命。一路上没有下车的机会,现在停下来了,战士们都就地在解手,并不避讳。弄得总机班女兵一直不敢抬起头来,她们小声骂道:

"这些家伙,没脸没皮的!"

她们随即就明白,男兵挨骂挨得冤枉。这里公路的内侧是悬崖,外侧是深谷,要上上不去,要下下不得,窄窄的一条路,到处是人,谁也躲不开谁。女电话兵们团团打转,只好去问连长,要上厕所怎么办。连长笑一下,就把脸背转过去,不再看她们,这就是给她们的一种切实的答复了。严莉叫两三个人在电话车旁遮挡着,大家轮流上了厕所。谁也没有意料到,到前线来遇上的第一个难题竟是这事儿。

有线电通信连保持着行军序列,原地宿营了。女兵班夹在男同志当中,在公路上占据了几米路段。雨淅淅沥沥下着,她们盖着防雨布,鞋也不脱,枕着背囊和衣睡下。谁能睡得着呢?不知道哪个部队还在往前开进。她们感觉到,那急促的脚步,总像是踩着了自己的头发。

通信科参谋来传达首长命令,要求迅速架设各部队线路。连里决定开启电话车总机,指挥机关内部线路由总机班负责架通。

总机班女战士们,忘记了震耳欲聋的炮声,在听候班长严莉下达任务:

"陶坷、吴小娟、杨艳,跟我去架线,肖群秀、路曼守机。注意机线装设,搞好固定。今晚的口令是'山茶',回令是'海棠',执行吧!"

严莉、陶坷各负责架一条线,五分钟以内都架通了。杨艳和吴小娟两个负责首长的一条线,遇到了麻烦。她们正往前走,闻到一股臭味,是从来没有闻到过的一种特别的气味。天快亮了,可以模模糊糊看见,小路上横的竖的倒着三具越军尸体。肚子膨胀起老大,周围是一摊黑血。不要说见到死人,平时看见一只死老鼠她们也怕,肉唧唧的,让人头发根儿发麻。她们试探着,从旁边绕过去。在刺藤草棵里钻进钻出,帽子挂掉了,脸也划破了,无论如何也钻不过去。想到自己架的是首长专用线,登时觉得一身都在冒汗,再耽搁不得了。只好横了心,还是从原路过去。吴小娟望着几具尸体问杨艳:

"你怕不怕?"

杨艳说:"要是三个活的,我倒不怕。"

吴小娟说:"要真是死的,总还好办,我怕他们是装死。等我们到了跟前,一下坐起来了。"

"他们流了那么多血,就是活着也剩不下多少力气了。

不等他坐起来,拿手榴弹在脑袋上敲他几下。"

"好!我们分个工。看着不对,我上去按住他们,你用手榴弹猛砸,不要让他们抱住了腿。"

她们彼此壮胆,从三具尸体上跨步过去了。至于三个越军是不是有过要坐起来的意思,她们不清楚。她们沉着地迈过了最后一具尸体,撒腿就跑,没有再回头去看。

突然是哪里一声喝:"口令!"

两个女电话兵冷不防的,一紧张,早把口令忘得一干二净。对方不见回答,哗的一下冲锋枪上了膛。

吴小娟连忙说:"别打,别打,是我们。"

"什么你们我们,口令!"

"干吗那么凶,你听不出我们是总机班的!"杨艳厉害起来了。

隐蔽在树丛里的哨兵压低声音笑了。哨兵一指,原来已经来到了首长的掩蔽部门口。

她们撩开门上的雨布钻进去。掩蔽部里点了几支蜡烛,还是昏昏暗暗的。几位首长正跪在地铺上,查看拼起来的作战地图。小娟和杨艳把单机摆在一个压缩饼干的箱子上,手脚麻利地接好了线,一摇,通了。

一号首长见两个女电话兵淋得全身透湿,脸上划得一道道渗出血来,忙递给她们一条毛巾说:"快擦擦脸,瞧划成什么样子了。"又嘱咐说:"等破的地方结了痂,千万不能用手去抠它,让它自己掉。抠掉了痂,落下一道道的,可就不好想办法了。"

两个女电话兵不好意思地擦了脸。

这是吴小娟和杨艳到前方来第一次完成架线任务,而且是为九四一最高指挥员架的线,她们对自己感到相当满意。两个人已经说定,将来参加文科高考,就把这次出境作战第一次执行任务作为自选的写作题目。这个题目可不是随便谁都写得了的咧!

吴小娟虚岁十九,是从学校应征入伍的。有些同学劝她说,"当兵热"过去了,现在正是"大学热",何必再到部队上绕一个大弯子呢!吴小娟终于没有能克制住想穿穿国防绿女裙的那股"狂"劲儿。她中学功课很好,爸爸妈妈都是师范学院的教师,有得天独厚的补习条件,所以她有把握在复员后的当年考入大学。

杨艳的情况不同,她在学校是全班最能死用功的一个,考试名次却往往成反比。爸爸对她的学业抓得很紧,他唯一的办法就是打,没头没脑地打。隔壁邻居都看不下去,批评他身为公安干部,抓住小偷流氓尚且讲教育,这么大的女孩子了,动不动就打,未免太不像话。做父亲的争辩说,是个小子倒可以随他去,女娃儿不严一点不行,等她要上了男朋友,打也来不及了。杨艳倒是并不悲观,和吴小娟一起补习,她相信准能上去。她们抓紧了一切属于个人可以支配的时间,还买了麦乳精,补充营养。她们希望到时候能够一举攻克复旦新闻系。

两个女电话兵军帽在树丛里挂丢了,还是向首长行了举手礼,欢欢喜喜退出了掩蔽部。出门不远,听见一号首长在电话上说:

"喂!你是有线连连长吗?怎么搞的,指挥所离你们没有几步路,整整二十六分钟才把线架来。以后这样不行,要你们这些电话兵干什么吃的!"

小娟和杨艳失神地往回走去。她们心里又是委屈,又是丧气,感到负疚难过,悄悄流泪了。她们开始体会到,在战场上,一切都是用最严格的尺度来衡量的,不讲任何宽容,不作降格以求。女兵也如此,别想着会对你有一点什么特殊。

五

> 尘土飞扬中,一张白净的面孔现出了坦然愉快的笑容,那笑容让人永远也不会忘记。

拂晓时分,九四一部队继续开进。这条路上还有几个部队同时往前去,步兵、坦克兵、自行火炮、辎重车队、民工担架队,交错在一起。发生了堵塞,互不相让,彼此威胁说,要把对方的车子顶下山沟去。交通哨戴着红袖箍,前后奔走,哪里有问题急忙去解决。新战士们以为,打仗本来就应当是这样红火热闹的,不知道是地理条件所限,没有第二条路,只好都挤着一条公路用。离前沿越来越近了,可以清楚地听得见枪声。道路堵塞的情况也越来越严重,九四一部队干脆提前下了车,急行军赶上去。

行军速度很猛,总机班六姐妹一个个走得歪歪倒倒的了。虽然经过严格轻装,除了穿在身上的,吃进肚里的,个人的东西几乎全都"轻"下去了,平均负荷还在三十斤以上,压得够呛。加之发的防刺鞋又是男式的,太大,像是穿了一对箩筐,脚都打泡了。六姐妹没有一个掉队,也没有一个愿意接受男同志的"互助"。

走得最狼狈的要算路曼了,主要是遇上她来例假。她每次来,肚子疼几天,像大病一场。昨天夜里,她想到只有身上的一条军裤,怕睡着以后弄脏了穿不出去,就脱下长裤,裹着雨衣睡下。想是受了风寒,一下子发起烧来。肖群秀摸她脸,滚烫滚烫,本来要报告班长的,路曼不让她讲。

"你讲了,以后不和你好啦!"路曼威胁说。

"可你这么硬撑着怎么行哪。"小肖着急地说。

"你和班长讲了,还不是她悄悄替我值机。你看不出,班长也'来'了。"

小肖只好替路曼打着掩护。

路曼的家乡在山区,能用上这种软绵绵的卫生纸,又经过消毒的,觉得够好了。可是连续几小时急行军,腿磨得受不了,迈出一步,都得拿出点决心来。

部队到达了位置,谢天谢地!女电话兵们全副武装就地一歪,觉得再也爬不起来了。连长却不得不以毫无同情心的语气命令她们起来,立即开设电话站。

总机刚开不久,一号首长从前沿部队要回电话来:

"喂!总机班,找你们连长讲话!怎么搞的,我和指挥部刚通两句话,线就没有了。要你们这些电话兵干什么吃的!"

一查,原来通往指挥部的线,有一段是明放在公路上的,被坦克轧得一截一截的。有的地方被民工队的骡马和着青草嚼烂了,粘在一起,成了饼饼。连里决定这条线改为高架。是路曼、肖群秀架的这条线,还是由她们来完成这项任务。

她们两个一路把线改架在竹子上，或是挂在岩石上，让骡马够不着。来到公路边，敌人正从对面山上向公路封锁射击。来势很凶，又是轻重机枪，又是八二迫击炮、四〇火箭筒、反坦克榴弹，又是高射机枪打平射。抗美战争期间中国援助的武器全都用上了。由于武器弹药充足，构成了越军作战的一个显著特点：他们把武器弹药分散藏在各处，这里打一阵，顶不住了，空着手就跑，枪啊炮的全不要了。换一个地方，就地又有现成的武器弹药，抄起来就打。

我们的后续部队和担架民工，被压制在公路排水沟里不能动。路曼和小肖焦急万分，想尽快改架好这条线，保障指挥，狠狠教训一下敌人，不能由着他们狂。不凑巧的是近处没有高大的树木，无法把电话线高架跨过公路。好不容易发现一棵木棉树可以利用，正要过去，隐藏在茅草中的部队喊她们趴下，说木棉树那里太暴露，去不得。她们俩只管猫着腰冲过去了。

如果有悬线杆，事情很简单，把线挑到树杈上就得了。如果带了脚扣和护腰带，要上树也很好办。她们两手空空，什么也没有，这就难了。女兵班没有学过四肢攀登，连里把这个项目给取消了，说女兵学爬树，让人围着看不合适。她们试了几次，怎么也爬不上去，路曼蹲下，让小肖踩着她的肩膀，搭人梯上去。一个人站在肩上，本来不算什么，谁知路曼身子软得像面条，晃晃悠悠刚要起来，又坐下去了。只见她脸上直冒虚汗，肖群秀这才想起来，路曼赶上了例假。换了小肖蹲下，让路曼上去。按规定要求，高架线路必须在四米以上。她们搭的两节人梯,高度达不到。小肖拼命向上踮脚尖,差着老高的一截。

隐蔽在路边草棵里的一个战士,跳起来扑向木棉树。他很不礼貌地拍拍小肖的腿,叫她分开腿站好。战士弯下腰,让小肖骑在他脖子上,他猛地挺身站立起来,现在变成三节人梯,高度足够了。

敌人发现了他们,机枪拼命向这边扫射,殷红殷红的木棉花纷纷扬扬落下来。小肖觉得下边战士身子忽然一抖,差点倒下去,随后又稳住了。路曼连忙把电话线在树枝上绕了两圈,打了一个双环结,欢快地叫道:

"齐了!"

两个女电话兵下了地才看到,这个战士高高大大的,身材很匀称,像个跳高运动员。皮肤那样白净,两道浓密的眉毛黑黪黪的。

"同志!你太好了,帮了我们大忙。"女电话兵表示感激。

"用不着你们表扬,表扬不过是两句空话。"战士大胆地望着两个姑娘说。

"那,我们应当怎么感谢你呢?"

"也不需要感谢,我只要求你们赔偿损失。"

战士扯起他的军服,下摆穿了几个洞,军用水壶的背带也被子弹打断了,断头处燎得黑黑的。路曼和小肖明白了,刚才她们觉得他身体一哆嗦,要倒下去,原来是这位战士险些被打中。他没有作声,也没有躲闪,一直等她们把线架好了。

"怎么样?伤着没有?"路曼、小肖顿时紧张起来。

"我觉得腰上烫了一下,一摸,没事儿,是吓唬我的。"

肖群秀拿过军用水壶,放出了富余的一截背带,把两个断头一并,打了一个丁字结,交还给了战士。那结儿打得又牢靠又好看,电话兵受过这种专门训练的。彼此问起来才晓得,原来这个战士也是九四一的,在营里当步话机员。路曼亲热地说:

"弄了半天,还是同行。只不过我们是有线儿的,你是无线儿的。"

步话机员说:"怎么敢和你们相提并论呢,你们是九四一的中枢神经,我是神经末梢。好了,回去请代问总机班各位同志好。"

"你认识我们班谁吗?"

步话机员支吾了一下,随后说:"认识不认识,问候一下总得罪不了人吧。"

"怎么替你问好呢?我们不知道你叫什么名字。"

"就说一名'无线'战士,向'有线'的战友们致以亲切的问候。"

"还是告诉我们你的名字吧!"

"告诉你们有什么意思,反正你们也不会给我写信的。"

两个女电话兵没想到对方会这样说话,不由得脸红了。接着咯咯咯地笑起来,没有回答是不是会给他写信。

指挥部调上来一个坦克中队,打掉了山半腰敌人的火力点。公路恢复通行了,长长的车队不停地向前流动起来。路曼、小肖站在路边,看见那个没有留下姓名的步话机员,高高地坐在一辆弹药车上。弹药车是严禁抽烟的,他抽着烟。她们高声地向步话机员打招呼:"喂!再见,再见!"

"得啦!再见面怕你们就认不出我是哪一个了。"

两个女电话兵一时没有反应过来,不懂这话是什么意思。随后明白过来,这是他在说笑之间为自己作出的一个不祥的预言。汽车开出好远了,步话机员还扭头来望着她们。尘土飞扬中,一张白净的面孔现出了坦然愉快的笑容,那笑容让人永远也不会忘记。

六

不能因为第一次飞翔遇到了乌云风暴,从此就怀疑蓝天彩霞。

我们应当正视现实,不必以海市蜃楼绿洲,去覆盖地上的沙漠。

几天以后,这位步话机员为自己所作的不祥预言竟成了事实。

九四一部队基地指挥所,设了伤员和烈士遗体转送处。烈士遗体要在这里进行登记,清洗过了,换过新军服,然后上汽车送回国。转送处人员不多,主要是九四一部队文艺宣传队的女同志担任这项工作。总机班距离这里不远,女电话兵们下了机,也常来帮助照料伤员,清洗烈士遗体。

这天,陶坷、路曼、小肖几个人又到转送处来了。见刚抬下来一位烈士,他的担架上放着一个军用水壶。水壶背带是断过的,打了一个电话兵们所熟悉的丁字结。路曼和小肖一惊。烈士的脸几乎整个缠着绷带，无法辨认。跟担架的一个小战士，失神地蹲在旁边。

"这个水壶是他的吗？"路曼问小战士，见他点点头，又问："他是不是当步话机员的？"

"怎么，你认识我们步话机员？"小战士反问说。

路曼和小肖抚弄着水壶背带，好久不言语。随后她们向小战士问起这位烈士姓名。

"他叫刘毛妹！"小战士回答说。

听到这个名字，站在后面的陶坷禁不住倒吸一口气，几乎叫出声来。大家连忙让开，陶坷扑上去，凑近脸去看，极力要在这张缠满了绷带的面孔上，辨认出她所熟悉的某些特征来。

陶坷和刘毛妹从小一同住在单位大院，彼此看着长大的。在户口本上，刘毛妹登记的并不是这样一个十足女性的名字。因为生得白净，头发卷卷的，又是那么文静，活活像个小姑娘，院里的人都喜欢喊他"毛妹"，喊来喊去成了正式的名字了。同院还住了几个干部，几家的孩子都很要好，连小人书都是一起商定了买的，交换来看，决不会买了重样的。粉碎"四人帮"以后，小陶和妈妈到原先住过的院子里去看，住户们全都不认识。一群孩子用惊疑的目光瞪着她们，问她们找谁，母女俩没说话，回身走了。

以后打听到，毛妹的爸爸刘伯伯死得很惨。让他烧锅炉，他从几十米高的烟囱上跳下来，五脏俱裂。刘伯伯搞过白区工作，在国民党监狱里表现很英勇，是党组织想办法营救出来的，如今他们硬要打他叛徒。其实，刘伯伯的问题，只要他自己能撑下来,也就没事了。问题出在毛妹的妈妈苏阿姨身上。苏阿姨不但不安慰刘伯伯,鼓励他坚持斗争,她还以毛妹两兄弟的名义写大字报贴出来,表示坚决和"大叛徒爸爸"划清界限。酷刑拷打可以忍受,骨肉亲人加给的打击和侮辱,是难以忍受的。不是这样,或许刘伯伯还不至于走上绝路。

陶坷同幼年的朋友一直没有联系,入伍到了新兵团,意外地遇到了刘毛妹。

第一次见面,部队在集合,只匆匆握了个手。小时候他们多少次脊背贴着脊背比过个儿,始终不差上下。现在毛妹一下蹿到一米八二。小陶觉得,刘毛妹除变得人高马大以外,其余什么也没有变。和她握手,涨红了脸,还像个怯生生的女孩子。随后又有几次见面,小陶才感觉到,同她一起长大的这个年轻人变得完全陌生了。

那一对眼睛,朦朦胧胧的,失去了原有的明澈光亮。当孩子的时候,衣服总是整整齐齐的,现在很不讲军风纪,常常是解开两个纽扣,用军帽扇着风。抽的是五角以上一包的烟,一连串地吐着烟圈儿。无论说起什么事情,他都是那样冷漠,言语间带出一种半真半假的讥讽嘲弄的味道。谈起小学的同学,某人某人现在搞什么工作,刘毛妹说:

"无所谓,我的看法是干什么都行。因为什么都不干好像是不行。"

小陶问他:"既然这样,你何必一定要到部队上来呢?"

"既然你可以来,为什么我不能来呢?"

他们谈起了争取入团、入党的事情,刘毛妹感叹地说:

"'一年团,二年党,三年复员进工厂。'在知青点上的人,还有那些没着落的社会青年看来,这当然是很够羡慕的了。其实又有多大意思,没劲!"

小陶有几次试着给她幼年的朋友一些劝告,她说:

"我看见一篇文章上讲:'不能因为第一次飞翔遇到了乌云风暴,从此就怀疑蓝天彩霞。'你就是这样,因为不相信有蓝天彩霞,干脆剪掉了自己的翅膀。毛妹!别太悲观,我们需要振作起精神来。"

"我也在报上看过一篇文章,上面说:'我们应当正视现实,不必以海市蜃楼绿洲,去覆盖地上的沙漠。'"刘毛妹逼视着小陶。

"毛妹!瞧你的眼睛,别那么盯着我好不好。我不是样板戏里穿一身大红的女主角,'站在高坡上,伸手指方向',教导你'向前看,再向前看!'我并不是让你缩成一团,胳膊肘拐一下,生怕碰着了谁。你内心有岩浆,那就喷发出来好了——"

刘毛妹打断了小陶的话:"恐怕现在需要的不是岩浆,是温吞水,六十来度,还赶不上二锅头的度数。你的意思我明白,无非是说,我们这些小字辈的,还是尽可能'正统'一些才好。"

"经常听人讲到'正统'这个话,现在你扣到我头上来了。毛妹!你说的'正统',究竟是指的什么呢?"陶坷请教对方。

刘毛妹想了想说:"确切的定义是什么,没考证过。所谓'正统'思想,人们可以作出富于理论深度的种种美好解释。

不过照我看,无非是意味着服服帖帖,甘心情愿戴起一副迷信愚昧的精神枷锁。意味着一本正经,拿腔作调,俨然是一位不食人间烟火的超人。岂不知这种人够多么可怜。"

他们谈到小时候一起读过的那些小人书,陶坷愉快地回忆说:

"小人书上画的那些传奇英雄人物,那些层出不穷的惊险故事,我们总是一篇一篇仔细地看,翻完了又从头看。有几本现在拿来看,我还是很喜欢。"

刘毛妹嘲弄地笑笑说:"你还是依赖于幻想生活,需要从童话里吸取营养。我不再需要依赖于什么。如果一定要说有什么需要,我希望能得到一点人间的温暖。"

陶坷越来越感到很难和这个儿时的朋友谈得拢。可是,每次见面以后,她总是怀着急切的心情,在等待着下一次见面的机会。

一天晚上,部队在广场看电影。放映中间等跑片,解散休息。刘毛妹悄悄约陶坷去走走,小陶觉得不大好,还是跟他去了。转悠到营房背后,他们避开路灯,走在浓密的树荫下。刘毛妹抓住了小陶的手。他一双大手热乎乎的,那么有力,像两把铁钳。小陶心慌意乱之中,已经感觉到抽烟人口里那种气息。她极力向后仰着脸,躲避不开,双手被紧紧抓住,就用头在刘毛妹宽大的胸脯上嘭嘭地撞击着。刘毛妹只好放开了她。陶坷跳到灯光下面去,整了整衣服,沉静地说:"我可知道你希望的是什么温暖了。毛妹!难道让我来温暖温暖你,一切就会好起来了吗?"

陶坷扭头走了。从此他们没有机会再见面,也从没有通过信。……

陶坷竟能忍住了眼泪,默默地听那个跟担架的小战士讲述刘毛妹牺牲的经过。

"昨天攻打三号高地,我们二连是主攻,营里要配一个步话机员给我们连。别的几个步话机员都争着报名,刘毛妹不作声,在一边卷着烟抽。他心里有数,配属给主攻连,肯定是要过硬的,报名不报名也是他的事儿。可不是吗,最后营里派了他,跟我们突击排上去了。

"本来决定偷袭,到了高地下面,踩响了地雷,副连长只好命令强攻。这个垭口高地,是越军316A师的重点设防阵地,修了三道环形堑壕,两侧十多个山包的火力都可以支援这里。冲过第一道堑壕的时候,副连长牺牲了,一句话都没有来得及说。出发前副连长指定了一排长做他的代理人。刘毛妹找到一排长,跟上他继续往前冲。不一会,一排长又受伤,流血过多,不行了。他指定的代理人是副排长,刘毛妹又跟上副排长继续战斗。副排长拿着话筒,正和指挥所通话,重机枪一阵风地扫过来,他当下牺牲。步话机也被打坏,不能再用。由于指挥中断,部队开始有些稳不住了。三班有几个战士,把钢盔压得低低的,遮住了自己的脸,要往下撤。步话机员上去,一脚把走在前头的一个踹倒了。他直直地瞪着他们,火光下看见,那两只眼睛好瘆人哪! 三班的几个人不敢再动了。步话机员跳到堑壕上面,大吼一声说:'大家不要慌,现在听我指挥!'当时我们嘴上不说,心里嘀咕着。你能行吗? 不是干部,又不是党员。

"看样子硬冲是不行。刘毛妹分派两个战斗组,从两侧佯攻,故意弄得竹子哗哗啦啦响,吸引敌人火力。他带着部队,顺环形堑壕绕到高地背面,突然发起攻击,冲过了最后一道堑壕。

"不想刘毛妹胸部和腹部受伤,右腿膝盖骨也打断了,小腿活活甩甩的。用了七个救急包,才包住了他那些伤口。同志们要背他下去,他说什么也不干。我强把他背起来,他老实不客气,在我肩膀上狠咬了几口,我只好把他放下来。讲好了让他在原地休息,等我们一离开,他就拖着一条腿向山顶上爬。后来去看,他爬过的地方茅草倒伏了,草叶上挂着一珠珠鲜红的血。

"连长和指导员带着二、三排支援上来,占领了三号高地。这时候听见,什么地方有人用越南话在连声地呼叫。翻译说,他呼叫的是'向我开炮!向我开炮!'原来这是越南的一个报话兵,他看高地已经完全失守,隐藏在一蓬竹子里,呼唤他们的炮群,想把我们主攻连全部覆盖在高地上。正赶上刘毛妹爬到这里,他悄悄过去,冷不防一下卡住了那个报话兵的脖子。那家伙抡起手榴弹,砸在刘毛妹下巴骨上。可他硬是不松手,等我们赶上去,敌人报话兵已经完了。越军装备的报话机也是中国给的,和我们部队用的是一个型号的。刘毛妹把敌人的机子调了一下,拿起话筒想要呼叫。下巴骨和牙床砸得稀碎,哪里还能叫出声来。他发出呜呜呵呵的声音,可以猜得出,他在向指挥所报告:'二连占领三号高地!二连占领三号高地!二连……'

"他丢下话筒,正了正军帽,把长头发掖进帽子里,又扣好了风纪扣。认真地整过了自己的军容以后,他闭上了眼睛,像是过于疲劳,一下睡着了。"

七

"中华民族到了最危险的时候……"

沉默了好大一阵,小战士接上说:

"我们步话机员这个兵,不是这次到前方来,恐怕人们不大容易真正了解他。只在平时看,你可能觉得他有些特别。怎么个特别法呢?说不出,你只能说,他就是那么一个人。出发之前,别人都忙着订杀敌立功计划,写决心书,他不写,说没时间。可是他花了那么多时间,在写一封长信,不许人看。牺牲以后,在他身上找出来了,是写给他妈妈的。"

"信呢?给我看看好吗?"陶坷伸出手去要。

小战士从衣袋里取出信来,说连里特别交代他要保存好,一定要交给烈士的母亲。信是步话机员原来包好的,怕湿了雨水,包了两层塑料纸。

陶坷捧着字迹潦草的信,急切地读下去:

亲爱的妈妈:

我以前很少写信,现在想好好写封信给妈妈,时间太紧张,我只能抓空隙陆陆续续写一点。一过红河,恐怕就一个字也不能写了。

前年入伍,我是有过犹豫的。听人说,批准我入伍有照顾的因素在内。我一想到自己在享受照顾,心里很不舒服,这是爸爸用他的惨死替我换来的呀!不过我还是到部队来了。我当时也没想到在我服役期间可以捞到打仗,只是觉得在知青户太闷人了,想换个环境,新鲜新鲜。现在马上要开赴前线,我才清楚意识到我是一个革命军人了。这次出去,比起你和爸爸经历过的几次战争,算不了什么,但是我总算参加了战斗。

在吹集合哨,要讨论动员报告,暂时止笔。

我接着昨天写。营长一再讲,要保证睡眠,准备参加战斗。可是这几天我一直睡不好。不知怎么,好像总有人翻来覆去在我耳边唱着《义勇军进行曲》里的一句词——"中华民族到了最危险的时候"。

妈妈!我常常想,除去自然死亡之外,我们的先烈们是在两种情况下牺牲了自己生命的。一种是倒在同敌人厮杀的战场上,一种是倒在内部的阴谋残害中。看来这是一条规律,古今中外概莫能外。爸爸在第二种情况下离开了我们,我这次则有条件占据第一种情况。我的好妈妈!如果这样,您一定不要难过,不必像哭爸爸那样为我流泪。您的泪水早流尽了,再为我哭,眼睛里流出来的一定是血。

您可能觉得我写这些,口气不小,似乎一定可以做出什么特别引人瞩目的事情。不是这样,在火线上很难讲,也许我的心脏正巧碰上一颗流弹,一秒钟之内一切都结束了,随便一个小小的任务也来不及去完成。这就是战争,在意想不到的任何情况下,都可能有人要付出最大的代价。即使这样,我也觉得心安了。

妈妈这次来信，又一次说爸爸等于是您害死的。为什么您总是把我们一家人的不幸归罪于自己呢？可能是因为我从来不愿和妈妈谈及这些，是您误解了，以为做儿子的直到现在还不愿意谅解母亲。

营长要求再检查一下机器，我晚饭后再来写。

好妈妈，您不必这样。别人议论，讲些难听话，那是自然的，莫非我也不了解爸爸的"案情"吗？您对爸爸的那些做法，无非是表示划清了界限，为了我和弟弟的前途不至于受到影响，爸爸心里也不会不明白。

当然，最好是妈妈不采取那样绝对的做法。您来信中引用了鲁迅的几句话谴责自己："死于敌手的锋刃，不足悲苦，死于不知何来的暗箭，却是悲苦。但最悲苦的是死于慈母或爱人误解的毒药。"如果可以这样比喻，我认为那是您自己服下了一种可以使人全身麻痹的慢性毒剂，同时也误给了爸爸。这种慢性毒剂，就是我们中国人逆来顺受的旧意识。中华民族有着五千年深厚的文化底蕴，培育了我们人民的善良温顺、忠实敦厚、谦恭忍耐。到了共产党人身上，这些优秀品德发出了新的光辉。这就是坚强的党性、严格的组织观念、维护领导、信任同志、讲团结、讲让步、讲顾全大局。这如同古老的中国宫灯，将蜡烛改换了明亮的碘钨灯泡。这些美德既是带着古老历史的光照雨露，它和封建主义传统思想的浸透也就不会绝缘。在我看来，两者不过是相隔一道细细的田埂，这边是驯顺，迈一步过去，就是屈辱。妈妈！在对待爸爸的问题上，您迈过了田埂。

我并不特别责怪自己的母亲。你们这一辈人里,固然有敢于拍案而起的。但有很多比妈妈革命历史更长,职务更高的人,包括我们一向尊敬的某些最高领导同志,由于那种慢性毒剂在他们身上起作用,在专制高压之下,也不免是那样软弱顺从。他们仿佛是在雪线以上的稀薄空气中生活久了,已经适应了缺氧状况。妈妈可以说是彻底划清了界限,在您的"结论"里,仍然写的是"叛徒、走资派、现行反革命分子的臭老婆"。一些人说到这个结论,觉得拗口,往往简单地说成"现行的臭老婆"。因为受不了别人这样侮辱母亲,我和许多孩子打过架,鬓角落下了一道伤疤。假如这次我在前方被炮弹地雷炸着,那不算是受伤,那叫做"挂花",只有我鬓角留下的才真是伤疤。

亲爱的妈妈!我一个晚生后辈,也许不合适给您写这些的。我是想让您相信,您不见得比别人应当受到更多内心的谴责,没有什么理由说明,唯独您不能得到谅解。

就写这些了,我并不打算寄出,如果您收到了这封信,那一定是战友们替我收检遗物找出来的。

代问弟弟好,已经没有时间,不另外写信给他了。

祝妈妈愉快,再见了!我希望能像外国电影里那样,跪下来吻别您,生我养我的母亲。

您的儿子毛妹
于登车出发前

刘毛妹留给母亲的信,陶坷看了两遍。信的内容对她不成为主要的了,主要的一点是,信中竟没有一句提到她。这对她是一个难以接受的沉重的打击。小陶终于忍不住伤心落泪了。

宣传队的两个女同志为步话机员刘毛妹清洗遗体,她们默默地退后去,让小陶来清洗。小陶用纱布蘸着清水,先擦洗刘毛妹的脸。她时不时停下来,注视着死者的眼睛。她觉得刘毛妹是出于怨恨,闭着眼睛,不愿意看她。擦洗手的时候,陶坷几次痴痴呆呆地停下来。她想起小时候过马路,行人拥挤,刘毛妹始终紧紧拉着她的手。他是男孩子,自然地负起了责任,来保护他的青梅竹马好朋友。陶坷又想起在新兵团看电影那天晚上,刘毛妹大胆地抓住了她的手。在刘毛妹的一生中,这是第一次,也是最后一次企图亲吻一个异性。他一双手是那样有力,完全可以强行达到目的,他还是失败了。

步话机员的军服、绑带、鞋袜,没有一处是洁净的。泥水和着血,凝结在肉体上脱不下来。小陶用剪刀完全剪碎了,花了很长时间,轻轻地一块块把衣服鞋袜撕下来。她不让别人动手,似乎是怕别人毛手毛脚触痛了他。清洗过遗体,陶坷数了数伤口,大大小小挂花四十四处,这个数字,正好是烈士的年龄乘以二。

八

电话站四周一片寂静,似乎没有任何声音。哪里知道,在两层军毯覆盖下,九四一部队的"中枢神经"在高强度运行中。

陶坷回到电话站,才知道敌情很有些紧张。

侦察连抓到一个越南人,在他身上搜出了一个铅笔头,一张草草画出的地图,图上标明了九四一部队指挥所的位置。审讯结果,他供出自己是附近班通林场的青年冲锋队员,敌人准备当天夜里来偷袭指挥所。司令部通知说,机关留的警卫部队很少,不能分散使用,要求各单位加强警戒。还特别通知了总机班,一定要严格控制声音灯光,避免暴露。

连里干部都下去了,总机班一切只能靠自己应付。不过女电话兵们并不显得那么着慌。不怕,没什么大不了的,有班长哪!

班长严莉今年二十二岁,是总机班的大姐,脸微微有点黑,黑黢黢翠的。她在班里的地位,多少像是她在家庭里所处地位的延续。严莉弟妹多,爸爸妈妈管不过来,干脆撒手交给老大来管着。严莉从小就当上了"班长"。

爸爸是团职干部,照规定应该吃中灶的,他除了偶尔陪陪客人,从不到中灶食堂去就餐,总是把饭打回来,孩子们都可以分到一点好菜吃。从第二个儿子出世,爸爸的薪金再没有涨了,生活上不能不精打细算。在大女儿的统筹安排下,他们家竟然并不比谁家显得紧张到哪儿去。人家的孩子穿衣服,老二接老大的,老三接老二的。严莉的衣服谁也接不上,她脱下身的,就实在不能再补再改了。每次分到各人名下的糖块冻柿子什么的,大姐总是留着自己的一份,过后不定会便宜了哪一个小的。严莉在家庭中的作用,形成了她实际上的一家之长的权威。弟妹们不怕爸爸妈妈,全都怕着大姐几分。

严莉把管理弟妹们的艺术运用到总机班来了。别人遇事可以耍点小脾气,她不行,她必须把自己的气性掩盖起来,从不发火。班里大大小小的事务,安排得有条不紊,分派公差勤务公平合理。赶上谁当班的时候有点私事,悄悄向她请个假,她就悄悄顶上去,多值一班。发生了什么纠纷摩擦,她拿出当大姐的权威,召开班务会民主一番,谁对谁不对当面"吵"清,决不马虎了事。人们知道,当得下女兵班班长不简单,等于她在统领着一个特种兵团。

越南人可能来袭击,电话站当然是一个突出的目标。总机原是设在一个茅草棚子里,人来人往都看得见的,大家都焦急地说,要赶快转移到隐蔽的地方去才好。

"不用动,照常工作!"严莉沉着地说。

等到天完全黑下来了,严莉才悄悄地布置,人员全部撤出草棚子,把总机转移到一个防炮洞里。如果白天转移,不是很容易被敌人发现吗?防炮洞是就着土坎挖的,挖进两三尺,向左右发展,对称构成像猫耳朵一样的两个藏身的窝窝,战士们习惯叫做"猫耳洞"。此处有茂密的树丛遮掩着,严莉又叫把电话线从老远就开始埋设下去。所以,就是到了跟前,你也看不出这里是一个电话站。

总机班派出了自己的警戒哨。有人主张,除了值机的人,其余人全部去站哨。严莉说:

"用不着,该睡的还是睡,换着班来。仗不是打一天两天,日子长啦。"

她只派了陶坷和杨艳两个人担任警戒。班里唯一的一

支冲锋枪交小陶使用,杨艳拿着两颗手榴弹。班长交代两名哨兵说:

"你们就绕着总机附近游动,不要乱走,以免和其他单位的巡逻哨发生误会。要找暗处站着,不要总在月光下面。有什么动静先问口令,可别慌慌张张地就开枪。问口令嗓门尽量粗一点,别让人听出来是女的。"

严莉自己担任今晚守机。要准备在最危急的情况下,一面战斗,一面坚持通话。"猫耳洞"里直不起腰来,只能把二十门交换机摆在地下,窝憋着工作。机子上不能开灯,号牌掉了看不见,全靠用手指不住地去触摸几排号牌,接转通话。为了完全控制声音,严莉用两层军毯,连人带机子一起蒙了个严严实实。电话站四周一片寂静,似乎没有任何声息。哪里知道,在两层军毯覆盖下,九四一部队的"中枢神经"在高强度运行中。

严莉不停地在高声呼喊着,呼喊着。部队向敌人侧背穿插过去,发展很快,电话线路一再延伸,已经远远超出了有效通话距离,虽然加了"增音",通话质量还是很差。往往下达命令指示,或是向上报告重要战况,要由严莉从中传送。她讲了一遍,怕有什么不准确,又复述一遍。忽然觉得喉咙里咸咸的,有股腥味,知道嗓子出血了。几个女电话兵嗓子全都喊坏了,带来的清音丸已经吃完,没有什么防治办法。多喝水会好一些,偏偏这附近山地也没有活水,找到一片积水,尽是小虫子在翻上翻下的,放几片净水剂澄清一下,那种怪味让人打哆嗦,喝不进去。

总机班有一个奇妙的发现,凡是折断了青竹子,靠根部的几节里准定会聚存了水分。在竹节旁边穿通一个洞洞,就可以接到几口又纯净又清凉的水。这是很珍贵的,很不容易弄到。严莉晃了晃她的水壶,还存有一点清竹水。拧开壶塞儿,想喝几口润润喉咙。但她只是漱了漱口,吐出带血的水,又拧紧了壶塞儿。水得留着,说不定班里谁又发高烧,或是受伤,一点水没有哪能行呢。

这天特别闷热。严莉一整夜钻在猫耳洞里,又蒙在两毯子里,她热成什么样子,可以想象。第二天别人来换严莉的班,看见她像是刚刚参加了泅渡训练上来,人已经瘦了一圈儿。她摘下耳机,简直可以倒出水来了。

是谁发现严莉额头上爬着一条旱蚂蟥。经人一说,严莉尖叫起来,她跺着脚,紧张得不知怎么是好。女兵们叫她别乱动,帮她脱下衣服来找,找到十多条。手指头缝里还隐藏了一条,她居然一点也没有感觉。吸饱了血的蚂蟥,圆鼓碌碌的,拍打几下就掉了。还没有吃饱的,怎么也弄不掉,又不敢硬扯硬拽,怕扯断了,留下一半更难办。忽然想起来,出发前连里介绍过对付蚂蟥的办法,跑去找人要了一支纸烟来,点着了对着蚂蟥熏,不一会儿,它们就蜷曲着掉下去了。

陶坷和杨艳担任警戒,因为人太少,巡逻一整夜没有人换哨。拂晓,陶坷模模糊糊看见几个人,弯着腰向这边摸过来。她忘记了装成男人的声音,尖着嗓子喊了几声口令。对方不应口令,还在往前来,小陶开了枪。她没有打过冲锋枪,不知道控制快慢,手指一动,一梭子弹出去了一大半。

警卫部队的一位排长听到枪声,带着几个战士赶来了。在树棵里搜索了好久,什么也没有发现。他们抱怨陶坷说:

"怎么搞的,为什么乱打枪?"

"我看得清清楚楚,像是有几个人……"陶坷为自己辩解。

"既然你看得清清楚楚,嘟嘟了大半梭子,怎么没看见你撂倒了几个敌人?肯定是你自己紧张过度。"排长很不客气地教训了这个女电话兵。

杨艳嘴很硬,说我也听到了有响动,听得真真的。打着没打着敌人,那是另外一个问题,开枪是对的,你不能说我们乱打枪。等警卫排长他们走了,总机班悄悄议论,杨艳才说,其实我什么响动也没听见,八成儿是小陶看晃了眼。

第二天早上,把总机从猫耳洞搬回棚子里去。忽然,是谁"啊"地惊叫了一声,原来总机棚背后有一具越南人的尸体。这是一张孩子脸,最多十六七岁。他胸部完全浸泡在血泊中,两手紧攥着四枚揭掉了盖子的手榴弹。事情很明白,他是中弹以后坚持冲过来的,已经到了离总机棚只有两三步远的地方。如果他还剩有一点点力气,一定会把四枚手榴弹扔进棚子里去的。陶坷没有看错,和这个年轻的越南人一起来的还有几个,他们撤出战斗很及时,丢下一名英勇的战友不管了。

九

女电话兵端着自动步枪紧逼上去,向对方现出了胜利者的微笑。

班通林场青年冲锋队的任务,是袭扰中国边防部队指挥机关和后勤,包括窃听电话、破坏电话线等等。这给九四一部队有线通信造成了很大麻烦。

总机上又传来了一号首长焦急的声音："喂！总机班吗？要你们这些电话兵干什么吃的，不是这里不通就是那里断线。命令你们连长、指导员，亲自给我查线去。"

不用首长讲，连长、指导员已经带着查线组出去了。总机站也派出了三名女电话兵，和男兵打乱编组，去协同维护哨巡查线路，尽快恢复畅通。

陶坷和架设排的两个新战士编成了一组。她是老兵，技术又强，自然担任了组长。为了不让人看出三个查线兵当中有一个是女的，小陶特意要了一个钢盔戴着。他们手捋着电话线往前跑，手心摩擦得火辣辣的，出了血泡，生疼生疼。跑出一段路，搭上单机一试，开端终端都不通。有鬼了，这一段线路是刚刚手捋过来的，明明是好的，怎么开端也不通呢？

陶坷想了想，她把通过水田里的一截线提起来，离开了水面，一试，通了；放下去，又不通了。这截线有好几处绝缘皮裂开，和大地接触，短路了。这是暗断，不容易察觉。小陶仔细查看，脱皮是新近才割开的。破坏电线的人巧妙地使用了自己的知识。

把水里的一截线换过了，又往前去，发现明断，线剪得一截一截的。他们一面骂着越南人，一面迅速接线。小陶十个手指那样灵活，像在水里翻腾的小鱼儿，看不清是怎么两绕三绕，一个蛇口结打好了。她顾不得用钳子剥掉线头的绝缘皮，就用牙咬。总机班的姑娘们一向是极力避免这样做的，牙用多了，会向外突出，难看死了。小陶哪里还管得了那么多，嘴被电话线钢丝扎烂了，牙根在出血，时不时地要吐一口。

陶圩忽然发现,旁边有敌人的一条电话线,和我们线路平行拉过去,看来是撤退得慌张,没有来得及收。这是一条中型线,三钢四铜,通话质量很好,肯定是过去中国支援他们的。她不再费力去接碎线,把敌人的电话线用上了两公里。

再往前去,接上了其他小组负责的地段。开端终端都摇出来了,任务完成得还算顺利。谁知正试着线,开端又不通了。返回复查,刚刚利用的敌人的中型线又被剪断了。显然是有人在和他们玩"躲猫猫",见他们巡查过来,躲避一下,等他们过去又出来破坏。重新接好了线,陶圩突然有了一个主意,她悄悄对两个同伴说:

"你们俩继续往前去,装着什么也没发现。我留在这儿,看看是怎么回事。"

"分散行动怕不大好吧,我们每人只有两颗手榴弹。"两个新战士有些担心。

"没关系,周围都是我们大部队,敌人是小偷小摸,他们才心虚哩。"

"要留,我们两个也留下好了。"一个战士提议说。

"你们只管走,不怕。如果他们人多,我先不动。如果是一两个人,我一喊,你们马上返回来,收拾了他。"这是组长的战斗部署,两名新战士只得执行命令。

两个男兵脚步很重,故意弄出声响,让人知道查线兵已经继续前进了,小陶隐蔽在一蓬竹子后面静候着。忽然发现,旁边灌木里有什么东西微微在动,越来越近了。先是一只手分拨开树叶子,随后一个人探出头来,左右观察。小陶把手榴弹弦在指头上,随时准备投出去。

那人已经从灌木丛里走出来,是一个身材小巧的越南姑娘。长长的头发披散在腰际,在后脖颈用手绢束着。披了一块美国军队的伪装尼龙布,穿的是没有领子的紧身月白色上衣,宽大的黑绸裤,光着脚丫子,自动步枪挂在左肩上。不用说,这是一个青年冲锋队员。陶坷注意看看后面,再没有别的人跟上来。照说,她应当按事先约定的,喊叫几声,通知两个战士包抄敌人。小陶完全忘记了自己的战斗部署。既然对方也是一个女的,在身高上又占着绝对劣势,为什么我不能亲手来捉一个活的?

越南女冲锋队员取出一把钳子,动手去剪电话线,同时侧目向竹丛里看去,忽然看见在绿色的钢盔下面,一对明亮的眼睛正注视着她。想象得出,越南姑娘第一个闪念就是她走进了伏击圈,周围不知有多少双眼睛注视着她。她转身要逃,不想枪皮带挂在树上,树枝弹性很大,自动步枪被弹出老远。待她要去捡,发现枪已经端在竹丛里那个中国军人手上。在她的眼中,这位中国军人长得是那样高大,加上一顶闪耀着红五星军徽的钢盔,越发显得威武雄壮。黑洞洞的枪口对准了她,她木木地站在那里,知道不能再动。看来她又转念一想,开枪就开好了,我还等什么,她突然撒丫子就跑。

小陶并没有开枪,自顾紧追不舍。青年冲锋队员回头看看,她十分惊异地发现,原来在她背后追赶的竟是一个女孩子。她即刻明白过来,刚才看见的那位威武的中国军人,主要是威武在一顶钢盔上。钢盔跑掉了,露出女孩子短短的头发,真相大白,这当然就完全是另一回事了。

女冲锋队员机灵地闪在一棵树后,闭住气等候着。只待追赶人错过身去,就可以突然从背后抱住她。等了一会儿,还不见动静,只觉得冰凉的枪管已经触到脊背上来了。她一回手抓住枪,拼命抢夺。越南姑娘双臂向上,高耸的胸脯完全暴露给了对手。陶坷想到,可以腾出一只拳头,猛击对方的胸部。她在什么书上读到过,说女人乳房是一个致命处,经不起打的。小陶没有这样做,她竭尽全力扭动几下,拖带着越南姑娘旋转了几圈。横过枪,当胸一推,对方连连倒退十多步,仰面摔倒在地上。

女电话兵端着自动步枪紧逼上去,向对方现出了胜利者的微笑,她随后从衣袋里取出几张代言片扔过去。上面用中越两种文字印着:"告诉你的同伴,不要做无谓的牺牲,赶快出来投降,保证你们生命安全。"女冲锋队员捡起一张,装作在看,心里暗暗打定了主意。她抓起一把土,冷不防向陶坷脸上撒过去。趁着陶坷抬起胳膊去遮挡,她转身钻进了丛林。

逃命的只想逃命,追赶的只想着捕获自己的猎物。双方都全然不曾顾及,自己衣服早已被树棵藤刺挂得稀烂,几乎是赤身裸体了。她们的头发同样散乱不堪,沾满了草叶,脸上和肩头尽是一道道的血痕。两个裸女一前一后,像两只蝴蝶儿在追逐着,一时在林中空地上出现,一时又飞进密林中。

眼前出现一条清澈的河水,河面不宽,夹在两山之间,水相当深。上游一带,正是九四一部队穿插分割敌军的战场,不时有越军的尸体漂流下来。女冲锋队员看见水流得那么急,又看见一个个泡得发涨的尸体,本来不敢下水的。可是背后人追得紧,不容她犹豫,她擎着野藤从岩石上滑下去,横了心扑通一声跳下河去。她水性不强,一进入激流,几个浪头盖下来,就有些发晕了。自己感觉还在奋臂游向对岸,其实只是随着波浪一高一低漂流下去了。

陶坷把自动步枪背起来,紧跟着跳下了水。经过两年泅渡训练,她全副武装,加上一拐子线,可以横渡几公里宽的江河。陶坷注意到,顺着弯弯的河道,再往下游去,便是一道巨大的瀑布,河水陡然折断,整个儿跌落下去,在深谷里激起一片白茫茫的水雾。她很快游到前面去,拦截住女冲锋队员。对方还是极力挣扎,不让陶坷靠近。陶坷猛扑过去,把她按在水里,趁她被呛得不由自主,扯住她的长发,向岸边划去。陶坷一只胳膊拦腰抱住越南姑娘,一只胳膊紧紧钩住了从岸边弯到水面上来的粗大的树枝,总算上岸了。回头一看,好险哪!她们已经接近了瀑布,再向前去便要顺水跌落下去,不堪设想。

两个姑娘都精疲力竭,刚爬上岸,浑身的水还在往下流,只听有人用越南话喝令道:

"不许动!举起手来。"

陶坷忙要取枪,一看,围上来用枪逼住她们的,是连里派出来查线的几个电话兵。

战士们先都没有认出小陶,只见两个姑娘衣不遮体,不免目瞪口呆,不知如何是好。

小陶气愤地说:"你们这些死人!只管看着干什么,还不把你们的雨衣扔过来。"

大太阳当顶照着,陶坷和她的一名俘虏严严实实地穿着雨衣,回到了指挥所。

十

她希望自己能成为一滴洁净的水。

三月五日,我国政府宣布,边防部队达到了惩罚越南小霸的目的,决定撤回边界线我方一侧。西线的九四一部队和兄弟部队一起,在圆满完成任务以后,采取倒卷帘(交替掩护)的办法,梯次撤回国内了。

从红河浮桥一上岸,总机班女兵们就把军用水壶里剩下的水倒掉,在"迎新茶水站"灌满了凉茶,仰起脖子咕咚咕咚喝了个够。她们说:

"半个多月没有喝到我们自己的水了,好甜哪!"

在外面大家都说,一回国先倒头睡三天三夜再讲。不想,现在谁也没有一点倦意。她们踏上了自己国土,心里充满了一种说不出的亲切感和新鲜感。过去似乎从未有过这样的体验,只能是此时此刻,才会感到一切都是如此亲切如此新鲜。电线上落了一排麻雀,叽叽啾啾唧唧在叫,是谁在说:

"我们这边小雀子叫的,比那边的要好听多了。"

九四一部队在边境一线停留了一段时间,进行作战总结和评功庆功。陶坷参加转送女俘虏,提前回到祖国,在战俘管理所协助了一段工作,也从俘管所回来了,总机班六姐妹全体会合在一处了。

一号首长是随后卫部队撤下来的,一回来,先跑到电话站来看望总机班。连长、指导员陪着,大家都坐在线拐子上。一号笑呵呵地逐个儿望着六个女电话兵,使她们在那样亲切爱抚的目光下有些不好意思了。

"你们这些冒领男式大号鞋的,这半个多月怎么样?够受了吧?"

女战士低下头,只是轻声地笑着。她们一向是用无缘无故的笑声来回答首长问话的。

一号兴奋地说:"别的不敢吹,我可以这么说,'九四一'没有一匹不能上阵的马。行!真行!算我错看了你们。不知道通信科为什么到现在还不给你们请功。没关系,我和二号为你们请功,提到党委讨论。"

大家简直不敢相信一号的话。她们觉得,出国作战以来,一号对总机班不可能有什么好印象的。他几次在电话上大发脾气:"要你们这些电话兵干什么吃的!"可是,看样子首长是从心里在夸赞她们,不是随便说一说的。

杨艳嘴快,她故意说:"我们班任务完成得不好,一号别讽刺人。"

一号说:"谁想找我这么讽刺他一下,我得考虑考虑咧,我这人可不是那么好说话的。"

"要是说我们任务完成得还可以,那也多亏了一号,是一号刮鼻子刮出来的。"杨艳这话引得大家笑起来。

"我是不是骂了你们什么难听话?我可不记得了。"一号连忙表示道歉。

班长严莉说:"不!线路出了问题,首长在电话上讲几句气话，我们心里倒还好受一点。如果首长一句话不讲，扔下'有线'，全用'无线'去了，那我们才受不了呢。"

一号嘿嘿地笑着说："你们听听，到底是当班长的，同样几句话，说出来就不一样。"

总机箱子上，放了路曼和肖群秀刚刚填写好的两张入党志愿书。一号拿起来看看，祝贺了她们。一号说：

"听！红河沿岸炮还在响。你们能在炮声里来填写入党志愿书，这是难得的。不比平时，谁在班里多扫了几次地，就算是过硬的条件，可以优先吸收入团入党。我晓得的，一个班就那么一两把笤帚，你早一点拿到了手，我就拿不到，不见得我的劳动观念就比你差。当然，抢着搞卫生总是个优点，我并不反对。"一号问严莉，"你们班就只她们两个填表了吗？"

严莉说："在国外，支部就发给了小陶入党志愿书，她一直拖着，没有填。"

"为什么？"一号问小陶。

陶坷笑笑，总不作声。

"小陶以前写过申请的。现在总说自己条件不够，愿意过一段时间再讲。"严莉替小陶回答。

指导员："这次到前方，小陶是比较突出的，可是小陶总拿自己和刘毛妹烈士比。说既然刘毛妹都还没有能入党，那她就更……"

提起步话机员刘毛妹，一号首长立时现出了沉重的神色。他带着对于这位烈士深深的敬意说：

"大家都向党委提意见，说应该追认刘毛妹同志为正式党员。我们当然希望能这样。可是,他生前没有向党组织表示过这种要求。无论他是出于什么考虑,我们总是应当尊重他个人的意愿。"

陶坷解释说:"我是想着,既然自己各方面差得太远,就是勉强入了党,一想起他,心里会觉得过不去。我们党内缺少的是他这样的人。"

一个战士,出于对自己更严格的要求,主动向党组织提出,宁肯先留在外面,这样的事情,在过去战争年代里倒是常见的。当初一号本人就曾经采取了这样的行动。本来满十八岁的时候就可以填表的,他主动推后了一年。那时候在部队里,大家都以刚够年龄就加入了组织为骄傲。一号虽然失去了这种骄傲,却从不感到遗憾。今天又看到有人这样,使这位有将近四十年党龄的老党员内心十分激动,感慨万端。我们已经有了三千多万在各种情况下吸收进来的党员之后,再吸收一个党员,正如在湖水里又注入一滴水。这一滴水,即或是很不洁净的,也不至于给湖水里增添更多的沉淀物了。可是,女电话兵陶坷并不因此宽容自己,她希望自己能成为一滴洁净的水。

一号告诉连长,放总机班半天假,让她们下河去洗个澡。连里特地划分出一个河段,给女电话兵们洗浴。出境作战以来,白天黑夜就是那么一身儿,又是雨又是汗,湿了干,干了湿。坐在一起,彼此闻得见的,除了和男同志身上一样的酸臭,还多了一种男同志所没有的气味。

六姐妹在河湾里找了一个僻静的地方,派人站上哨,轮流下河去洗澡。她们轻装很彻底,现在可怜了,没有可替换的。只好先把衣服和小东西全部洗出来,晒在草地上,然后洗头洗澡。完了扯几片芭蕉叶铺着,坐下来梳拢着水淋淋的头发,等着衣服干。

太阳就要落山了,六姐妹一字儿排开走回驻地。她们在河里洗了个痛快,一个个头发蓬蓬松松,夕阳照耀下那红润的皮肤像是透亮似的。驻地生产队的妇女们抱着孩子站在路边看,她们议论说:"九四一部队招女兵,尽是要挑选长得好看的,不好看的全都刷下去了。"

一位没有战功的老军人

一

正如苏东坡贺欧阳修辞官退休的一封书信中所说的,面临大家晚年不可避免地都要面临的这桩事情,"愚智共蔽,古今一涂",往往是"有其言而无其心,有其心而无其决"。一些人在党委会上发言,对离休退休制度的战略意义认识蛮深刻,一联系到自己名下,言语就变得含混不清了。

应该说,到了年纪的老同志都还是很明智,很干脆的。比如58162部队后勤部长余清泉,虚岁刚满花甲,既无肠胃溃疡,又无心脏功能阻滞,要干还是可以干几年的,倒最先报名离休了。

师职干部离休,可以安排在省城,或是其他中小城市。余清泉提出要回老家去,不是回太行山老家,是要回妻子家乡去。同志们都劝他慎重考虑一下,如果老婆还在,当然一切没有问题。人已经不在了,又不曾留下儿女,连老岳父老岳母也早已去世,只还有几间空屋,你孤身一个老头了住下来,以为是容易的吗?领导上知道,什么事他下了决心是很难改变的,终于不得不同意了他的要求。受命到当地为他办理安置的同志尚在奔走中,他已经交运了行李,动身上路了。

他的这种迫不及待的心情,人们当不难理解。他无法忘怀已经去世十多年的妻子,无法忘怀五十年代初和妻子共同生活过一段时间的那个偏背的小山村。仿佛他在通往村寨的那条光溜溜的石板小路上失落了他最为珍贵的什么东西,焦急地要寻找回来。

据说犀鸟(又名钟情鸟)一旦丧失配偶,另一只也就很难将自己的生命维持多久。不是郁闷而死,便是索性并拢翅膀,一头撞击在山岩上。人究竟不同,不像鸟兽那样缺乏控制自己感情的能力。余清泉多年来忍受着失去伴侣的痛苦寂寥,工作生活始终保持了平静如常的秩序。如同强烈地震引起的弹性波消失之后,大地表层平复为原有的外貌。是不是因为人老了,变得爱唠叨的缘故呢?过去他从不同人家讲起他丧妻的事,近几年不同了,他常常无法克制地要对人家叨念起来:

"只要我能提前半个小时赶到,还可以最后见到一面。可是……"

讲起这些,心里不是滋味,照例又是一下打住,改了愉快的话题,开始讲述着他和妻子最初相识的情形。

那是在天安门城楼举行开国大典的同时,我们部队正在向大西南采取战略迂回。云、贵、川、康全境解放,随即来了一个野战军地方化,一个师包一个专区,团、营包一个县,开展清匪反霸,组织群众春耕生产。余清泉在一个山区小县里担任工作队长。他每天要处理各种各样从未接触过的,又都是刻不容缓的许多事情,尽管时间紧张,他只在白天办公,天黑就难找见人了。周围国民党残余部队和地方土顽活动相当猖狂,竟然有几个县城一度被他们"端"了。县、区政权,除委任了县委、区委书记,派驻了以部队干部为主的工作队之外,其他几乎是原封未动。留用的旧人员当中有些甚为可疑,所以余清泉一到夜晚就带一个小警卫员悄悄避开,让人无法掌握他的行踪。

起初,最多在一处住两三个晚上,便转移一个地方。后来他选定城关附近一个叫牛背的小村子,住在一户姓涂的老农家里不动窝了。似乎转移来转移去,反倒不如固定一处更符合安全上的要求。于是,村寨上的女人们开始在嘀咕,说有人看见工作队长余同志给房东家姑娘大妹带了六尺阴丹士林布回来,大妹还没有拿定主意是做褂子,还是做裤儿。涂家老夫妇对这一类传言并不介意。岂止不介意,做父母的差不多是在有意张扬着,让人们毫不怀疑他们认定了这位余同志,硬是打算把女儿给他的了。

虽时隔多年,自然风光并无多大改变,山河依旧,夕阳如初,一切都保持了先前的老样子。还是那条石板小路蜿蜒而上,通向村寨。石板大小均匀,铺得又很规整,迈一步正好踏一块过去,从山脚至坐落在山坳处的村寨,直到进屋,脚步不错乱,始终不会踩到石头缝缝的。

那天,余清泉带了警卫员从县城出来,照例在夜色朦胧中踏上这条石板小路。忽然听见树棵里窸窸窣窣响,他警惕地摸到了腰间的左轮枪。原来是大妹,她笑眯嬉儿说,她打猪草转来晚了,正巧可以和余同志一路回家。大妹裤管卷过膝头,裸露出两条颜色健康的小腿。由于长年不受鞋袜的约

束,脚趾分得很开,大脚板踏下去显得稳实有力。大妹许是感觉到了余清泉在注意她的脚,说:

"我这样光脚板很难看,是啵?"

"不!此地兴的就是打赤脚。"

"你们大军同志总是鞋子袜子,严严实实捂着,不觉得烧脚吗?"

"我们习惯了。"

"你脱了鞋子试试看,光脚板走在石板上好安逸哟!……"

昨日一场雨,路沟里积满了水。余清泉部长以及军分区和县人武部陪同他一起来的几位同志,全都脱了鞋蹚水过去。随后余清泉便把鞋子拎在手上,赤脚从石板小路向上去。年代久远了,那石板磨得平光溜滑,踏上去冰凉冰凉。阳光照射了一天,冰冷中又透着一丝儿温暖,脚板心麻酥酥的。余清泉又有好多年没有体验到这种冰冷而又温暖的麻酥酥的感觉了,心里说不出的舒坦。

天要黑了,牛背的社员们已经各自回家。主妇们在忙着做晚饭,男人则泡一杯细茶——他们不再满足于自家采制的苦丁茶了,靠在沙发上听着半导体收音机,所以余清泉他们进村,没有遇见什么人。他们刚刚踏上那石板台阶,一只黑狗尖厉地叫着扑过来,龇出一口牙齿,好凶恶的。在这种情况下,人们通常会捡起石头,或是寻找一根棍棒以自卫。余清泉竟一动不动,任凭那狗扑到面前。他诧异着,本应该是一只肥胖的老黄狗,那吠声也不对了,瓮声瓮气的才是。黑狗几乎要咬到他腿了,他本能地起脚踢去,狗向一边跳开了,随即又攻击过来。

一个妇女出现在门口,她举起拳头威吓那狗说:

"瞎了眼的,不看是大军同志吗?!"

余清泉自己也很难想象他是如何惊疑不定地望着这个女人,好一阵望着,以至那女人侧转身去,不敢再抬起头来。

余清泉第一次到牛背来,正是这样的情形。那只肥胖的老黄狗首先迎接了他,随即就见一个姑娘出现在门口,喝叫说:

"瞎了眼睛的,不看是大军同志吗?!"

于是老黄狗便乖乖地退到一旁去了。老黄狗很有灵性,从此同这位陌生的客人取得谅解,余清泉每次到涂家来,它总是不声不响,连连摇着尾巴表示友好。工作队长不必像到别的村庄去,往往由于哪家的狗叫个不歇,他担心被暴露了,只得换一个地方。……

"大军同志!你们找哪个?"女人怯生生地问。

初次见到,大妹不也是这样怯生生地喊他"大军同志"的吗?

刚刚解放那段时间,此地群众几乎每天站在路口高呼"欢迎解放大军"的口号,于是乎对军人一律沿用了"大军同志"的称呼。同样喊他"大军余同志",而在余清泉听来,大妹那轻声轻语中却含有格外的亲切和热情。这位大军同志不大会讲话,听话还是很会听的。

余清泉告诉女人,他不找哪个,只是想来看看这老地方,从解放到土改,他在这屋里住过几年的。女人略假思索,省悟过来,显然她已经知道这位风尘仆仆的老军人是谁了,连忙邀请他和几位同志进屋。

在岁月的剥蚀下,屋门槛已经残破不堪,只剩得矮矮的一截。余清泉迈过门槛,却把腿抬得老高。为了防止小鸡雏儿飞出去,大妹总是把好宽的一块木板堵在门口,工作队长出出进进,习惯了把腿抬得老高老高。

让余清泉愈加感到惊异的是,这屋里也同样有一对老夫妇,想必正是女人的双亲了。两位老人已十分衰迈,哆哆嗦嗦在收拾起杂七杂八的东西,为客人们腾出一个坐的地方,女人忙着用几个饭碗为客人泡茶。这女人同当年的大妹相比,无论就年龄或相貌而论,都相去甚远。但余清泉却久久不能从第一眼看见她所产生的那种惊疑恍惚中清醒过来。他甚至闪过这样一个背离唯物主义的念头:是不是大妹一家隐去自己身形,假扮了这一家三口,仍旧住在涂家老屋呢?

邻近的几家人先跑来看望大军余同志了,讲起来才知道,那女人原是后坪大队的。因为兴修水库,后坪搬迁了几百户人家,分散安置在附近各社队。牛背大队接受了这个单身女人,和她丧失了劳动力的父母双亲,让他们借住了涂家的几间空屋。

女人名叫云先碧。不过,登记在户口册上的这个正式姓名早被人们遗忘了,当地无分男女老幼,只管喊她"皇帝娘子"。

二

松泡泡的沙壤地,特别宜于出产花生,轻轻拔起一株茎蔓看,根须上那饱满的果实嘟嘟噜噜,数不过来的。是否也由于地势和土壤的关系呢?我国西南部被一重重山岭和云雾包裹着的某些边远的苦寒地方,历来就特别能出皇帝。当然,这里指的是在史书典籍上无从查考的那种野生皇帝,而不是讲他们确曾得过天下。到后来简直弄到了令人哭笑不得的地步,随便一个什么人,只要敢于站出来宣称他本人正是当今"真命天子",就不愁会有众多的人对他崇奉膜拜,会把他的任何一句不着边际的话当作金口玉言,深信不疑。

解放以后,虽经过了"镇反"和历次教育运动,这种稀奇事情少多了。但是遇有饥荒年景,随着社会治安情况的波动,准会又有几位皇帝出世的。他们之中,有的颇像是行家里手,不曾疏忽了取一个新的国号,改立年号纪元。有的则稀里糊涂,只晓得即位称帝,既不照君主政体办事,也不搞君主立宪,不见任命首相或内阁总理大臣,一人之下,便是什么财政部长、外交部长、空军部长、海军部长等等,实在是非驴非马,好玩得很。至少海军部长一职就先不忙设立,他们从祖辈起不曾走出过那一道狭窄的山谷,有谁知道海者为何物呢?何不暂缓一下,将来有此必要,提上议事日程也不为晚。

那么,帝王之家享用的又是什么样的华衣美食呢?说来可怜,这山风凛冽的高寒地方,人们从生到死很少有谁穿过棉衣。冬日来临,连皇帝本人也只能依照世代习俗,把自己所有的单衣,长短不齐,一层套一层穿在身上。夜晚睡在火塘边,烧起耐燃的树疙瘩,乌叶狼烟呛得直流泪。有一床筋筋吊吊的棉絮就很不错了,许多人是靠一件棕毛蓑衣过夜的。吃的是粗粗拉拉的包谷饭,舀一碗冷水,撒些辣椒面面进去,用生菜叶子蘸着,辣乎乎地哄着嘴巴把一餐饭咽下去。至于那些"皇帝娘子们",无论是"东宫""西宫",还是"正宫娘娘",只不过获得一个尊荣娇贵的封号,一律不脱产的。她们时常要搭帮一起,背起背篓上山去打猪草。

"卫星齐上天,吃饭不要钱"的兴高采烈的一九五八年过后,随之而来,此地人们便只能靠着漫山遍野去寻找粗粝苦味的蕨根来填饱肚皮了,以至于造成了一段时间出生率的空白。老年人们谈论着,这年月怕又该要出"皇帝"了!

果然出了一位"皇帝"。此人本来是县畜产公司的采购员,因为手脚不干净,被开除公职回了家。他读过一年高中,从化学课本上得到了一点营养学知识,知道维持人体代谢过程所必需的各种氨基酸,主要是在动物蛋白里。而将动物蛋白丰富的猪肝牛肉等等,和黄豆一类含植物蛋白很高的东西适当搭配,其营养价值则会加倍强化。采购员独出心裁,就以猪肝和黄豆这两味"主药"配方,治愈了几个由于极端营养不良而已经完全无望的人。并无其他任何奥妙,仅此一端,就足以为他自称为"皇帝"奠定了舆论基础。人们争相传言,义务替他宣传,说他是受命于天,出来拯救世人于水火之中的。连当地的一些社队干部,私下里也都讲不可全信,不可不信。

后坪大队一个十六七岁的女社员,全身水肿,奄奄一息,也是服用了这个采购员的"药"才保住了性命的。不等病人身体复原,采购员早托人向她的父母提亲了。这就是随后成为一位新闻人物的云先碧。

如同一只小动物,本能地觉察得到盘旋在高空的鹰鹫怎样威胁着它;这姑娘每回赶场,总逃不过要遇到畜产公司采购员。即使她背转身去,也能感觉到对方眯起一双充满了邪念的近视眼盯住了她的身体。她早有了不祥的预感,却万万想不到事情竟会是这样非同小可。现在已经不是地面上的一个无赖强要讨她,而是当今"皇帝"选中了她。这使她除去厌恶之外更增添了一层神秘的恐怖感,她几次从家里逃出去,都被找回了。到了日子,采购员那边吹吹打打来接人了,她这边哭闹着,头直往墙壁上撞,横下一条心不让人活着把她弄走。父母亲见女儿这样,心都碎了。又有什么法子呢,了得!这不是同平常人家做亲,随便不得的。最后只好用红绸布把女儿绑在一副滑竿上,让人抬起走了。

一个尚不谙人事的农家女,就这样做了"皇帝娘子"。

余部长记起来了。那年他接到妻子病重的电报,赶来牛背。走在街口,忽然看见一个年轻妇女,穿一身花红柳绿的新衣服,沾了好多泥污草屑,两根发辫散开来,披盖在肩头上。赶场的人们向两边闪开,为她让出一条夹道,女人像一个梦游者,自管痴痴呆呆向前走去。余清泉向人打听,才知道这是一位"皇帝娘子",从省城监狱里放回来的。

新娘子刚刚用滑竿抬到,公安人员也正巧赶到了,亮出逮捕证,当场给一对新人扣上了手铐。很快便见贴出了布告,原畜产公司采购员装神弄鬼,自称"皇帝",从事反革命煽动破坏活动,被判了无期徒刑。据说云先碧本来也要判"无期"的,经过调查,改变原判,劳改半年释放了。人们议论说,实际上并不干这女人什么事,她是受坏人坑害的,下狱劳改是活活冤枉了她。一些并不了解缘由的人,则认为这样处理够便宜她的了。作为正式履行了结婚手续的一个法定下来的反革命分子家属,总不能不受到一点应有的制裁。哪个喊你不老老实实当你的社员,既是要做"皇帝娘子",陪着"皇帝老公"蹲几个月班房,也就无话可说。

当年工作队有部队机关下来的一批女同志,那些女兵娃儿,穿起有意用力洗褪了色的淡黄淡黄的军服,打起绑腿,腰间扎一根皮带,两条辫子甩打甩打的,看着好喜爱人。此地的姑娘媳妇争相仿效,也都蓄起了双辫。大妹头发密实,辫子格外粗大,稍一弯腰,就滑落到胸前来。她并不上手,梗起脖颈把头这边一偏那边一摆,沉甸甸的两条大辫子便一左一右悠到背后去了。这"皇帝娘子"竟然也有着同大妹一模一样的习性动作,时不时摆摆头,将两条辫子悠到背后去,又随手梳理一下散乱的鬓发。

进入八十年代了,以梳辫子为新派的历史早已成为过去。现在即或像牛背这样小地方的妇女,又何尝不是要定期进城电烫冷烫呢?在如此咄咄逼人的形势下,"皇帝娘子"由于头发稀疏而细得可怜的两条直撅撅的小辫子,看上去就不免有几分古怪好笑了。何止头发已经变得稀疏,一绺一绺间杂着白发。她额头也已经布满了琐细的皱纹,深深下陷的两个眼窝儿笼罩了阴影,嘴角向下撇着,瘦削的肩头也拖塌下去了,依然顽固地坚持蓄着两条辫子,太不相宜了。

有谁能够理解她的这种古怪和顽固呢?当她仿效解放军女同志,精心编起曾经是甩打甩打直拖到臀部的两条大辫子的时候,把一个山乡小姑娘的全部欢乐和幻想编进去了,她保持两条辫子,便永久保持了属于她自己的一个斑斓多彩的少女时代。

三

军分区领导同志曾建议余部长先住在分区小招待所,等着按标准在牛背为他建好了房,再搬来住。余部长谢绝了,说在房子建好之前,他住在涂家老屋里就很好。

涂家三间瓦屋,左边一间先前是老夫妇两个住的,除去一个大灶火台,大半边漏雨很凶,不好住人。右边一间当初便是余清泉和大妹结婚的新房了,现在由云先碧一家三口人住着。大队早批给了云家屋基,料也备得差不多了,只是要等到农闲,才好请大家来帮忙起屋。队上倒是讲过,先给他们找个住处搬出去,不想大军余同志说到就到了,一时来不及腾开。于是只好在堂屋里"天帝君亲师"之位旁边支起一张单人床,请余部长先将就住下来。

晚上,大队生产队干部和许多社员都来和大军余同志坐夜,连前几年才嫁到牛背来的那些年轻媳妇们,也抱着奶娃儿来了。她们其实从不曾见过余清泉,却没有一个不自以为是同他相识已久了的。在牛背人的心目中,这位老军人正是叶落归根,回到了他的祖籍。尽管他这么多年很少到牛背来,人们却无时不从大妹感觉到他的存在,甚或比他本人在这个山村定居下来,更让人深切地感觉得到他的存在。他既然搁下了心把女人留在牛背,早晚他本该要回来的。大妹不在了,人们仍然相信他要回来的。他果然回来了,虽是晚了,他还是回来了。那班年轻媳妇们大呼小叫相互邀约着:

"大军余同志回来了,快去望哟!"

"快到涂家去望,大军余同志回来了!"

牛背小学的周老师正在县教育局开会,听到消息,当晚就赶夜路回来看望余同志。周老师五十年代初便被派到牛背小学任教了,她年纪小,和那些超龄的女学生们站在一起,分不出谁是老师谁是学生。这个热情活泼的乡村女教师,也学着解放军工作队女同志,腰间扎一根宽皮带,一天跟随她们到各处去写标语,宣传讲演。工作队长和房东女儿结婚,有她在中间发挥过桥梁作用的。多年没有见面,周老师也已是满头白发,余清泉简直不敢认她了。

人们正有说有笑,忽然沉寂下来,没有一点声息了。小娃儿们看见大人脸上一个个失去了笑容,想象不出发生了什么严重的事情,也都不敢再作声。只听见几个老农嘶嘶地在唖着竹根烟杆。屋里烟气腾腾的,昏黄不明的二十五瓦灯泡更加黯然无光。显然人们不约而同想念起了去世的大妹,空气一下变得那样沉重。

部队一些同志,家属不够随军条件,能找到各种变通的办法,提前把爱人接来随军。于是常常可以看见三五成群的年轻妇女,坐在营房门口打毛线,叽叽喳喳的,弄得门卫不好执行任务。余清泉是一九五一年结的婚,他始终让大妹留在牛背,偶尔接来部队住上十天半月,赶早就打发她回去了。以前家属随军有四个条件:一是参军十五年以上;二是营级以上;三是大尉以上;四是超过三十五岁者,符合这四条规定中的任何一条就可以。到后来余清泉四项条件占全了,仍然没有把妻子接来。有人开玩笑说,他大概以为四个条件全熬出来，就可以娶四个老婆，等四个老婆找齐了，才一块办随军，省得一次一次啰唆。

三年困难时期，许多军人家属在农村待不住了，纷纷请求办理随军，办不下来的，长年住在营房里不回去。余清泉妻子来部队治病，身体还没有完全复原，硬是买了一张车票送她走了。领导上讲过了的，越是在困难情况下，更不应当让自己家属离开农村，造成农业生产第一线非战斗减员。同志们谈论起这件事，总是大为感慨，这位无言无语的老同志竟是如此严格地要求自己。

从穿上第一身粗布军服成为一名小八路起，从不够实足年龄便加入无产阶级先锋队行列的第一天起，他就在以最严格的尺度要求着自己了。他刚入伍在营部当勤务员，虽还不是党员，文书讲党课吸收他参加的。小勤务员听课最认真，他不学那种调皮捣蛋的兵，一上课就去会见周公，或是用小镊子把嘴唇周围的"杂草"连根拔除干净，以图一劳永逸。不过文书每次指名提问余清泉，回答总是云天雾地的，不知所云。他懂是懂了，心里明白，嘴巴太不灵光，硬是讲不出。其实，授课人本来也并未强调对某些根本概念求得一个透彻的理解，课文中反复强调的，主要是为最终实现自己理想必须随时准备接受考验，直至人生最严峻的考验。冲锋号吹响的时刻自不必说，平时任何需要个人做出牺牲的事情，共产党员都要毫不犹豫地走在非党群众前面。这方面余清泉是做了足够准备的，所以当文书拿给他一张毛边纸油印入党志愿书要他填写的时候，他颇有些顾虑地说：

"过一段时间吧，这一阵我拉肚子，身体不行。"

吸收新党员,从没有过关于健康状况的硬性规定,余清泉却把体力充足看作首要条件了。那个年代,做一名共产党员最容易,也最不容易。掂量一个党员够不够斤两,不听你嘴巴怎么好使,只看你默默无言的行动。

作为一位不善言辞的老后勤,余清泉多年来正是以默默无言的行动在叙写着他平淡无奇的个人历史。他可以说并无任何令人瞩目之处,然而在本部队却一向赢得普遍的好感和敬重。战争年代流传过一种说法:当够了三年事务长,拉出去枪毙不冤枉。这当然是一句戏言,那时候把生活上占到任何一点点小便宜,都看作是极大的犯罪。当事务长的,有时候难免用筷子从洋铁筒里弄一坨猪油拌饭吃,或是随手捞一根大葱,拿一头大蒜。余清泉从事务长、管理员、管理科长干上来,就连这样一些小小不言的近水楼台的事情也没有沾过边。当了部长,宿舍里始终也还只有配发的那几样印有编号的旧营具,零零落落摆在那里,不成格局。直到离休,他没有要过一次干部休假,他甚至没有住过一天医院。一位后勤部长,要在自己属下的野战医院去住院,住房和营养安排简直不下于国宾规格,但他一次也没有得到过这种合理合法的享受。

在军队里,级别和职务的升迁变动是一个最为敏感的问题。过去打仗,军事干部和政工干部伤亡大,提上去的机会也多,相对来说后勤干部动得要慢些。和平时期,仍旧照此办理,一到后勤,就只能坐慢车了。所以一些人宁愿在下一级任军、政副职,也不希望被提升到上一级去任后勤的正职。余清泉遇到早先的老战友,问过了他的级别职务,总少不了要为他讲几句愤愤不平的话。确实,余清泉和他同一茬的干部之间,距离也未免拉得太大了一点。他只是笑笑,没有讲别的,其实每次都是他主动提出把有限的名额留给别人的。他呢,下次再说。排队买土豆,让过一两个人问题不大,提职晋级,让过一轮可就难讲是多少年以后见了。

在处理家属问题上,余清泉又是足以让人心服口服的。他担任正师职务,列入高干了,家属始终还是一名靠挣工分吃饭的农村社员,直到她故世。……

周老师显然是为了转换一下沉重的空气,笑着说:

"好了!这下我有办法啦,今后给学生讲战斗故事,不消到处去请人了。余同志!我代表牛背小学,聘请你为我们的校外辅导员,二天我送聘书给你,希望你大力支持哟!"

当地的小电站零点停电,并不发出警告,到了时刻一下黑了,云先碧随手点起一盏油灯。

送走了人们,余部长便准备休息了,云家两位老人说不忙,吃了宵夜才好困。云先碧已经坐在灶门前忙着烧火,松毛柴发出了毕毕剥剥的声响,迎着灶膛,"皇帝娘子"那苍老的却是容光焕发的面庞被映得通红通红。

这仿佛是不知多少遍重复看到过的一个电影镜头,对余清泉是多么熟悉,多么深切难忘呵!于是他眼前又显现出了另一张同样被灶膛火焰映红了的农家姑娘的脸儿,红扑扑的,犹如端阳节的石榴花。房东女儿悄悄告诉他说,她每天晚上从院坝远远望着昏暗的山坳。只见于电筒一闪一闪的,顺着从县城来的那条石板小路越来越近了,便连忙跑回灶屋,紧添两把松毛柴,把火烧大了。等余同志刚刚坐下来同

她爹妈在讲话,她已经端出两碗炒米花儿红糖水,卧了荷包蛋,热气腾腾递给他和小警卫员说:

"余同志你们只管吃,碗筷我洗过了几道的。"

只是等了一下儿,云先碧便端来了宵夜,一样的炒米花儿红糖水,一样卧了荷包蛋,热气腾腾地递过去说:

"余同志你只管吃,碗筷我洗过了几道的。"

四

天麻麻亮,山岭的轮廓刚刚在铅色的天空衬托下显现出来,有早起习惯的老农们也还没有起来,是谁已经顺着树丛中的小路在漫步了?他站在田边,久久地出神地望着一丘油菜田。

这一丘田,依着山坳,正构成一个月牙形,因此得名月牙丘。土改时候,工作队长余清泉用一根标明了尺码的麻索索,精确丈量过了月牙丘,登记在田亩册上。经牛背农会公议,这丘田分给了涂家。田土泛黑,油肥得很。只是靠着一面陡坡,不断有碎石生土坍塌下来,给主人增添了许多苦累。大妹不让爹妈劳动,靠她挑一对粪箕,一点一点把塌下的土方碎石清除出去。刚挑得差不多了,天上落雨,哗啦一下又垮下一摊,她又来挑。余清泉工作够忙的,也还找得到空余时间,来帮助房东女儿。加一对粪箕,工效岂不提高一倍吗?他宁可两人共用一对,这样别人看着不太显眼,不过是赶巧了,临时帮着挑几挑,并非他特意到月牙丘来的。只一对粪箕,便替换着来,一个装,一个挑,挑到夜里很晚,想不起歇气。

想是由于多年来山村遭受破坏,那山坡坍塌更为严重,"坐"下来好大一摊,占去大块面积,破坏了月牙丘的月牙形。余清泉看见一对粪箕和一把铁锹撂在田里。当年大妹正是这样做法,收工回去,粪箕铁锹就撂在田里,第二天只管空手来。老军人心里一动,忙回头望去,仿佛真的会看到大妹顺着树丛遮掩的那条小路走过来。

当真来了。晨雾蒙蒙中,只见一个女人的身影出现在小路上。他随即就认出了,那是"皇帝娘子"。

牛背的人们,特别是那些密切注视着世事的任何变化,而自己头脑很难得有些微改变的老婆婆们,无不对"皇帝娘子"表现出发自内心的崇敬。赶场天遇上了,她们总是诚惶诚恐,要看又不敢正眼相看,走一个对面,少不得要退避一步,让她先过去。本乡本土的,她们都是看着她掩起鼻涕长大的,却认定了她是凤凰真身,是实打实的一位"皇帝娘子"。年轻妇女们对于和她们同辈的这个女人虽也敬畏着,更多还是带有几分妒意,羡慕着她爹妈竟给了她那样一张好脸模子。有人则心悦诚服地赞颂说:

"人家生成就不是凡人的身骨貌相,选上了'皇帝娘子',了得!你们以为高醋矮酱油,随便拿过一瓶就是的了吗?!"

孩子们可就管不得那许多了,他们常常以围观"皇帝娘子"为乐趣。她走在哪里,总跟随了一大群娃儿,凑在脸面前盯着看她,像是在观赏刚刚捉到的一只猴了,一只鸟儿。尤其是那些半大不小的孩子,要懂事不懂事的,比赛着谁敢于当面对这个妇女讲些不堪入耳的粗野话。于是人群中便会爆发出一阵哄笑,男人们开心地粗野地笑呵笑呵,笑个没完。任凭人们怎样羞辱,云先碧从来不加理会,塌下眼皮只管走自己的路。多年来她习惯了如此,难得见她主动和谁搭腔的。

"余同志!你好早哟!我都没有听到你起来。"云先碧主动向余部长打着招呼。

"你也够早的了。"

"林木组的活路太忙,我只有一早一晚来,想赶着把这些生土挑出去。"云先碧抄起留在田里的铁锹,开始装粪箕。

"这月牙丘是你们家承包的吗?"

"是!"女人惊奇着,老军人还记得这一丘田叫月牙丘。

"呵呀!这么大一堆,你一对粪箕,什么时候才能挑完?"

"我豁上了一冬,总归要清利亮了就是。"

"恐怕一下雨,上面又会垮下来哩!"

"是的,等闲时我还要请工打石头,砌一道保坎,保坎砌高些,就垮不了啦。"

大妹便曾有过这样的设想,希望能沿山脚砌一道保坎,使一丘黑油油的好田永不再受流沙塌方之害。大妹的这个设想终于没有能够实现,现在又有人提出了同样的计划。老军人十分关注地问:

"请工来砌保坎,怕要花不少钱吧?"

"钱我预备了的,总归这一丘不打整好了我不交出手去。"

"怎么,这田不归你种了?"

云先碧告诉余部长,她加入了由六户人家自愿联合的林木专业组。爹妈年老,下不得田了,劳力上来不赢,所以决定把月牙丘转让给专业种田户,已经和队上讲妥,只等来年收了菜籽就办理合同手续。

直到现在,许多社员总还疑心个人承包土地不能长久,不定几时,说一声收就收回了。大家只管使用,又有几个人肯在责任田基本建设上投资投工呢?云先碧承包月牙丘的时候,那山坡早已垮下了的,合同上写得明白,本来并不与她相干,原封原样交回去,哪个有话说?现在这丘田要转让出手了,她却忙着来清除塌方,还要花许多钱请工,在坍塌地段高高砌起一道保坎。怕未见得是谁都心甘情愿这样的吧?!

"照说,田不归你种了,也就没有你的责任了。"老军人明显是在赞许着女社员。

云先碧不好意思了,"不管哪个种,田还是国家的哟!"

"要花不少钱的哩!你两个老人同意吗?"

"爹和妈不问,全由着我。"

"是啊!老人不问事了,他们心里很明白的。"

"倒也是的,他们咋个不明白嘛!过去大喇叭里总在讲,我们走进了这样幸福的大门,走进了那样幸福的大门。进是进门了,钥匙可没有拿在自己手上。现在硬是放心把钥匙拿给我们作田人了,没得话说,个人要过安逸,也不能只顾到个人的一头;这是小的一头,还有大的一头哩!"

余清泉完全没有想到,这女人竟会随口讲出了这样的一番话。她的言语如此深沉透辟,富于乡俗哲理的意味。余清泉带着对这位女社员油然而生的敬意重新打量着她,仿佛在此以前不曾留意过她,需要郑重其事地重新同她相识。

云先碧装满了粪箕,正要挑起走,大军余同志已经把裤管卷起,抢上来要接过挑子去。女人无论如何不放手,哪能让一位上了年岁的首长干这样下力气的活路呢!两人争来争去,说定了替换着来,一个装,一个挑。老军人精神抖擞,挑起满满的一担泥土石块,沿着细细的田埂走去,竹扁担一悠一颤,一看就知道是个能挑的。

此后,人们看见在月牙丘忙碌着的就不只是一个人,而是一男一女两个人了。

五

刚安家下来,自己起伙不方便,余部长就近在公社水轮泵站搭了伙。但好多天还不曾在水泵站吃过饭,本队的社员们排着队请大军余同志去做客,吃一转很要一些日子哩。余清泉觉得又回到了他当工作队长的年月,那时候随便到哪家,赶上了饭时是走不脱的。在摆满了一张矮桌的碗碟当中,总要有几样荤腥的,来不及上街买什么,现成的有腌肉咸蛋、野干菌儿那些。人们还记得,余同志滴酒不沾的,可是大家仍旧照早先待客的规矩,少不得要有酒上桌。现在和当年不同的是,在白酒之外又增添了本地出产的鲜啤酒,还要当场起开一听午餐肉罐头。农村里并不承认啤酒算得上是酒,也并不认为比鲜肉价钱贵了许多的肉罐头味道会更鲜美,但是招待干部和大地方来的客人,没有鲜啤酒和午餐肉罐头,便显得过于乡下气,不够开化。间或也有的人家用白米饭待客,而自己照旧吃两糙饭——大米和包谷各占一半,那是出于作田人传统的节俭习惯,并不是害怕一天三餐白米饭,便会把板仓里吃空了的。

云家两个老人拉住了大军余同志,不许他再应邀去别人家里做客。住在一个屋顶下,我们家管不起你一张口吗?余部长外出开会办事,或是去军分区看文件,回来没有个准时间的,早晚回来,总有热饭热菜留着在。他私下记了一个账,想着将来一定要按干部下乡的伙食标准算钱给人家。有时候他深夜才回来,两位老人已经先去歇了,云先碧还在候着。于是她又仿佛是在学着大妹的习惯,先把灶头焐锅子里的水舀在搪瓷盆里,端来给余部长洗脸。他洗过了,就将洗脸水,倒在木盆里洗脚。女人怕水凉了,又兑些热的进去,他两只光脚踩着木盆边边,等她兑好了水。余部长在部队虽有公务员照顾,用热水很方便,而这位多年来过着鳏居生活的职业军人是很能将就的,常常是在冷水管子上冲一下了事。现在他又体验到了,晚间用热水泡一泡脚是多么舒服。

余部长吃过宵夜就睡下了。云先碧回到房里,插上了门,她轻手轻脚,生怕惊扰了余部长。从板壁那边轻微的响动,余清泉知道女人又带着一天的劳累开始在阅读书报了。经常是在他早起洗漱完毕,云先碧便拿了一个笔记本,向他请教本本上写下的几个大大的童体字如何读法,显然是她昨晚阅读中记下的生字。遇到过一个"枳"字,余清泉也不认得,他让云先碧拿书来看,想顺着文句可以读出的。这是一篇介绍怎样在枳木上嫁接江西南丰蜜橘的小文章。文章看完了,仍然读不出那个生僻的字。他找周老师借了辞典来查,知道这是一种常青灌木,枝杈多刺,卵形叶儿,春末开白

花,秋末果熟,可以入药。云先碧一听便笑了:

"讲了大半日,不就是枳棵子吗? 人家栽在院坝团转做篱笆的就是了。"

加入林木专业组,虽讲是自愿结合,云先碧知道,总归还是人家好心照顾她,一个女人,奉养着两个老的,实在不易,不好把她撇在一边。她原来既无种植技术,又担负不了向外地运输推销。云先碧从内心感激大家,如果是在过去,即或人家可怜她,但有谁乐于并且又敢于同她这样一个蹲过监狱的"皇帝娘子"打伙一处呢? 云先碧也不愿意总让别人"背"着,她希望自己在林木组同样被人看重,并不白白占哪个的便宜。她托人买回一大叠关于林木栽培管理的书刊,凭着在妇女扫盲班识得的千数来个字,吃力地查阅研究着。她按照一本小册子上的要求,一条一理改进了主要由她负责的三十多亩泡桐梓木苗圃的管理,县林业站来人看了,十分满意,愿意把全部树苗包下来,当场签了合同,一次付给六千多元。

虽然买了一个金鸡牌闹钟,云先碧却怎么也习惯不了照钟点办事,往往是她夜读得兴致正浓,没有电了,才摸着黑睡下去。过不了一会儿,便呼呼地发出一个劳动妇女的沉重的鼾声。

同"皇帝娘子"只有一板之隔的老军人休息很早,却久久未能入睡。三十年前,涂家老夫妇正是在"天帝君亲师"之位前面支起一块门板接待了他,抱了两捆稻草,另外为他的小警卫员在旁边打了一个地铺。入夜,老黄狗在院坝担任警戒,一家人都睡下了,小警卫员也早已进入梦乡。房东女儿却还在缝补着什么,昏暗的灯光透过板壁隙缝照过来,构成一道道奇幻神秘的光束。工作队长翻转来侧转去,觉得左轮枪在枕头下面硌人得很。把枪拿开,并不解决问题。他暗暗责问自己,过去野战宿营,不也常常和房东家姑娘媳妇只隔着薄薄的一道泥坯墙吗?那时候怎么样也不怎么样,压根儿不往心里去,倒头就睡着了。真见鬼!现在问题怎么就复杂化了呢?不知又过了多久,大妹哗啦一下闩了房门,她上门闩的声音弄得很响,显而易见是为了让对面房里爹妈知道,女儿已经结束了晚间的针线,上床歇了。余清泉又听到窸窸窣窣发出声响,房东女儿随即又把门闩慢慢慢慢抽开,撤除了进入她房间去的仅有的一道防线。那声响极细微,他不是凭听觉,而是凭感觉分辨出的,实在并不一定。但他断定了正是如此,于是这位人高马大的青年军人在门板上缩作一团,像一只螺蛳,一动也不敢再动。

六

在关于美满姻缘的许多古老传说中,几乎一律是不可缺少地要有一位热心肠的人物奔走其间,才能成其好事。大军余同志和房东女儿结合,就全靠了牛背小学的周老师。当时周老师也还是一个未婚的年轻女子,本来并不适宜于扮演这种见机行事的中间人的角色,她却取得了完全的成功。她向两边伸出了手,把一个用自己脚板丈量了大半个中国的北方军人,和从不曾走出过牛背地方的一个山乡村姑牵拢在一处了。

战争期间,只有老红军和职务较高的"三八式"可以批准结婚。一九五四年以后,线放宽了,营、团干部和三十岁以上的连级干部,也都纷纷在发起攻势了,余清泉便是其中之一。地方批准问题不大,只是给部队的结婚报告打回来了,不批。不批就算了,过几年再说,周老师不甘心,一定要让他回部队谈谈,还教了他一大串言语,有软有硬,非把"同意"两个字磨下来不可。余清泉照计行事,回去找组织部谈了。人家不但不听他的申述,还指出他作为一位工作队长,局面刚打开,先不先就来解决个人问题,影响不好,劝他立即转移住处,和房东女儿脱离接触。

"那么简单,你们试试看,事情不搁在谁身上谁不知道,不好办咧!"工作队长诉苦说。

再三请求,硬是不松口,他忘记了周老师要他耐着性子"磨"的话,一下强硬起来:

"你们总是这样,该解决不解决,非等出了问题,给人家下一个处分,然后才批准。好吧!不批拉倒,出了问题看谁负责!"

本应该有几句恳切的足以打动对方的言语,让他这样一说,岂不是公然在要挟组织吗?照理是绝不能让步的,出乎人们意料,这桩婚事很快就被批准了。具体问题具体对待,如果余清泉把眼前这样一个幸运的机会错过了,要靠他克服种种障碍,主动去接近一个异性,将永远没有指望的。对领导上做出这样处理,同志反映良好,真可谓功德无量了。

从解放到八十年代初满头白发的周老师依然留在牛背,依然是一个生活清苦而自得其乐的山村教师,也依然热心于帮助任何需要她给予帮助的人。她不曾预料到的是,现在又需要她来扮演三十年前她曾扮演过的角色,帮助大军余同志解决个人问题。

"周老师!大军余同志的事情你要放在心上才是哟!你不帮一下,哪个帮得上手嘛!"

社员们这样对她说。仿佛有条文规定,这本来就是女教师职责范围以内的事情,也只有她才可胜任。周老师又何尝不在为余部长焦心呢!一位老同志,孤零零一个人在乡下安家,抬手动脚都是困难,当务之急便是要找一个过日子的老伴儿,这原本在情理之中的。能够替他"解决"一个什么样的呢?这可就颇费斟酌了。周老师想到了一个人,她不说出口,先问别人:

"你们猜我想的是哪一个?"

"还消说,明白在那里摆起的嘛!"

大家会心地笑起来,不必讲出名字,都明白指的哪一个。还有哪个比她更合适的呢?

从余部长这方面的条件看,也许不难在地、县机关单位找到一位打了离婚或是丈夫过世了的五十岁上下的女同志,无须乎来就合一个农村妇女。但牛背的人们从来就不把余清泉看作是同他们之间有着相当距离的一位相当一级的领导干部,而只把他看作是"大军余同志",认定了他的事情只能在牛背就地"解决",而不大可能不切实际地着眼于外界。别的不讲,在县、市找一位有工资的,人家愿意迁移户口到牛背来吗?

虽然大家一致认为云先碧是一个现成的人选,却又觉得未必能成。有人说,年岁差多了一点。这倒无妨的,横竖双方都已经不是青春年少了,晚来作成的对对,相去二十岁并不显得怎样说不过去。问题在于,估摸不透余同志的心思。大妹去世十多年,一直没有再娶,如果人家根本不作这种打算了,别人也就不必多费心思。即或他同意由别人帮助找一个,他会考虑云先碧吗?这不是一般的一个结过婚的女人,这是一位"皇帝娘子"唎!

周老师也心中无数,但她还是决定试试看。

这天,余同志要去水泵站,周老师在村边大皂荚树下赶上了他。女教师还不曾张口,先暗自笑了,她第一次为大军余同志说媒拉纤,就是在这棵大皂荚树下谈成了的。这可能是一种好兆头哩,她希望这一次也能像上一次那样顺利。那次女教师开门见山,便正面提出了问题:

"余同志!你和大妹,我看就解决了好啵?"

"我没意见,只看大妹怎么说。"

简而单之,妥了!

这次看来不像上次那样条件成熟,周老师不敢正面攻击,她绕着弯子,先谈起了云先碧托她帮助找房子的事情。说她和学校讲过了,学校答应把堆放桌凳杂物的一间茅屋倒出来,借给云先碧一家暂住。

"那怕不行吧!那间草屋又小又矮,一家三口人怎么住?"余清泉做出保证说:"他们立起房子以前,就和我一块住好啦,住多久都没有问题。"

"你当然不会赶人走,云先碧早不过意了,说不能总挤着大军余同志,要余同志讨嫌。"

"唔!是不是我不注意,有哪句话讲得不对头。就请周老师替我解释一下,我可没有那个意思,什么讨嫌不讨嫌。"

老军人认真了,话讲得十分恳切,似乎不是云先碧一家有求于他,倒是他求着他们在涂家住下来,不要搬走。周老师心中有底了。

"说也是的,两家打伙一处住,很不方便,算是怎么一回事哩?"女教师话里有话。

"不,不! 没有什么不方便。"

"硬是要讲方便,一家人才方便。余同志哒! 听我一句话,干脆! 你和云先碧合了家算喽! 多好的一家人!"

周老师仰起面团团的一张笑脸,望着老军人,等待他回答。

余部长未动声色,连眼皮也不曾抬起一下,所以别人也就无法捕捉到他昏花的两眼闪放出的明亮的光芒。那光芒可以比作电光石火,几乎是在闪亮的同时已经熄灭了。

"多谢周老师,不可能!"

他答复女教师,依然带着那种惯常的笑,却听得出并没有留下回旋的余地。随即他晃动着高大的身体,自管走了。在余同志来说,这便是相当严重的一种表示了,无论怎样不愉快,他也不和人动怒的。

女教师这才觉悟到自己是如何冒昧。仅仅由于有人多嘴多舌,竟对他提及他从不愿意对人提及的这桩事情,便足以引起他老大的不高兴了,更何况向他提供的是那样一个让他不能不有所顾忌的人选。原就有人这样说:

"换了别人,许是禁不住想要尝尝做'皇帝老公'的滋味哩。余同志不行,他是戴红五星挂红牌牌的人,是四十多年的老党员,要不得哟!"

七

人说离休以后无事可做,会憋屈得你像雨后的甘蔗,浑身骨节儿咯咯巴巴响,弄不好要成神经病的。余清泉部长原也存在这样的顾虑,看来多余担这一份心了。他现在的工作日程排得够紧的,简直没有留出多少空余时间去松活自己的骨节。共青团区委、农业中学、附近各大队的小学校,排了队请他作传统报告,讲战斗故事。牛背大队筹办文化站请他参加领导小组,最近又应聘担任了公社水轮泵站工程指挥部的顾问。

人家给他这样那样的名义,大半是出于尊重一位老同志,开会请他提提意见,并不打算烦劳他负责什么具体事情。他可当真的了,一律看作是给予他的正式任命。水轮泵站上马十多年,由于资金和技术力量困难,打打停停,动工那年出生的娃儿上中学了,工程还是原样在那里摆起的。现在大家手头宽余起来,解决了自筹资金。但技术力量还是上不去,让人焦急。余清泉顾问决定施展一下并非他所擅长的外交家的本领。他上了一趟北京,通过军委总后勤部的老战友,聘请到了一位对水泵很有研究的助理工程师回来。人们都说,亏得有这样一位尽心尽力的大军顾问,不是他,事情怕谁也"跑"不下来的。公社主任让余部长拿车票来报销,他说在军分区报过了。哪里有那回事,他是向自己荷包里报的账。

余部长外出不久,周老师忽然收到了他的一封信。稀稀拉拉写了几行字,表示他无条件接受周老师的建议,只是不知道云先碧愿意不愿意同他合家,还须请周老师给予帮助云云。女教师笑了。这几句言语,他本来可以随时找她谈的,却等外出之后,才花邮票写信回来。文字原有这样一种功用,当面不好张口的,可以求助于笔墨,写信只需一半的勇气就够了。

余清泉对周老师的建议原是不胜欣喜,但同时心里又是那样莫名其妙地不舒服,以至觉得受到了轻视,受到了戏弄,受到了侮辱。当他从纷乱复杂的激动情绪中镇定下来之后,便暗自承认,他回答周老师说"不可能",虽带出了极力加以抑制的怒气,却又并不是从心底里讲出的。

他回味着女教师年轻时候是那么爱闹,曾当着好多人,拷问他是怎样做了房东女儿俘虏的。他不言语,只嘿嘿嘿憨笑着。是从哪一天起,工作队长开始体验到了彻夜失眠之后那种头重脚轻的眩晕感呢?是从哪一天起,他开始品尝到了甜蜜搅拌着苦涩的滋味竟会是那样苦涩而又是那样甜蜜的呢?是从哪一天起,他开始在对方面前变得手足无措,而再也做不到像先前那样处之自然了呢?他实在无法说得清楚。

现在,余清泉又重复在多年前的这种不可言喻的感受中熬煎着自己了。正如当年他发现自己于不知不觉中成了涂家的成员之一,现在他发现自己同样于不知不觉中加入了云家的生活序列,要他同以云先碧为中心的这个家庭分隔开,也正如当年组织部长要求他和房东女儿脱离接触,同样是不可能的了。他一上火车便匆匆给周老师写了信,投进车站邮筒里。他知道,他同云先碧的事情将很快到处传开来。也不能排除有人会从反对的方面发表议论,说他老都老了,又心血来潮要结婚。高兴怎么说就怎么说好了,这毕竟是属于个人生活的事,余清泉原没有打算征询谁的意见。他本来并不具备遇事迅疾果断的突出的军人性格,在这件事上,却能够以十足的军人方式,迅疾做出了决断。

女方的态度又会是怎样呢?

作为一名安于本分的女社员,云先碧和其他妇女没有任何不同。而作为名噪一时的一位"皇帝娘子",却没有任何一个女人体味过她的处境是如何尴尬,有苦说不出。不妨把她比作没有关进笼子里去的一头斑纹美丽的母豹,人们可以尽情观赏,却不能不同它保持着足够的距离,有谁胆敢多向前靠近一步呢?倒是有几个眼馋不过的,曾各显神通,试图在这个女人身上讨到便宜。也只限于顺手牵羊,讨一个便宜,决不至于有哪一个因此丧失了理智,情愿和她履行结婚手续,把自己的命运同她连接在一起。即或有人并不以为一个坐过班房的"反属"多么可怕,也不能不顾及,要同她一起肩负起奉养她丧失了劳动力的二老双亲的责任,这不仅需有那样的耐烦,经济上必须有深厚的根基,谁能够拍这个胸脯呢?云先碧父母和家门上老一辈人,原可以做主,替她另寻一个人家。可是他们想都没有想到过这一层,有谁竟可以打发一位"皇帝娘子"另行改嫁呢?罪过!

于是,一年一年过去了,云先碧除去保留下来两条细得可怜的直撅撅的辫子以外,做小姑娘时的种种幻想和期待早已在寒风呼啸中流散了。她很安于同老爹老娘守在一处,从不曾希望要改变这种清冷沉寂的生活格局。周老师向她提出婚事的建议,她低下头笑了,以为又是同她说笑好玩——她也只有和这位比她年长许多的女教师才有可说笑的。大军余同志会乐意和她这样一个女人组织家庭吗?她无论如何也不能相信会有这样的事,正如她不相信被薅锄斩断了根的禾苗又会活转来。

周老师欢喜不尽地告诉云先碧,只等她的一句话了,大军余同志那边已经没有问题,还写了信回来拜托她多多帮助哩!

云先碧分明感觉到了一场春雨的来临,足以溶解那干燥凝结的高寒山区的空气,足以唤醒那一丘丘"雷响田"和焦烧的坡土,足以涨满那干涸已久的河床和水塘。她无法控制自己如在梦境之中的喜出望外的激动心情,几次张口,竟讲不出一句话,骨节粗大的一双手捂住了脸,哇地哭出了声。她依在一丛苦竹上,直哭直哭,那苦竹随着她肩头的耸动沙沙沙地哆嗦不止。

八

不想又会节外生枝。

云先碧眼睛哭得泡泡的来找周老师,说她和大军余同志的事情不谈了。原来她悄悄去找本大队一个姓韩的"先生"算了一卦——此地称呼算命批八字儿的盲人为"先生"。这位盲人预言家前段时间在街上摆了一张方桌,挂起了招牌,公然做起骗人钱财的营生,后来被取缔了,改在自己家里悄悄接待他的信徒。他算卦的价目是浮动的,视求卦人的力量而定,一元起码,三元五元不等,人均收入在千元以上的冒尖户找得来,要价就没有边了。想是云先碧钱给少了,韩瞎子算定她命相中要连续克死两个男人,轮到第三个,才可永保平安,白头偕老。余同志占第二名,到不了头的,这样就不如早打退坡了。

有人出主意,先找一个替身,驼子跛子都可以,让云先碧和他走一个过场,酒席一散就打离婚,大不了赔偿几百元了事。这倒不失为一个万全之策,既合乎法律,又把余同志错兑到了第三名的位置,只是未免缺德,当然不可取的。有什么办法呢?说服云先碧,一时不可能说得通。道理她完全明白,在妇女扫盲班听周老师讲过的,现在进入了一个新的物质和精神文明的时代,不能再搞过去封建迷信的一套了。但是在这桩事情上,请给予谅解,云先碧实在难以克服她的唯心观念。这里牵涉到会让大军余同志背时的,不是一般的背时,而是作为她的第二个男人,注定了要被她克死的。如果可以反转过来,注定了她将被对方克死,那她会毫不犹豫地接受下来。对大军余同志,莫说是死呀活的,对他有任何一点点损害,都是这女人绝对不能接受的。现在只有一条出路,争取算命先生改口。

周老师去找韩瞎子,她的小儿子也跟去了。不等母亲说明来意,小伙子已经在训斥韩瞎子,说他不该胡诌八扯,捉弄一个苦命的妇女。对方刚要争辩,扎扎实实一个大耳光子扇过去了。小伙子心里早窝了火,他吃过韩瞎子亏的。好容易才谈拢了一个对象,也是女方找他问了一卦,问吹了台。说什么"蛇虎如刀锉,猪猴不到头",属相不合。结婚登记是在公社办理,而人们总是先到韩"先生"家里走一趟,他这里通不过,一般也就不再到公社去了。

"你敢动手打人,好嘛!"韩瞎子用胳膊肘护着脸说,"现在一家一户作田,干部凶不起了,倒反由着你来凶。我也是专业户,自谋生路,与你屁的相干!"

等这位"先生"冷静下来,周老师问他,"大军余同志前几日来看过你的,是啵?"

"是,是!我一直不得闲,还没有去看望余同志哩!"

他只管这样说就是,其实去"看望"人的话,对他是不适用的。他讲起余部长,完全像在提叙着他的一位世交好友,有意带出亲近和炫耀的口吻:

"土改合作化那几年,乡里开大会,余同志总忘不了招呼我,'请老韩到前边来坐!'他牵着我,坐在头一排长板凳上。早年间没有电喇叭麦克风,让我靠前坐,好听清楚他讲话。他那一口侉里侉气的北方话,直到如今像是还在耳朵边吼。他说,将后来农村都要像苏联集体农庄那样,开着拖拉机犁田耙田,坐在飞机上洒六六六粉。一到晚夕,男男女女,拉着手风琴到俱乐部去玩。老年人送进养老院享清福,下不得田的残废人——余同志还拿我打比说,就像老韩这样的,派他一点轻省安逸的工作,让他和众人一样过上火旺的日子。……"

"就是的,那时候余同志就关心着你老韩。"周老师忙接过了话茬儿,"现在还一样想着你,他和大队讲好了,准备在文化站给你安排点事做。文艺茶馆要完工了,上上门窗玻璃就开张,余同志说请你在茶馆里去唱书哩!"

"是,是,余同志对我讲过了。那些老故事唱不得了,我得先去县文化馆学几个新书段子回来。"

"余同志说,还可以安排你在电影院干些杂事,收收门票。"

韩瞎子沙哑着嗓子笑了,"余同志也真是好主意,要我去把大门,人都不消买票了,不作声往里去就是。"

"你还是老眼光!"周老师意识到,"老眼光"这个话等于是在拿对方开心,遂改正说:"你还是老脑筋,现在不比从前,五分钱一张门票,值得的吗? 就是有人想混进去,看见你韩'先生'在收票,倒反不好意思的了。"

"好! 要得,要得! 那就请周老师再替我谢谢大队上,谢谢大军余同志。"韩瞎子欢欣鼓舞地说,"讲起早年间的事,余同志也还要好好酬谢我哩! 他和涂家姑娘成亲,多亏了我。他们两个属相合不拢的,我给他们算了一个'天作之合',一文钱没收。"

周老师忙说:"送佛送到西天,救人救上岩坎。既然头回你帮了余同志,这回怎么不肯帮忙了咧?"

韩瞎子没有弄明白女教师的话,因为云先碧问卦,只报了男方的生辰年月,并不曾讲出姓名。周老师一提云先碧,他才如梦方醒,又惊又喜说:

"只怪'皇帝娘子',她早把话讲明了,刚刚我挨的一个大嘴巴子也就省下了。喊她几时再来一趟好了,上回算的肯定有差错,我格外帮她算过就是。"

九

从北京聘请来的助理工程师颇富有想象力,根据他的新设计,水轮泵站将扩建为八个机室,每室三台机子,三八共二十四台水泵串联成一个整体,垂直相程可以达到三百米,受益土地面积将扩大一倍以上。小水轮泵提水这样高,目前在国内还不多见。联合国科教文组织一位官员到省里访问,听到介绍由社队自筹资金完成的这项小水利工程,表示了极大兴趣,希望通水之后能够得到一份资料报告。大家正在兴头上,工程师原单位忽然来函,非把人要回去不可。原是经他们同意了的,有来往公文可查,打官司也不怕他们。余清泉不愿意诉诸强硬手段,他又前往北京,希望能把事情疏通开来。

办事空隙当中,余部长逛了王府井百货大楼、人民市场、西单商场,想给云先碧买几样礼物。现在农村里结婚大操大办的风气盛行,报上一再批评,一时还难压下去,仿佛在比赛谁更富有,更有气魄。余清泉当然无意参加这种比赛,不过他想,在并不过于铺张的原则下,须郑重其事一点。云先碧对这一点看得很重。她不愿意让人家感觉到她原是烂在筐里的瓜果,脱不了手的,好容易有了买主,也就顾不得讲究什么,随便跟人去了就是。应该让这女人毫无缺憾,让她得到完全的满足。

哪里知道,根本不消余清泉烦心的,云先碧悄悄拿出自己的钱,托了几个热心人在操办着了。她在街上请人打的一堂木器家具,和最高水平的比不了,比当地一般新婚人家,差池不到哪里去。沙发是软扶手,大绒蒙面。床是用的日本弹簧,床档头有秋木拼花,上的蜡克漆。三门柜上的大穿衣镜是获奖产品,人照着一点不变形,却又比自己本相好看多了。"一头沉"抽斗突出来,不安把手,看上去蛮洋气的。云先碧悄悄向周老师透露了她的计划,这堂家具打起了,她将请人抬着穿过整个街市,并且要在茶馆门口停下来休息,以便让人们评论赞赏。这女人的用意周老师明白,一则是要尽可能把自己打发得体面些,二则向人们表明,她虽然攀附上了大军余同志,攀的是人,其外并不贪图着什么,就连木器家具,也都是由女方预备理成了的。送嫁妆是婚娶仪式的一个有机的组成部分,红火闹热一下也不为过,只是云先碧手太松了一点,一个小茶几也要分派两个人来抬。这一来用的人手就多了,粗粗算一下,每人按三元的酬劳(给三元相当,再少就让人笑话了),便是很吓人的一笔开支。周老师劝她说,该简省的还是要尽量简省才是,云先碧则表示不容讨论。

"别的我可以简省,这个钱我是要花的。"

王府井百货大楼,没有哪天不是挤得人迈不开步的。其中大部分是外地人,他们不见得都有预定的采购计划,浏览一下货架,凡用得着的,大多也是本地市镇上可以买到的。但他们仍然不肯漏过一处,这里看一阵,那里挤一通。余清泉部长并不到处乱逛,他照直到二楼棉布柜台来了。

老军人久久摩挲着一匹质地精细的阴丹士林布,三十年前,他正是从省城买了这样一块布料送给大妹的。大妹花了两个晚上,就把一身裤褂做起了。但她先不穿出来,等把箧箩里的鸡蛋卖了,凑够了钱,买了一丈二尺月白洋布回来,又做起一身衣服,上身下身错开了穿。上面是紧身的月白大襟布褂,下面是宽宽大大的蓝色阴丹士林裤儿。走动起来,宛如蓝天之上飘浮着一片云朵。调过了来,上身蓝布褂,下面是月白的宽裤脚,同样十分清爽雅致。如果上下一身阴丹士林布,便会显得板板正正,失去了你的自然和俏丽,别人看着反倒会嘴巴一撇,说你存心打扮。

也只有这一次,余清泉再想不起他还曾经为妻子买过其他任何一样穿戴。有一次大妹写信要他买两双碎花儿的尼龙袜寄来,他没有当作一回事,尼龙袜子哪里买不到,还要大老远的邮寄。他哪里懂得,自己赶场天随便买一双袜子,和丈夫从远方寄一双来,即或东西是一样的,穿在脚上那感觉是如何不同呵!……

"怎么样您的,要几尺吗?"售货员问。

该要几尺呢?"十多尺二十尺都行。"余清泉回答。

"打算做什么穿?"

"想给女同志做衬衣。"

"这种布,女同志做衬衣不合适。"售货员提出建议:"再说,送去做要等好多日子取不了,何苦来哪,您不如到那边看看成品,现在女衬衫样子很多。"

余部长转到女子衬衫柜台前,对售货员说:

"请给我拿四件衬衫,要好的。"

女售货员一听就知道这是要办喜事,她问:"是给儿子娶媳妇,还是聘姑娘?"

"唔!是,是……"顾客终于没有能说清楚是接媳妇,还是嫁姑娘。

"你要哪种样子的?"女售货员又问。

"每样给我来一件。"

"要多大尺寸的?"

"你看着拿好了,差不多就行。"

女售货员作难了,衣服穿的就是个尺寸,胡乱拿几件怎么行。柜台前挤满了妇女,售货员让余清泉看,哪一个和他所要的身高相符合。

"她!"余清泉指定了一个年轻妇女。

那个女同志弄不清是怎么一回事,见有人指戳着她,不免怒目而视,很不友好。女售货员向她作了解释,随手拉开皮尺,在她身上借下了尺寸。售货员挑选了四件不重样的女衬衫,准备包装。

"等等,还有比这好的没有?"余清泉说。

"好不好要看个人的审美眼光,从价码上说,这属于高档的了。"

"包上!"老军人露出胜利的喜悦。

"您还要点什么?"女售货员热情地问。

"你说我还应该买点什么?"

对这位顾客来说,采购妇女用品的任务显然是太艰巨了。可不是吗,余清泉做了多年后勤部长,经手过多少物资,但他从来不曾亲自采购过妇女用品。女售货员全然不顾柜台前面排队的顾客们怎样着急,细心地在包装纸上为老军人开列了一张采购清单,连物品的牌名规格和颜色都注明了。一看这张名目繁多的单子,余清泉被吓住了。

"哟!这要多少时间才能买齐呀?"

"老同志!买东西就是个花时间的事儿,买妇女用品更是个花时间的事儿。"

十

按照女售货员开列的清单,余清泉百分之百完成了采购任务。他没有预先告诉云先碧,出其不意把好几个大塑料口袋摆在她面前了。想着她该是多么欢喜,会迫不及待地打开提袋来一样一样看。不料云先碧一下背转身去,不屑于理睬他。

怎么一回事?老军人一时没有醒悟到自己犯了错误。

他奉献那份丰厚的礼物给云先碧的时候,意念中闪现出了多年前他把一段阴丹士林布赠送给房东女儿的情景。那一段布料,他装在一个挎包里,不交给警卫员,自己背着,想回去先就拿给大妹。他从省城返回县里,一连几天忙于传达布置开展反霸斗争的事,抽不出时间去牛背。大妹有些稳不住神了,她对爹妈说,她想进城赶一个场。哪里是赶场,明明是要去望望大军余同志。虽然田里活路很忙,爹妈没有阻拦她,只说要早去早回。大妹在街上买了些杂用东西,便来到了县政府门口。门卫问她找哪个,她说不找哪个,放下背篼,倚在一棵树上,吃着葵花子等候着。从正午直到傍晚,才看见余清泉和好多大军同志一起走出来。那些军人多是认得大妹的,说笑几句,迅速离去了,为工作队长和这姑娘留出了方便。余清泉把随身带着的挎包递过去说:

"大妹！这是给你的。"

大妹低下头嬉笑着，并不伸手去接。待军人展开了那段泛着娇蓝光泽的阴丹士林布，姑娘一下掳过去，一面蒙在胸前比量着，一面悄声说：

"哪个稀奇你这些，冤枉花许多钱。"……

老军人心神恍惚间忘记了站在他面前的女人是谁，竟不自觉地顺口说：

"大妹！这是给你的。"

已经有过几次，余清泉同云先碧讲话，错称呼了她大妹。她倒也不大在意，只是笑笑，显然对大军余同志是完全能够理解，能够体谅的。余清泉从来没有对这女人讲起过自己的妻子，倒是她多次叹息着对他说：

"只可怜你们大妹，没有能挨到现在这样的好时候。"

今天不比往日，余清泉郑重其事赠送结婚礼物给她，竟又喊着别人的名字，让她感到委屈，让她受不了。

这多年来，云先碧很少听到有谁喊过她的名字。有些人总是以那种倒阴不阳的戏弄的语调喊她"皇帝娘子"，她却不能不答应着。余清泉一向很注意，从没有这样喊过一声，又觉得不好对一个相识不久的女社员直呼姓名，怎么称呼她呢？在周老师的教导下，牛背的学生娃儿看见云先碧总是很有礼貌地问候道："云娘娘好！"余清泉便顺遂了小学生们，也喊她云娘娘。"云娘娘该休息了，明天一早你又要上坡。""云娘娘！我今天去分区开会，不要等我吃饭了。"

起初，云先碧从老军人对她的这种借用来的称呼中，领略到免除了拘束而又保持了庄重的，近乎一位父辈对她的亲近和爱怜。到后来,老军人虽是同样喊她"云娘娘",其内涵似乎开始有了某种变异,某种升华。在表面听来并无任何异常的语音声调之间,云先碧捕捉到了一个男人通常向他所瞩目的一个女性发出的信息。信号是如此微弱,却也是如此清晰,决无差误。云先碧常常在等待着一个北方人的沉稳持重的男低音唤她一声"云娘娘!"

没有过了好大一会儿,云先碧早忘记她的全部委屈,喜眉笑眼去找周老师来,和她一起欣赏大军余同志的礼品。这些东西不是从县城,甚至也不是从省城,而是从北京买来的,只讲这一点,就已经够云先碧称心满意的了。

先抖开了一床洋红腈纶床罩,鲜艳光亮,织出的花卉图案也颇为奇巧美观。床罩这物件该怎样用法呢?周老师不能不给云先碧以必要的指导,说有了床罩,就不必照老样子把两床棉被叠起好高了。床扫干净,盖被平平铺开,把床罩蒙起,看上去又堂皇,又挡着灰尘。床罩七尺宽,左右两边搭下去,正好遮住了床下鞋子和杂七杂八的东西。又指教她说,等新家具抬来,需要用心设计一番,房里布置要看着顺眼,又须讲究合理。床靠墙摆要不得了,起码离开墙壁二尺,两个床头柜一边摆一个。这样,上床下床各走一边,哪个也不碍哪个的事。

云先碧连连点头,颇有收益,这些确实是她不曾考虑到的。

四件女衬衫,颜色和款式各不相同,却一样素雅大方,连同那些透明的菱形塑料纽扣儿,也是云先碧喜爱不过的。她试穿了一下,简直像是量着她身体做的。她很惊奇,余清泉并没有向她问明了身码尺寸,怎么会买得这样合身呢?

然后展览出了印花头巾、拉毛围巾、半高勒丝袜、半高跟布鞋、有背带的人造革包包、带弹簧的折叠伞、梳子、镜子、洗发膏、珍珠霜,一应俱全。又取出一叠后钩式乳罩,下半边衬了一层柔软的腈纶棉,装饰了精致的花边儿。这种已为全世界不知多少妇女使用了不知多少年代的极为普通的妇女用品,让云先碧好稀奇。她哪里晓得这是照着女售货员开列的单子买的,埋怨说:

"亏他想得出,还买了城里人用的这种东西,冤枉花许多钱。我一天到晚上坡下坡,几时用得着?"

"哪个讲的,倒反是我们牛背的妇女,才当真用得着的哩!"周老师论证说,"做活路挑挑子,两个奶膀一颠一颠的不安逸,兜紧一点不就解决问题了吗?做活路戴着不习惯,赶场天戴戴也好,不是弄虚作假,女人嘛,胸要高起去一点,看着紧绷绷的才像一回事哟!"

"要把手背转去,在脊背后把这个小钩钩挂起,好困难哟!"

"你看!"周老师做着示范,"这有什么难,要不到几次就熟练了。"

十一

牛背街上今天逢场,云先碧用背篓背了几十个鸡蛋上街,打算交售了鸡蛋,买些零碎东西回来。出村不远,余部长赶来了,说他要去参加大队体育场落成典礼,正好一路走。

云先碧很有些为难了。自从他们明确了关系,她便小心地在避免和余清泉一同出现在人多的场合。和他一同去赶场,那不是更招人眼吗?她曾对周老师这样说:

"我不能和余同志搭帮一路走,我和他一路,怕扫他的脸面扫狠了。"

余部长不容分说,从云先碧肩上抢过去了背篓,只管朝前走,女人无法,也只好跟上夫。

与此相反,大妹却总是寻找一切可能的机会,和大军余同志待在一起。工作队长常常夜间来牛背借宿,第二天一大早回城。为了和余同志一路走,赶场天大妹早早就起来了,用背篓背了鸡蛋上街,卖了鸡蛋,换回盐巴草纸那些。老母亲睡在床上吼着女儿:

"赶得去死吗?何消起这大早!"

"不赶早去,占不到好场子,鸡蛋几时才卖得脱!"女儿争辩说。

出村不远,工作队长便把大妹的背篓抢过去了,他那个鼓鼓囊囊的大皮包,则由小警卫员接过去背着。等上了通往城关的大道,背篓便又还给大妹,让大妹坐在小石桥上休息,他们头前走,以便同她拉开距离。工作队长是怕人看见他替一个大姑娘背着背篓,话不好说。他走出一段路,扭回头看,要命!房东女儿一直笑眯嘻嘻地紧跟在背后。于是他拿出了强行军速度,不多时便把房东女儿甩开好远了。

牛背地方纷纷扬扬传言着一条未经证实的爆炸性新闻——有人把"皇帝娘子"和大军余同志牵拢来了。果然是的!今天他们一同上街来了,怎么能不引起整个乡镇的轰动呢？人们哗啦一下全都拥过来,要近前看一看双方均属于再婚的这一对未婚夫妇,一时竟造成了交通阻塞。

在拥挤闹哄之中,听得到妇女们热烈的议论。有人指出,云先碧的头发是特地坐汽车进省城烫过了的。看！剪掉了那两条直撅撅的细辫子,简直不敢认她了。像是又回到了她做姑娘的好年纪,可又显得比她做姑娘的时候越发嫩生,越发经得人看了。不怕你面对面看,还是侧转身给你看,越看越经看。其实,不说是县城省城,就连牛背那家小理发店她也没有进过。她的新发式,完全是周老师的手艺,不过是用塑料泡沫卷发轴儿,齐耳垂将头发向内弯曲了一点而已。又有人说,云先碧头发上使用了一种什么膏膏,想是大军余同志从北京给她带回的吧！大老远就闻见一阵桂花香,香喷喷的。其实就是美加净洗发膏的气味,牛背的妇女们早在用着的了。有人断定,云先碧花了几元钱用一种化学药水染过了发的,不然那一绺绺的白发怎么看不见了呢？

这怕是讲不清的了,假如云先碧声明,她并不曾借助过任何科学方法,别人决不会相信,她自己也不敢相信。她好久没有照过镜子了,周老师为她剪头那天向镜子里一照,啊哟！蓬蓬松松的一头黑墨墨的秀发,在镜面反射下泛着光亮。哪里来的呢？

余部长被人簇拥在当中,嘿嘿嘿笑着,算是答谢向他道贺的人们。云先碧则躲在老军人背后,羞得双手严严实实捂住了脸。一个女人上前去扳她的手,硬是扳不开。是谁在人群中高声赞叹着：

"要得！硬是要得！好体面的一位大军娘子哟！"

"大军娘子"！这称呼实在是一个很好的发明，女人们便随声附和，都这样喊叫起来：

"大军娘子！抬起头我们望一下哟！"

"大军娘子！往前站一下哟！"

"大军娘子！朝我们这边转个身儿哟！"

"大军娘子！"

云先碧放开了捂在脸上的手，一对羚羊那样的浸润了泪水的大眼睛忽忽闪闪环视着人群。她显然不知该如何对这些相识和不相识的姐妹们表示自己的感激，只是连连向四周点头，仿佛一位演员在向热情的观众谢幕。由于过分动感情，几乎有些站立不稳了。对于这个女人来说，得到"大军娘子"这样一个称呼，比之于人们得到梦寐以求的某种最高的奖赏，更能让她感到欣喜，感到满足，感到幸运，感到陶醉。

此外她还企求什么呢？

大队图书室、电影院、文艺茶馆陆续建成，都是请余清泉部长剪彩的，今天体育场落成典礼，还是请他剪彩。这倒不仅仅由于这位老同志被公认是当地最有资望的人士，也不只因为他凭借着多年的后勤工作经验，在筹建大队文化站过程中发挥了别人不可替代的重要作用，而是出于牛背群众一种很自然的感情上的要求。没有余同志到场，和大家一同喜庆一番，人们便会觉得缺少了什么，便会埋怨干部办事不够圆满。

典礼仪式很简单，完了便是本人队男子篮球队和农业中学教师队的一场友谊赛，特请余部长担任裁判。

余清泉从来不摸球，可是看球有瘾，吹哨子有瘾。部队有比赛,总喜欢找他当裁判。一是他没有架子,随叫随到。二是他执法公正,从不偏袒。大妹去世以后,他很少参加文娱活动,再没有吹过哨子了。老军人很乐意出任今天这场球的裁判,他把拴了尼龙绳的笛哨往脖颈上一挂,"嘟——"!吹一个长声,做了一个叫暂停的标准手势,十足内行的样子,引出了一阵热烈的掌声。人们没有想到这位少言寡语的老军人还有这么一手。

是谁在讲,既然请了大军余同志吹哨子,何不请大军娘子来担任记分员呢?

听见人们齐声欢呼,云先碧回身想逃走,来不及了,在一片欢笑中被妇女孩子们推上了记分台。

修建体育场不能占用农田,而此外在牛背便找不出现成的一块够尺码的平地了。还是大军余同志有主意,根据他的设想,决定在河谷那边,和街市面对面,沿山脚辟出一个蜿蜒狭长的带形体育场。设想甚为别致,但需要大挖大填,工程不小。当然,同日本神户的人工岛相比,这一项工程简直微不足道。而坐落在重重山崖间的这个边远小集镇,居然有了一个可以开展多种项目的规模相当可观的体育场,却是破天荒的了。其中包括一个有水泥看台的灯光球场。看台只是在靠山的一面,利用山坳的环形和自然坡度修砌的,坡度很大,像古罗马斗技场那样。附加建造了一座拱形石桥,如一道长虹,把遥遥相对的两面山坡连接起来。从街市到体育场,过桥便是,不必下到深深的沟底,再爬大坡上去。

比赛开始,便立即发现球场还有待改进。怕球飞出去,在临着陡峭的河谷那面立起了一道竹篾墙,墙的高度差着一点,球几次飞越而去,余部长不得不屡次叫暂停,等着自愿效劳的小娃儿们爬下沟坎把球找回来。尽管如此,两支篮球劲旅的战事还是异常紧张激烈的。观众踊跃得很,比赛结束了,晚到的人还在急急忙忙赶得来。

许多人与其说是观看比赛,不如说他们更大的兴趣是集中在欣赏裁判员和记分员。裁判虽显而易见已经腿脚不灵,往来驰骋,并未偷闲。进了球,便向记分台高高伸出两个指头,表明两分有效。随即就见女记分员在娃儿们指导下,擦去黑板上原有分数,用粉笔大大写上一个新数字。不愧是牛背妇女扫盲班的第一名,阿拉伯字码写得蛮漂亮的。

回去的路上,云先碧提出了一个她百思而不得其解的问题:

"为什么进一个球要记二分?进一球记一分不更明白吗?"

余清泉耐心地对她讲解说,今天是非正式比赛,凡有犯规,一律判为对方发边球,不曾吹罚球,所以没有体现出现行记分方法的全部合理性科学性。如果按犯规轻重不同判罚,便有罚投一次、二次、三次的区别。罚进一球得一分,投篮记二分,这是有道理的。老军人带着不容置疑的权威口气说:

"下次有比赛,我给你吹出一分来。"

"二回你还带我来吗?"

女记分员兴冲冲地问,她很希望还能有机会担任这种饶有兴味的工作。

十二

"余伯伯好！云娘娘好！"

牛背一群学生娃儿打猪草去,遇上余部长和云先碧参加体育场落成典礼回来,大老远向他们问好,行了少先队礼。

"余伯伯！你几时又来讲挺进大别山的故事哩？"一个娃儿问。

"上回你讲到刘伯承挥军渡淮河了。"又一个娃儿提示说。

"周老师要我星期六来。"余伯伯回答说。

水轮泵站开始试水,渠沟里漏下来的水淹没了低洼处的一段路。云先碧准备蹚水过去,把裤管卷过了膝头。看到女人裸露出被阳光晒得黑红黑红的像男人一样隆起了肌肉的两条腿,余清泉又不免想起了大妹。大妹的腿也是这样黑红黑红,粗粗刺刺的,如同生有鳞甲一般。……

牛背地方出了"皇帝"的那年,在许多人害"空壳壳病"倒下去之后,大妹终于也起不了床了。两条腿肿得老粗老粗,明光发亮,只要一破皮,流出浮水,人就不行了。她不得不发了加急电报给丈夫。

那时候,凡有人在外面工作的人家,常常收到用保价信寄来的全国通用粮票。余清泉当着后勤部长,要讨换通用粮票不是太简单了吗？他严格执行规定,不干这种事,只是过一段时间就把自己节省下的粮票买几斤点心寄给大妹。寄出几次,大妹总来信说没有收到。他去查问,邮局工作人员不等他把话讲完,就答复照保价赔钱给他。他气得说不出话,难道谁有这样的特殊爱好,喜欢买了食物交给邮局,然后照价收回人民币吗?我们的邮电,尽管科学技术上并不处于世界领先地位,在服务精神上一直是受到舆论称道的。有的信件书写不明,根本无法投递,还是投递到了。失散几十年的亲人,根本无法寻找,邮递员只凭着一副热心肠,于毫无头绪中追寻着一点什么线索,终于使他们得以骨肉团聚。然而也不必讳言,在那些年,食品邮件投递不到的情况不算少的。如果有人把这些记录下来,认为这是我们邮电事业史上色彩暗淡的一页,那就未免小题大做了。就职业道德而论,这当然是绝对不能容许的。不过那时候人们倒也并非看作是不可宽恕的。

终于有一次大妹收到了一个木匣,钉得原封原样的,撬开来看,点心只剩了一半。周老师要代大妹去查问,要求邮电所照包裹单赔足了斤两。大妹说:

"算啰!找去了不过空吼一场。这不晓得是救了哪个急,不是万不得已,想他也下不了这个手的。亏得他还留了一半给我,全拿去不就拿去了。"

点心虽只剩了几块,总算来得正是时候。可是大妹竟一块也没有舍得吃,连散落的碎渣渣也打包好了,吊在房梁上垂下的一根麻索索上,好让老鼠够不到。大妹收到了回电,知道丈夫已经请了假动身来看她了,她不能不把点心留着,不然她的大军同志来了,拿得出什么给他吃呢?待余清泉赶来,解下那包点心看,早已梆硬梆硬,不说是吃,斧头怕也难得劈开。

把妻子接来部队,并不曾入院,养息了一段,浮肿消失,也就没事了。

余清泉心里总是很不安,算来自己家属在部队住的时间已经不短了,还不见她提起要回去的话。他翻弄着墙上的挂历说:

"照节气上讲,就快要点包谷了哩!"

又说:"春节过了,火车汽车不会像前段时间那么挤了。"

大妹只做没有听见,总不作声。

丈夫不能不严正起来,说到了农村整风整社运动。去年大季小季都放了卫星,产量写在红绸子上吹吹打打报上去了。上面如数下达了征购任务,却兑不了现,收不上粮食来。于是顺理成章,接下来便是整风整社,反瞒产,反私分,捉鬼拿粮。有通知规定,农村社队任何人不得借故外出,保证百分之百参加运动,坚持生产。

"你怕是要尽快回去,这次运动要求严格得很。再说,现在正是需要劳力的时候,牛背多你这一个'女全劳'(妇女全劳力),很抵事的哩!"余清泉也意识到,这个话够多么生硬,多么无力,他改用了抚慰的语气说,"你先回去,有问题给我来信。我想,一样拿工分,人家过得去,我们也过得去。凭你一个'女全劳'……"

"'女全劳','女全劳'!除掉这个,你还有没有别的话好讲?"妻子反抗了。

吹过熄灯号多时了,大妹听到丈夫还在长吁短叹,她终于说:

"老余!你不消焦心得这样,看坐下了病根。明天你买车票,送我回去就是。"

余清泉要的就是这句话,听妻这样说,反倒像是缺少精神准备,一时不知怎么好。大妹面冲墙壁,没有一点声息,仿佛睡熟了。丈夫知道她在哭泣,黑暗中扯起枕巾为妻擦抹眼泪,被她挡开了。妻子平静下来说:

"讲一句你不爱听的话,我还不如那些没得了老公的好。牛背有几个死了男人的,都赶早找上了门的来,双方乐意,也不在乎公社办不办登记,就算是两夫妇了。家里有了男劳力,有了挣工分的人,她们松活多了,挑拣着合适的活路才出工。我哩,可就比不得人家了,随便哪样活路,都少不了我。多挣两分少挣两分事小,我总想着你一道一道嘱咐过我的话,我做不到样样走在前面,至少生产上不能落后,不能让别人说我娇贵,说我找了大军,苦不得了。我没有话讲,哪个喊我要嫁给你的哩!电影上看见,人家一男一女在大街上手牵着手走。两个不在一处,见天要往邮筒里丢一封信,信里不是夹一片树叶儿,就是装两颗红豆豆。这些我倒也不稀奇的,只要你心里当真有我这个人,我也就知足了。你革命革得醉洋洋的,只怕早不认得给你烧红糖荷包蛋的大妹了。你能已忘记了我是你的婆娘,忘记了我是一个女人,忘不掉我是一个'女全劳'。实在说,我硬是要归到男劳力那边才对头。你去问,全大队有几个女人使得牛、打得田,只有我一个。黑更半夜,轰隆隆打雷落雨了,斗笠顾不得戴,蓑衣来不及披,扛起犁头,吆着牛就往田里跑。正赶上来红了,顺着腿往下流。一连好多天,哗哗啦啦泡在水里,又冰得人过后几个月来不了,肚子疼得不开交。卷起裤脚看,两条腿哪还像是腿哟!"

余清泉找不出一句合适的言语。他伸过手,轻轻抚摩着妻子仍有些浮肿的腿,从膝头以下,便是粗粗刺刺的,如同生有鳞甲一般。……

"医生不是说,这几天你最好不要沾水吗?!"余清泉不让云先碧蹚水过去。

"不碍的,几步就过去了。"

"不行,不行!等你肚子疼起来,又在地上打滚。"

医生虽照例叮嘱云先碧,闹妇科病,尽可能少沾冷水,他知道病人是不可能遵行的。现在,为了满足大军余同志执拗的要求,云先碧不能不考虑医生的话了。山谷间独有这一条小路,绕行太远,怎么过去呢?

一个小女孩提议:"余伯伯!你们渡淮河,女同志不是由男同志背起过去的吗?你背云娘娘过去就是了。"

"唔!那怎么行,那怎么行!"余伯伯连连摆手。

"那阵能行,这阵为什么就不行了哩?"女孩儿问。

"那阵归那阵,现在归现在。"余清泉并没有回答为什么不行。

"云娘娘!你骑马过去好了。"一个男娃娃慷慨地说。

他随即把两手搭在另一个男娃娃肩上,矮身下去,两个人组成了一匹没有尾巴的"马"。云先碧很受感动,连声向两位红领巾道谢。她没有上"马",她怎么好忍心骑上孩子那瘦小无力的脊背呢?

大家搬石头来,在水里垒起了等距离的一排石墩墩。老军人先试探走了一趟,没问题,才让云先碧过去。女人背了背篓,又不善于保持平衡,加之石头活动得厉害,一踏上去便东倒西歪,险些掉下水去。她笑着,叫着,两腿发软,不敢再迈步。小学生们齐声吼叫起来,为云娘娘鼓气。她横了心,索性跳跃着,一步一个石墩墩,快速通过了。

云娘娘许久收拢不住的咯咯咯咯的笑声,孩子们欢乐的鼓掌声,在山谷间回响着。

十三

公社水泵站试水成功,垂直相程达到了三百一十七米。根据这个新情况,牛背林木组立即调整了他们的种植计划,在原先苦于浇水困难的坡地上又辟出了六十多亩苗圃,主要种植漆树、杜仲、桂花几种树苗。

林木组的摊摊越来越大了,经营上迫切需要加以开拓。组里指派了云先碧,去和邻近县里青山林苗产销公司取得联系,试探一下能不能加入联营。这个公司前身也是一个自采自育的家庭苗圃,很快扩大到了几十户,又很快到了上千户,由单纯培育林苗发展成为一个产销合作的群众性经济联合体。如果能加入进来,牛背林木组的小船便由一汪池水划进了流动的活水,这是看准了的。

有着全权代表资格的这一项出使任务,派云先碧去显然不合适,却硬是要她去。要这位"大军娘子"去,便等于是烦劳大军余同志辛苦一趟;而由余同志出面,便等于事情成功了一大半。余部长也很乐意云先碧有机会出去锻炼锻炼。他常常对社员们说,要到外面跑跑,不能总念着"手握锄头

把,犯法也不大"的经。法是犯不得的,外面什么情况也不了解,什么交涉也不会办,那怎么行。云先碧总在推辞着,他在一旁说:

"组里要你去,就是你去了。我正好有事到分区去,可以和你一路走。"

云先碧笑了,"要得!我就去试试,我谈不下来换别个去就是。"

他们两个人去赶客车,正遇上韩瞎子搭早班农贸车从县里回来,拉住他们,兴高采烈地讲起他在县文化馆学唱了哪些新书段了。待韩瞎子走后,云先碧告诉余清泉说:

"我先怕你骂我讲迷信,没有对你讲,我找他问了卦的,他给我们算了一个'天作之合'哩!"女人并未提及她第一次找韩"先生"问卦如何不顺利,欢乐地说下去:"我又问他,我们两个哪个活得久些,哪个先死?他说,十八层天十八层地,样样事情都在铺排着,不到一定时候,不好说破的。哪个信他的鬼话!要死就是我先死,好啵?你不忙死,你不能死!"

余清泉大笑起来,心里又暗暗惊奇着。同样是在临近婚期的一天,大妹也曾讲起过她找韩瞎子问卦的事,韩瞎子同样的是那一套言语,大妹也同样对他说:

"要死就是我先死,好啵?你不忙死,你不能死!"

是不是因为自己有过这样的许诺,一定要兑现呢?涂大妹先于丈夫匆匆告别了人世。那年她刚刚跨入四十岁,作为一名"女全劳",还正在当年。

大妹除去有限的几次到部队探亲,一年到头都在"苦"工分的——尽管每个工分还平均不到一分钱。每天一大早,不等生产队长扯起嗓子吼,她已经带着家什站在场坝上听候分派了。妇女当中有谁偷巧耍滑不出工,大家便会敲打她说:"何不和人家大妹比一比嘛!"大妹作为一位部队后勤部长的家属,搬一张躺椅坐在柴垛旁边晒太阳,又能把她如何?大妹时常有病,很少舍得花时间跑公社卫生院。直到去世前几天,还强撑着参加了在全省全县统一号令下实现坡土改梯田的日夜大会战。在牛背女社员里,她是身体最强壮的一个。终于还是证明,一个女人体质的柔韧坚实毕竟是有限度的。

牛背的每一丘田,和在荒坡石缝间挖出的七零八碎极不规则的小块土地里,无不渗透了大妹的汗水。那光溜溜的石板小路上,那铲得过于狭窄的田埂上,那长满荆棵茅草的望牛山上,也无处不留有大妹五趾张开来的一行行足印。她是在牛背着陆到这个世界上来的,最终也还是从这个不为外界所知的小小的山村离岸而去了。

这次余清泉也收到了加急电报,成为终生遗憾的是,待他赶来牛背,为时已晚。事情竟是如此无法通融,如果能够推迟半个小时,依照欧美人习俗讲是适逢"瓷婚"的这对夫妇,原是可以再见到最后一面的。

一个女社员正常亡故,不曾遗留下什么有待研究解决的麻缠事情,更不存在以后人们常常谈论起的平反昭雪和恢复名誉的问题。作为死者的亲属,余清泉自然无可抱怨。倒是部队许多同志抱怨他,既然够了条件,为什么不给老婆办随军?早办了,何至于弄到这一步。一些人揣测说,余部长自有他的苦衷。爱人符合随军条件而不随军的事迹早已多次刊登在军区报纸上,写了社论,号召全军区部队向他学习。

如又办了随军,以前当登报当典型岂不等于是他设下的一个骗局吗?

真正对这位老同志有了解的人,决不会以为他是在个人荣誉上绕圈子。事实上,当了先进典型所带给他更多的并不是荣誉。更有甚者,"文化大革命"一来,他竟作为"黑修养"的活标本被揪出来了。说他不让家属随军是为了捞取政治资本,是吃小亏占大便宜。天晓得他占到了哪些便宜,更不必说是"大"便宜。

假如余清泉只是为了换取荣誉,他怕很难下得了这样决心的。也许人们会说,这有什么,不就是给不给老婆办随军吗? 小事一段,上不了革命回忆录的。认真想想,抱定这样的决心并不比迎着枪林弹雨冲上去来得容易。在战场上,班长牺牲了,是谁用口里瘀了鲜血的变得异样的声音呼喊一声:"为班长报仇啊!"连最胆小的士兵也不及犹豫,红着眼睛挺起刺刀上去了。而余清泉却要年复一年、日复一日地在经受着感情上的肉搏的考验。在个人范围以内,能做的他做了,能拿出的他都拿出了,还要他怎么样呢?

一次开讲用会,人家一定要他谈谈他是如何"在灵魂深处爆发革命",坚持把家属留在农村当社员的。这位老军人苦笑着说:

"说实在的,我何尝没有打算过把老婆接来随军,就算上不了户口,解决口粮也不成为问题。可是我不能不想想,只说她在的那个大队,男女老幼就是近两千人张着嘴要吃饭,又有谁接他们离开农村? 谁解决得了他们的口粮? 在中国,手握锄把的人是一个多数,是一个绝对多数,是一个不声不响的绝对多数。如果调转过来,不是由他们交公粮供养着我们军队,要由军队供给全国农村每人每月三十多斤定量吃着,那该是怎么样一种情况?!"

那时候的所谓讲用会,听众坐得端端正正,还有人不停地在记笔记,实际上谁也没有当作一回事,脑子里不定在琢磨着什么呢。余清泉部长的"讲用"与众不同,他的话虽未免过于粗浅,过于简单,无头无尾,并且竟没有引用任何一句必须加以引用的有关语录。听众却一下被吸引了,被打动了,被震撼了,以至因此有所了悟。那些年部队同志都在担心着,"深挖洞,广积粮"的大标语写在山岩上,坐飞机一笔一画都看得清,一旦有战争,部队哗的一下拉上去了,粮食供应上得去吗?后勤干部就更为忧虑,到时候给养送不上去,指挥部少不得把电话机一摔,吼着骂要拿你军法从事。听了余清泉"讲用",大家谈论起来,醒悟到这种忧心,其实也还只是局限于军人的职业角度。后勤保障直接关系着能不能打赢一场未来战争,当然令人担忧。还有没有什么事情更加使我们忧心如焚,更值得我们深思一下的呢?打了小半辈子仗,这个战役那个战役记得清楚,一次一次的祝捷大会记得清楚,而那一次一次战役的胜利原本为的是什么?心目中倒往往容易模糊了。

就严格的意义而论,余清泉也许没有资格夸耀自己创立过可以引为自豪的多么显赫的战功。但取得战争胜利的最高也是最根本的目的是什么,这一点他始终没有模糊。对于战争胜利后的那种梦幻一般热切的向往,在他始终没有淡漠,没有冷却。

余清泉不能忘记,多少个山风呼啸的冬夜,人们围坐在涂家火塘边,听他依照自己想象力所能达到的幸福美好的社会图景,来描述着若干年后牛背将会如何如何。到头来如何?你不过悄悄把自己的婆娘从这个苦寒的山村领走了事。他可以想见,如果他到牛背为大妹办理搬迁,全村人都会沿着那条光溜溜的石板小路为他们俩夫妇送行。伴随着照例一些道别的话语,一定会感觉得到人们举止神情中显露出被掩饰着的陌生、冷淡、轻视,以至是嘲讽。余清泉可以承受任何沉重打击,但他承受不起牛背父老乡亲们的一道道冷冷的目光。他深知那些手握锄把的人们,有着怎样不露声色而又是怎样直憨决绝的性情。他们将会同他道别:"余同志慢走呵!""余同志走好呵!"而决不肯再像从前那样依依惜别地对他说:"余同志!常来看看我们哟!""余同志不要忘了我们哟!"这就够让余清泉寒心的了。所以他虽有过为大妹申请随军的打算,终于还是打消了这种念头。余清泉从不曾为自己这个义无反顾的决定感到失算,感到懊悔,感到抱屈。

十四

今天可以说是牛背生产队的一个不是节日的节日。整个村寨来了一个总动员,男女社员各执其事,为大军余同志和"大军娘子"的婚礼忙得团团打转。

一个师级干部的建房费,在此地可以盖起八间大瓦屋,蛮像一回事的。大队在街背后靠近泉水的坡地上给余部长划出了一块地皮,大家以为他会很快把房子立起来,好办事情。不想他总拖着,不让动工,又把调拨给他建房用的水泥,全部拿去砌了月牙丘的保坎。好高的一道保坎,从上到下清一色是加工过的四方四棱的青石,水泥勾缝,再牢靠不过的了。

婚期已到,等房子立起来显然已经来不赢,于是决定仍然在涂家老房屋里举行婚礼。这就是说,工作队长余清泉和房东女儿成亲的那间光线不足的小屋子,将第二次获得为这位大军同志充作新房的荣幸。这样事情就很简便了,只消把对面灶屋整修一下,请云先碧爹妈搬过去住。再把新房打扫粉刷一下,吉日一到,"大军"由板壁外面调防到板壁里面,就算一切齐备。

尽管新婚夫妇没有印发红请帖,地、县、区、社、军分区和县人武部,都来了人参加他们的婚礼。在穿中山装和穿军服的一大串有职称的贵宾之外,还有一位引人注目的客人——青山林苗产销公司的业务主管。人们传说,因为不属于一个县,公司本来犹豫着是不是要接受牛背林木组加入联营。幸好林木组派了云先碧去谈判,看在这位远近知名的"大军娘子"的面上,公司决定打破县界,吸收他们加入,没有费什么口舌,便签立了合同。原来有人表示怀疑,现在林苗公司郑重其事派了代表来参加云先碧的婚礼了,可见并非虚传。许多人借着祝贺新婚的机会,求云先碧替他们挂上号,希望自己不久也能作为联营户加入公司。

是不是由于结婚仪式拖延过久,让新郎难以坚持呢?余清泉情绪一下变得很不好,他想着尽快结束,好从极不自在的紧张状态中解脱出来。而随着仪式结束,客人们全都告退了,喜庆的气氛顿然消散,他却又觉得空空落落的,茫茫然不知该当如何。屋里是那样寂静,写字台上的闹钟咯噔咯噔响着,仿佛正是闹钟的震响使他如此心神不宁。水电站的同志特意为新房里装了莲花水晶吊灯,柔和朦胧的光线笼罩四壁,那洋红腈纶床罩在灯光下呈现出异样的瑰丽色彩。余清泉根本不曾留意到这些,他靠在沙发上,出神地凝视着房梁上垂下的一截麻绳头儿。大妹正是把他邮寄的一包点心挂在这条麻索索上的,她一块也没有吃,全留着给他。很有些年数了,那麻绳被烟气熏得漆黑,因为缠绕着沾满了尘埃的蛛网丝丝,变得老粗,并且形成了许多巴结,仿佛这是用来结绳记事的一件历史文物。清扫新房的时候,余清泉本想把这麻绳扯掉的,不知怎么留下来了,没有扯掉。

夜风吹进窗口,那麻绳头儿悠悠忽忽随风摆动着,摆动着。……

现在余部长后悔了,应该换一个地方的,为什么还要用这间屋来举行婚礼呢?

停电了,余清泉这才意识到时间已经很晚,他点起油灯,提醒新娘子说:

"哟!十二点了咧!"

云先碧仍然迟疑地坐着不动。她忽然生硬地向丈夫提出:

"你出去一下好啵?!"

新郎官懵懂着。洞房花烛之夜,突然接到了新娘这样的指令,他应当如何理解呢?

"你出去一下好啵?!"对方再次催促。

直到今天下午,云先碧才忽然想到一个使她焦虑不安的疑难问题,她向周老师讨教:

"他和我一处歇,我换小衣服咋个办哩?"

当年大妹就曾这样请教过周老师的。一个姑娘娃儿,情有可原,已近四十岁的云先碧同样向她提出了诸如此类天真可笑而又难以解答的问题。周老师嬉笑着,以她多年前回答过大妹的话回答云先碧说:

"那还不简单,喊他先出去一下,等你脱换好了,又喊他进来。"

云先碧果然按照周老师的教导行事了。她想,只要丈夫到房门外面小站一下下,她便可以麻利地脱衣服睡下。明天早上喊男人先起来,她再起床,事情不就顺利解决了吗?看来丈夫并不打算遵从她的旨意,她便拉过一条棉被连头蒙着,和衣睡下,鞋也不脱,两只脚从床边伸出去。

"起来!这样睡要着凉的。"丈夫几次警告说。

妻子总也不动,余清泉只得近前去帮她脱掉鞋子,拉她坐起来,开始帮她拉开套头毛衣的拉锁儿,仿佛在照料一个尚未学会脱衣服的娃儿。拉锁咬住了,两只男子的大手拙笨地在她领口处摆弄来摆弄去,怎么也拉不开。新娘子如同一棵有"神经"的紫荆树,你只轻轻触摸到树身,整个树冠就会沙沙沙地颤动起来。余清泉感觉得到,女人整个身体在微微战栗着,止不住地在战栗着。他费了好大周折才拉开了拉锁,"刺"的一下,简直像是把女人的胸膛剖开了,她尖叫一声,拉开门闩逃走了。

余清泉完全不得要领,他做错了什么事呢?

云先碧敲开了周老师的门,她赤着脚,衣服散乱不整,双手遮掩在胸前,惊骇不定地说:

"他、他硬是动手来脱我的毛衣哩!"

周老师忘记了正是夜深人静,放声大笑起来。后坪云家的这个老姑娘哟!她如同一只蜗牛,二十多年以高度警觉和森严壁垒保护着自己,把一个还不曾接近过异性的女子那种神圣的戒备本能发挥到了顶点。以至于面对她从心底里信赖和敬慕着的男人,面对自己新婚的丈夫,这种戒备仍然不能解除。周老师笑着笑着,流下了眼泪,一面擦抹着泪水,还在笑着。

在后坪大队,几乎全是云先碧族上的人,尚且有几个流里流气的角色打过她的主意。迁居到牛背来,她一家处于孤立无援的境地,以为不难从她这里讨得便宜的就更是不乏其人了。以前生产队的记分员,就曾尝试利用他极为有限的权力来达到目的。每年队上布票由他经手分发,别人的可以相互代领,唯独云先碧,一定要她自己去领,而且指定要天黑以后去。她按时去了,记分员却拒绝发给她布票,因为云先碧拒绝付出为此必须向他交付的代价。所以前几年她一次也没有得到过国家发给每个公民的一丈六尺布票。

云先碧多次遭遇过对于她来说已经不是意外的意外事件。一般在那种危急情况下,女人总是要呼救的。云先碧却从不曾呼喊过一声,她习惯于不声不响奋起反抗。她曾用锋利的指甲,在对方脸上留下了一道道无法消除的印记,曾像被捕获的野兽那样,咬得对方手臂淌血不止。也曾有几次被恼羞成怒的对方抓住头发在墙壁上撞击,在树干上,在坟场的青石墓碑上撞击,撞得半死。终于这女人还是成功地保全了自己。在党纪国法都已经不大作数了的所谓大乱大治的年月里,这也实在够难为她的了。

虽然在老年人的心目中,"皇帝娘子"总归还是"皇帝娘子",乡里间却也同时流传着关于云先碧的许多污言秽语。在茶馆里,这女人也是人们最有兴致的谈论题目。有人居然宣布说,他曾经占有过"皇帝娘子",厚起脸皮向大家讲述着他是怎样有幸得手的,绘声绘色,不厌其详。

而云先碧却从未在任何场合下向人做过辩白。她知道,如果她加以辩白,只会招来一大堆更加不堪入耳的刻薄话。她甚至于也不曾向周老师讲过这些事,她相信唯一能够了解她和关照着她的这位女教师自当作出应有的判断。那许多流言,大军余同志不会听不到的,至少她有必要通过周老师向自己未来的丈夫澄清一下的吧。不!既然他并没有问起过这些,她也就不作声。她就是这样一味用无声的语言来表明一切的一个并非难以了解的女人。

十五

月亮下去了,屋里黑洞洞的,余清泉无法确定现在是什么时间。蒙眬间也不能确定自己是刚刚醒来,还是根本就未曾睡过。他总不敢动,怕碰醒了妻。记得云先碧讲,她不知多少次做过一个完全一模一样重复的噩梦。胸口被堵着出不赢气,吓得醒过来,清清楚楚晓得自己睡在什么地方,身子硬是动弹不得。她从手指关节开始一点一点活动,随即拼全力一挣,从梦魇中挣脱出来。立时一身冷汗,冰凉冰凉,不敢再困,睡着了立刻又会跌进梦魇中去。现在她睡得多么平静、多么安稳、多么舒心。余清泉感觉到妻子均匀的温馨的气息,她正在完成着怎样的一个从未有过的美梦呢?

"你一直没有困,是啵?"妻子忽然问,原来她也醒着的。

"我眯了一阵儿。"丈夫提醒说,"你快睡,明天一早我们还要赶车咧!唔!什么明天,就是今天了,一会儿也就该起床了。"

部队许多老同志来信,热情地邀请余部长到部队去办婚事。有人还在信上开玩笑说,保证办得让他们夫妇两个满意,其隆重程度将不亚于希腊女船王的婚礼。余清泉回信答应,结婚第一天就动身去部队"探亲",自然是"两个人一起去"。现在农村一些人已经开始讲究蜜月旅行了,至少是去省城,也有凑足了钱去北京、上海、杭州、广州的。余清泉同妻子商定,哪里也不去,就去部队住上个把月玩玩。军队同志谁不爱谈论对自己部队如何如何有感情呢,一旦离开了部队,才真正体味到了怎样叫作有感情。余清泉常常闭上眼睛,默想着营区围墙以内他所熟知的一切一切。他记起了,礼堂旁边林荫道有一段洋灰路面下陷了,雨天积水,车子开过去,泥水溅得远,打伞的行人顾不得遮雨了,忙用伞挡着溅起的泥水。他告诉过营房处要修补一下,没有来得及再去查问,欢送他走的那天,他注意到那段路还没有修好。……

"你怕是失悔了吧?"云先碧忽然又问。

"失悔什么?"

"失悔讨了我这样的一个女人。"

"胡说!"

"以后总归有你失悔的就是,看见别人有儿有女,一家人好红火的,晓得你会咋个想?"

"这不是什么大问题,万一不行,我们抱一个也是一样。我和县医院说一声,排上个队,等不了多久。不过人家不许挑,赶上男是男,赶上女是女。"

云先碧好久闷不作声,余清泉意识到了他说话不得当。其实,女人言语中也已经排除了自己尚有生育的可能。自己这样讲可以,丈夫讲这个话,她接受不了的。余清泉随即改口说:

"我是讲万一的话,人家四十多五十岁还有养双胞的哩。再说,按计划生育文件规定,再婚夫妇原来无子女,先抱了别人的,自己又有了,也还许可生的。"

讲到生呀养的,云先碧顾虑颇大。她听人说,年龄过大生头胎生不下来,一般要采用剖腹产。到了那种紧要关头的时候,挨一刀也只好挨一刀了。怕就怕的是养一个怪物下来,鼻子不是鼻子,眼睛不是眼睛,尾巴骨甩打甩打一尺多长,吓死人喽!

余清泉也曾怀着同样慌恐不安的心情问过医生。医生安慰他说,超过适育年龄,畸胎率相对是要高一点。也不过是理论上成立,不知几千几万个人当中才有一个,哪能正巧就赶上你了。他安慰云先碧说:

"没有那一回事,别人吓唬你的。"

女人似乎得到了某种保证,安心多了。但依然抱有无可挽回的莫大的遗憾说:

"要是当真我能给你生养一个,那该有多好,哪怕是个姑娘哩!"

这不正是大妹临终前讲过的最后的两句言语吗?!

在赶来牛背的途中,余清泉已经预感到妻子的病恐怕凶多吉少。他极力劝戒自己,万一面对那种不敢设想的情况,要挺住些,控制住自己感情,不能在社员们面前过于悲伤。果然,情况正是如此。他走近妻子遗体,不曾失声痛哭,甚至没有落泪。在场的人,无不惊异于一位久经阵战的老军人会有着怎样的一副硬心肠。余清泉问周老师,大妹留下了什么话。周老师忍着哭泣说:

"她只怨恨自己不好,没有生养,觉得很对你不住。她总念着,要是能生养一个留给你,那该有多好,哪怕是一个姑娘哩!"

一听这个话,余清泉再也无力支持,禁不住两腿一曲,扑通一下跪倒在妻子床边。即使在此刻,老军人也还意识到自己着一身军服跪倒在地,影响不好,他坚持要站起来,全身绵软着,站立不起。……

"大妹!大妹!"他以喑哑的遥远的声音呼唤着。

"嗯?!"云先碧答应道。

余清泉在似睡非睡中唤出了声。过去他屡次错叫了大妹,云先碧虽不曾抗议,总不大痛快就是。现在,他喊大妹,她不仅没有表示不悦,竟随口答应了他,带着满足的甜蜜的声调答应了他。

"刚才我迷迷糊糊的,是不是我喊叫大妹了?"丈夫这样坦率地问。

"是!"

老军人双手捧住了女人睡意蒙眬的热烘烘的脸,抱歉地又是十分亲昵地说:

"云娘娘!你真好!你没有生我的气吧?"

"我晓得的,你喊大妹,就是喊我。"

1983年11月初稿
1984年5月修改

十五棵向日葵

一

政治部主任陈再受过很多次伤,身体虚弱,心脏也有问题,完全不能适应高原环境。所以,虽然他本人坚决反对,但还是被调往内地去了。

二

送何湘回内地的车子已经停在门口,可是她刚刚下了班,隔离衣还没脱。同志们不免替她着急,进门一看,她的衣物早打好了包,书籍也装好了箱,只把床上的铺盖一卷就完事。大家都很惊奇,院部也直到今早上班才接到命令,刚刚通知了她,她怎么会来得及先就收拾好了行李呢?何湘默默一笑说:

"我的第六感早告诉我了。"

几个年轻护士,以一种不以为然的口气说:

"何医生,听说你调动工作完全是因为陈主任,是不是这样?"

"就算是吧！那又怎么样？我可不像你们，随着爱人换了几个地方，就哭啊闹啊！什么没有'独立性'啦！当成'附属品'啦！可是，谁需要我们这种独立性呢？照我看，附属不附属全在自己，你既然自找麻烦建立了这种关系，那就注定你得建立这种生活。至于说到工作，当然，各有各的事，离他远些我是内科医生，离他近些我还是内科医生，那又为什么一定要天南地北呢？"

三

何湘正要催促驾驶员加快速度，车子猛然刹住了。

黄昏时分。两岸灯光照得通明，山水的咆哮，人们的呼喊以及斧锯的声音连响成了一片。事实打消了何湘原先那种侥幸心理——兵站参谋曾经劝告她说，前边有一座木桥被山洪冲垮，正在抢修，让她暂时住下听候消息。她没有接受这个好心的劝告。她想，很可能桥已经修好了呢。现在，不只是车子过不去，即使单人过河也不可能。只有留下驾驶员看车，自己带着行李到附近山庄去借宿。

山庄静静的，好像无人居住。何湘去叫门，出来一个十多岁的男孩子，引她穿过牛栏，扶着独木梯爬上二层平房，那孩子喊道：

"阿妈！是一个'金珠玛米'（解放军）姑姑！"

随即便听到一个女人在讲汉语：

"噢！解放军同志，请进来呀！怎么站在外边？"

何湘弯腰钻进去，屋里有一股强烈的酥油气，她不觉皱

了皱眉,但立即又很有礼貌地说:

"要打扰你一夜了,老乡!因为桥坏了,过不去。"

"怎么能说打扰的话呢!"那女人指着小凳子说,"快坐下,我知道,桥还没有修好,我们庄上的人都去帮忙了。"

何湘坐下。借着昏暗的灯光,她看见那女人露出两排整齐洁白的牙齿微笑着,眯起细长的两眼打量着她。一条夹带着红绒线的长辫子,依照西藏人的习俗在脑袋上盘了两圈。那深陷的眼窝以及眉头上琐细显著的皱纹,表明她已是经历了不少艰苦沉重的年月,少说也已经四十多岁了吧!却又足可断定,年轻的时候,这张脸盘是相当引人注目的。她背靠着矮桌,斜躺在垫子上,下身盖着一条半旧的灰毛毯。矮桌上放了几张汉文报纸,何湘心想,这许是她找来糊窗子用的吧!

转眼,那孩子端来一碗膻味扑鼻的酥油茶待客,母亲随即吩咐道:"朗嘎!快换一碗清茶,再去把柜子里的水果糖端来!"回头又对何湘说:"你瞧我这样,也不能起来招待客人,腿受了伤!"

何湘掀开毛毯,看了看女主人的伤势,不是太严重,但需要养息几天。依照医生的职业习惯,她应当问明情况,并尽可能给伤者一些帮助。但何湘寻思:就让她不知道我是医生吧!我一个内科医生,没有任何药品,连块纱布也没有。我明天一早就得赶路,不能在这里耽搁。

女主人特别热情,但见客人总是支支吾吾,毫无交谈的兴致,于是便说:

"在车上晃荡了一天,准是很累了,你早点睡吧!"

何湘顺势道了谢,便随那孩子转到隔壁小屋里去了。她胡乱铺开行李,不脱衣服躺下去,很久睡不着。连她自己也觉得未免过分了些,算得上是老夫老妻的了,还像结婚前那样,见不着面,就总安心不下来。或许是没有要孩子的缘故吧。人们说,女人一做了母亲,立刻就会把一大半的情感和时间,从丈夫转移到孩子身上去。睡吧！睡吧！明天一早桥就会修好的……

四

天已不早,何湘才忽然醒来,她手忙脚乱捆起行李就要上路。女主人从垫子上欠起身阻拦道：

"瞧把你忙的！刚刚朗嘎去看过了,桥没有修好,怕还得要一两天呢！"

何湘扑通把行李扔下,毫不掩饰自己的失望。女主人笑了笑说：

"你那么急着走,在我们家住得不如意吗？我一听就知道你是北方人,不爱吃大米。瞧！我也不能起来擀面条,就给你拌面疙瘩吃吧！过来,帮我把这几根葱剥一剥。"

这话显然带有些哄小孩子的口气,不仅没有引起何湘不快,反而让她忽然意识到,从昨夜到现在,对这个好心的藏族妇女太冷淡。于是忽然间显得非常快活,一面剥葱一面没话找话说：

"你家里就你和儿子两口人吗？"

"不,还有我丈夫,他在政府里当'通司',就是翻译,前天随着兽医队到牛场上去了。"

"请问你叫什么名字?"

"我叫扎玛伊珍。"

"唔!扎玛伊珍。怎么你的汉话讲得这样好?跟你丈夫学的吧?!"

"怎么跟他?我是汉人哪!"

"真的是吗?你来这里几年了?"

扎玛伊珍用拌面的筷子向门外指着,反问说:

"你看,土墙那边,长着一排向日葵。请你一棵一棵数数看,总共是多少棵?"

从门口望去,矮墙旁边的一排向日葵,长得高大挺直,一棵一棵间隔相等,像是排列整齐的一队士兵。阳光灿烂,映照着一朵朵金色的花盔。

何湘回答说:"大约有十二三棵吧!"

"你数错了,姑姑!"在烧火的朗嘎认真纠正说:"那是我阿妈种的向日葵,是十五棵。"

"十五棵,我到这里已经十五年了,整整十五年了!"

扎玛伊珍的语气是那么沉静,那么庄严,何湘已经猜测出了八九分,她问:

"早就听人讲,二万五千里长征的时候,有些老红军同志留在了这一带。你是不是……?"

"什么老红军!"女主人摆手说,"我就怕听这个话,老红军!老红军!参加革命的时候,我父亲对我说,'去吧!红军是我们干人(穷人)的队伍!你就算是顶替我吧,我们当红军就要当到底。'可是,我掉队下来了,没有走完铁流两万五千里。十五年了,我还活着,可我没有给革命做一点点事,这还不够我心里惭愧的吗？总是说老红军！老红军！政府还一定要发给每个人五百万(旧币)救济费,送来几次,到了我也没有收！"

"为什么？这完全是应当的呀！"

"那怎么能收呢？换了你,你也不会收的。自己长着两只手,凭什么要政府白白养活着我？"

"现在,你又参加工作了吧？"

"工作！工作！你知道我是多么想工作呀！可是我不能和你们比。唉！十五年了,我等于是被蒙着眼睛,被堵着耳朵,什么都不懂得。只知道这个小村庄,只知道自己的男人和儿子。我常常在夜里睡不着的时候,就抱着朗嘎念叨着:'好孩子,你快些长吧！快些长吧！长大了好去顶替妈妈,我们当红军就要当到底！'"

何湘安慰女主人："快别这么说,人生的苦,你已经吃够了,你为革命贡献了自己的青春。今后日子还长,你一定还能做很多很多工作呢！"

"我也这么想,是啊！我得学习,要从头学起,能拿得起什么就做什么。听县代表说,我们这里要开办农业技术推广站,以后还要建机耕农场。当地人用木犁耕地,还把套拴在牛角上,除了青稞豌豆很少会种别的。等办起了农技站,我也能帮着站上做一点什么事。当小姑娘的时候,常跟着父亲下地,春麦应当在什么日期下种,葡萄应当怎么样搭架,胡萝卜要种多深才能长得大,我全都知道。"

"太好了！那就不愁没有你的工作。"何湘鼓励说。

"不过,我还没有拿定主意。我又想报名到省里去学习接生,回来开一个培训班,教教大家。这里的人还是照老规矩,到牛圈里去生孩子,说在牛圈里生的孩子才有力气,不知道多少小生命就这么夭折了。还有,我通藏话,也可以参加政府的工作队下乡去,或是到牧场上去做宣传工作,在红军里,我就是宣传队一名小队员。"

"宣传队?你也做过宣传员吗?"何湘急切地问。

"是的! 不过,那时候和现在可大不一样。我们什么都得学着干:唱歌、跳舞、写标语、画漫画、演街头戏、慰问伤兵、行军鼓动、打联络旗语,有时候还化装到敌人那边去割电线,侦察地形。"

"你是怎么留下来的呢?"何湘又问。

"我身体本来就不太好,翻雪山出不赢气,更糟糕的是,开始吐血了。东西全让别人给背着,还是走不动,我只能抓着马尾巴上山,上到山垭口,我昏倒了。后来别人告诉我,是收容队用床单把我抬下山的。你知道,那时候不但没有药治病,起码的营养也跟不上。从江西出发带的炒面早吃完了,就连皮带都烧着吃了。只有去挖牛舌头草来煮着吃,苦得要命,简直没法入口。我们妇女分队长问大家:'同志们! 这菜苦不苦?''不苦!'当我们的面,她笑着大口大口在吃,一背过脸去,眼泪吧嗒吧嗒掉下来了。哟! 我这是怎么啦? 不说这些了! 不说这些了!"

五

妈妈站不起来,由朗嘎煮好了一碗面疙瘩汤,双手捧给解放军姑姑。何湘哪有心思吃饭,她还在接二连三地向女主人发问：

"我想，你一个女孩子，体重很轻，怎么说部队也应该是可以带你走的，是不是？"

"如果只是我一个，那不用说，大家轮流背，也会把我背着走的。可是，重伤的重病的很有一些呢，国民党骑兵又紧紧地跟在背后追赶着。无论怎么，上级总还是不愿意丢下一个人。起先宣布说：'能走三十里路的带上！'后来，'能走二十里路的带上！'再后来，'能走十里路的带上！'可是别说十里，十步我也走不动了。没法子，只好留下。和我一块留下的有男有女总共三十多个人。同志们扶着架着，师长亲自把我们安置到藏民家里，送给他们每家二百块藏洋，两丈土布，还有些针线。"……

"这位解放军女同志！我全都告诉你吧，我的好同志！"扎玛伊珍把散开的辫子重新盘了盘，坦白地说："队伍就要开拔了，我们宣传队的一个男同志来了。他也是宣传员，长得挺高的个子。只不过比我大一两岁，可是比我懂事得多，无论工作上生活上，总是帮助我，照顾我，保护着我。宣传队排戏，他不是当我的哥哥，就是当我的男人。我们总是提着标语桶，一起到老乡灶屋里去刮锅烟子，好写标语画壁画。下雨，两人共用一把伞；露营，共铺一块油布。他来跟我告别，紧紧抓着我的两只手，好久，面面相对，一句话也没讲出口。最后，他把一包葵花子往我衣袋里一塞，转身就跑走了。那时候，能弄到一把生葵花子是很难很难的，到最后时刻，把葵花子就是救命粮呀！他跑出去好远站住了，转回身对我说：'你要活下去！想法子活下去！我们三五年就会回来的！'"

何湘神色紧张地注视着女主人,脸涨得通红通红。她已经百分之百认定了,扎玛伊珍所说的那个男宣传员是谁。但她极力隐忍着,终于没有讲出口。

六

"我们部队开拔的当夜,满庄子狗乱叫,马步芳的队伍来搜查了。这时候我才想起来,赶忙把共产主义青年团的团证吞下肚去。第二天,好些女同志被认出来了,把我们弄到一个喇嘛庙里,就开始剥衣服,剥得一根布条也不剩。我们是红军!怎么能受那样的侮辱!有一个胖子来拉扯我,我抓起一块'玛尼石'——是藏族人敬佛的石块,上面刻的有经文,使劲冲他脑门子砸过去。也不知是哪来那么大的力气,用肩膀头撞开了门就往外跑。他们在背后开枪,子弹吱吱叫,不管那些,我死命地跑。跑上了堤坝,下面是好大的一条冰河,眼睛一闭,就跳下河去了。

"等我醒过来,一看,就躺在这屋子里。唔!我还没有告诉你,他叫蔡旺泽登,是个木匠。红军长征经过此地,他在'博巴'政府做事,跟朱德总司令很熟识的。那天他正巧为我们队伍带路返回来,从河滩里把我救回来,给我换了衣服,烧辣椒汤喂给我喝,还用麝香治好了我浑身的伤。

"就这样,我在这个家里住下来了。有人看见就问,'这个女人是谁?'蔡旺泽登说:'她叫扎玛伊珍,从青海那边领来的,花了一百二十块银元。'

"我的伤慢慢好起来了,第一件事就是去种向日葵。我什么都丢光了,只有一包生葵花子,随身收藏着,一个也没舍得吃。第一年,我种一棵,第二年我种两棵,第三年种三棵。……我常常对着葵花,一坐就是大半天。望着自己种的一排向日葵,就是最大的安慰,什么都不想了,什么也都不愁了。

"日子长了,人们慢慢也都知道了,我是女红军。见面就悄悄地问:'红军真的还会回来吗?'又有传言说:'听讲国民党后面追剿,日本人前边堵截,红军都死完了!是这样的吗?'我说:'死完没死完我不知道,我只知道,红军总是要回来的!'不过老实讲,我心里也真有些七上八下的。向日葵种到三棵,不见回来,种到五棵了,还不见回来。不是说三五年就能回来的吗?解放了,我算计了一下,可不是吗?讲三五年,一点不错,三五一十五年,到了年数,果然就回来了!"

扎玛伊珍边说,边爽朗地大笑起来,眼睛噙满两颗闪闪发光的泪珠。

七

何湘清晰地记得,陈再曾经感叹不已地对她说过:他去跟那个女宣传员告别时,她的手颤抖着说不出一个字来,只是流眼泪。上个月陈再来信写道:"回内地途中,我曾托人在西康一带寻访她,但至今未得到任何音信。不过我仍确信她还活着,我一定要知道,十五年,她是怎么生活过来的。"

何湘故作并不在意地问道:"留给你葵花子的那个男同志,解放以后你找过他吗?"

"找过,怎么没找过呢!我心想,他早已经是一位大首长了,随便问谁,都会晓得的。真的能问到了,不管远近,我一定要去看望看望他。带上几个花盔送给他,送给他的爱人和孩子,我想他该有两个孩子了吧。我要让他知道,他留给我的葵花子,我没有拿来充饥,种到土里去了,不是用手种下去,我是用我的心种下去的。葵花开得特别大,籽粒特别饱满。可是,总没能找到他。我到路边去等着,见过路部队就问,一直没有下落。我心里明白,这也不必忌讳,十五年哪!每年他都要参加多少次战斗。"……

何湘深觉自己欺负了面前这个女人,她异常不安,不知如何是好,简直是无地自容的样子。

"那么,你就是周月荣同志了,是吗?"何湘小心翼翼地问道。

"是啊!你怎么会知道的呢?"周月荣(让我们还原她真实的姓名吧)十分诧异,一个陌生人,竟忽然叫出了她的汉名。

"周月荣同志!听我告诉你!"何湘即刻平静了下来,"红军回来了,你要找的陈再同志,他也回来了!"

周月荣禁不住惊叫起来,她不敢相信,莫非这位客人是从天而降,特地为她送来陈再的消息吗?

两个女人拥抱在一起,紧紧拥抱在一起……

八

一大早,司机就冒里冒失撞进来对何湘嚷道:

"快！桥修好了！"

"不！我还得等一个星期才能走。你看,她为帮助修桥,在水里泡坏了腿脚。昨天晚上我到桥工队讨来些药,正给她医伤呢!"

"那好办！托付给桥工队就行,没有问题。"

"那怎么行,我得亲手给她治疗,等她腿好了,我们还要一起走。我们要一块到内地去呢!"

"那我怎么办？在这里等一个星期?"

"谁拦着你吗？你的任务已经完成,可以返回了!"

"那你呢,你怎么走?"

"跟这位老红军一起,往路边一站,招手说明一声,随便谁的车,都会停下来,请我们上司机棚里坐。"

雪　松

我真的很可怜这个伤员。他的头,差不多整个儿缠着纱布,只给眼睛和嘴留出两道缝来。眼窝里一圈发蓝,塌下去老深,直直地冲你一瞧,真有点怕人。右臂扭伤倒没什么,左腿流血过多,已经瘦得像根铁锹把了。看样子,十来八个月别想脱离石膏绷带。

不过,说实在的,我多少也有点厌烦他。

他口渴了,就把身子一欠,"护士,水!"想吃东西,身子一欠,"护士,肚子饿了!"晚上不想睡觉,又把身子一欠,"护士,找本书来!"我问他要什么书。"书就是书,有字儿就行!"我从当护士第一天起,就为这个职业感到骄傲。可是,他喊叫护士,粗声粗气的,缺少起码的尊重,让人受不了。

是嫌病房不称心吗?四外一层又一层的雪山,树林里这几排木板房,还是靠我们自己两只手盖起来的,这是边疆啊!难道有意要摆摆干部派头吗?吓唬谁!正营级又怎么样?有什么了不起?是不是我护理不好,得罪了他?黑夜白日,像个小丫头一样伺候着你,还要怎么样?

不对!根本不对。这是我胡乱猜测。天数一长,我才慢慢看出来,他这样别扭,这样烦躁,这样凶,没有别的,不过是在掩盖自己的烦恼和痛苦。不待说,这痛苦当然是指内心的,伤口的痛苦他压根就不在乎。

一天,我去给他换绷带,他睡着了,我就坐在床边等。见他枕头底下露出一张信纸,下角写着"秋蓉"两个字。

这名字,一眼就瞧得出,不像男人的名字。我寻思,莫不是还有谁喜欢这个性情古怪的人吗?本想拿起来看看,偷看人家的信不好,我就忍住了。

这时,他翻了个身,他并没睡:"你是不是想看看那封信?"

"不,怎么能看你私人的信呢?"

"那有什么,想看就看呗!"我接过了信。

赵教导员:

　　你好!想你一定很忙吧!

　　上月,我给周明同志写去几封信,始终没有回音。想是他的工作有调动,已经离开你营,麻烦你写一个地址给我,最好写详细一些,行吗?因为要上课,此信写得很潦草,请原谅。

　　我盼望着你的回信,千万千万。

我看完信问他:"这是……你们有几个小孩了?"

"什么呀!别胡说八道!"

他狠狠瞪了我一眼,口气也挺严重,好像我这句话立时就会闯出什么大乱子,我知道自己失口了。不过,我可以断定他们肯定不是一般同志关系。

"你怎么不回信啊?"我又问他。

他迟疑了一下,强词夺理地回答说:

"这,你还不知道?左手不灵,右手缠着绷带,叫我怎么写?"

"哎哟!你傻了还是怎么的!为什么不早作声?"

我忙着找纸、找笔、找信封,预备替他好好写封信。这样的好事,不用说我们当护士的,谁不乐意帮忙啊?

"开始吧!你说一句我写一句。"

他苦笑了一下,"你就写:周明不在人世了,死了!早已经死了!"说完把两眼一闭,不再作声了。

人家都快急死了,一封信接一封信找他,向部队领导求援。他呢?可倒好,压根儿没有那么回事似的。

我说:"你别瞎扯了,快说,怎么写?"

可是,他仍然不理我,这使我暗暗吃惊起来。我想,一定是他变了卦。要不,他干吗要这么说呢?变卦不变卦,你总该把话给人家讲明呀!这样赌气怎么了结呢?

"不管怎么样,周明同志,至少你应当给人家回封信。"我向他提出意见。

他连眼都没有睁一下,很不耐烦地说:

"够啦够啦!你让我安静坐一会儿行不行!"

瞧!好心好意的,反叫他饿了一顿。算了!管别人闲事干什么。我也不作声了,就动手给他换绷带。不过,我心里实在替那个姑娘难过。

当天深夜,正轮我值班。外边狂风卷着大雪,整个森林都吼叫起来了。就在这种淹没一切的声音里,我听见周明在病室里喊:"护士!护士!"我赶忙提着马灯进了病房。

他说要喝水,倒了一杯又不喝,叫我在旁边坐一会儿。待了一阵,他忽然说:

"写吧,替我写一封,要不总不算了事!"

提起写信,我还想着上回受他的顶撞,他就像早忘到一边去了,只管对我说:

"你先写:今年三月,我随着康藏公路指挥部踏勘队到怒江勘察线路,不留神从山上摔下去,受了伤,现在还躺在医院里。"

"就这些?"

"嗯!就这些。"

其实,事情并不这么简单,上星期有个记者来访问他,我在旁边听到他讲了。

……在怒江峡谷,踏勘队必须拦腰穿过一道花岗岩峭壁,约有三十多米宽,立陡立陡的,上边望不到顶,下边就是急流滚滚的怒江。不说是人,就连猴子也难过去。为了不使所有人都去冒九死一生的危险,确定先由一个人爬上去,在石缝里钉进几根钢钎,拴上很粗很粗的保险绳,然后一个一个抓紧绳子慢慢过去。

这一项光荣任务,全队的人都想争取到手,就连女测绘员也报了名。周明是踏勘队领导,他说了算,最后他还是把任务下达给他自己了。他有两条理由,足以使别人心服口服:第一,他有经验,解放战争时是个登城能手;第二,他曾经横渡过黄河,万一掉下水也没有大问题。

他这样说，不过是为了堵住下边同志的嘴，不好再和他争。实际上他心里很明白，战争年代登城有云梯，还有战友们帮着。现在他面前这一道光秃秃的峭壁，像是刀切过似的，没有一点什么可以攀爬的地方，也不可能有人从旁边搭一把手，只能是单兵作战。而黄河又怎么能和怒江比？怒江峡谷的漩涡就像开了锅，别说是一个人，就是掉进一片树叶子，也得卷到水底去。

不管怎么样，这个战斗任务周明拿下来了。当然，不能说他一点思想斗争也不曾有过。他在这一道花岗岩"闸门"前面停下来，连着抽了三支烟。在这三支烟的时间里，他反复地改变着一两个字的决定，过！还是退回？终于，他脱掉衣服长裤，脱掉鞋子，两臂平伸，面孔和腹部贴紧峭壁，开始了他全程总共三十米的"万里长征"。远远看去，就像是一个赤裸裸的人体十字架，沿着一道狭窄的塄坎，两脚交替着，一寸一寸地向那边移动。不知用了多长时间，总算是"蹭"过去了。这时候他才感觉，一身冷汗在往下淌。要知道，只要身体有一丁点不平衡，或是脚底下稍有一丁点不稳当，他肯定就没命了。

就这样，他选择几处合适的地方钉下钢钎，拴好绳索。自己先来回试着走了一趟，然后才让大家鱼贯而过。走过的人多了，有一块小石头松动了。周明最后一个过去，一脚踩垮，手没有抓住保险绳，摔下去了。幸亏底下有一道山水冲成的石槽，把他卡住了，可是带下去的石头正砸在他身上，失血过多，一下休克过去了……

我自作主张，详详细细写了他受伤的经过，随后又问他：

"还写什么不?"

"再添一句。就说,关于那事,我同意她的意见,完全同意!"

他说着,嘴唇都有点发抖了。什么大不了的事,使他这样激动呢? 我问:"你同意她的什么意见呢?"

他没应声,从枕头底下摸出一封信来递给我。也是秋蓉写的,不过比我看到过的那一封日期要早,纸都揉烂了。前面一张纸上,不外乎一些问候或什么无关紧要的话。第二张上,她写道:

……我常常在幻想,想得很细微,很真切,说起来都有些可笑。我想过,我们应当有一间什么样的房子,窗帘是什么样色,桌上摆设一些什么小东西,书架上又摆些什么书,我们还要有一个收音机,有一架风琴。我想过,早上,我们分手去做各人的工作,晚上都回到家里来。星期天,我们可以到电影院去,或是到马路上走走,看看来来往往各种各样的人。……

但是,当我冷静的时候,就觉得这一切不过是空想。你走得那样远,收到你的一封信,听到你的一句话都很难。大约,你已经不记得我了,不记得我们的过去了。我,你知道,一生也不想离开这里,不想离开学校,不想离开这些孩子们。这样看来,只怕我们之间就很难建立一种共同的生活。

请你原谅我,周明! 我觉得还不如没有那层关系,那样对我们倒更自然些。你说是吗? 想来想去,只有这样了。

不要马上就忘记我,常写信来,一行两行也好,求你!

信写得够坦白,够干脆的。可是,我对她的同情一下变成气愤了。哼!原来是这样一个女人!我不知再该说什么了,只好不作声。沉默了一会儿,周明又开始和我交谈。显然,他是把我当做唯一可以倾吐心声的人了。

"这封信,是在我们踏勘队出发的那天,也就是我受伤的前一天收到的。当时我没能从头至尾看完它,老实说,我心里别提够多么的不痛快!过后,我认真想想,也没有什么,散就散。是啊!这一种事情不能强求。同时我也想,你既然真心喜欢她,就应当尽自己所能使她生活得心满意足,无忧无虑。可事实证明,她所需要的你什么也不能给她。或许另外一个人可以给她一切一切。这时候,不赶紧往后站一步还等什么?"

周明眼睛低下去,接着又说:"可是不成。我只要一想到她的样子,一想到她会对另一个什么人那样亲近,而对我永远是平平常常的,我就觉得像是受了侮辱,最大的侮辱。也许这种念头很坏,反正我就是这样想的。起先我打算拖一拖,先不表示态度,以后慢慢再看。现在我想通了,这样不对,该怎么着就怎么着呗!干吗小肚鸡肠,耍这种鬼心眼?!"

一天早晨,我一进病房,见窗子大开着。周明脸冲外出神地依在窗台上——他已经可以下地走动了——我怕他受风,去关窗户,他不让关,还摆摆手要我莫作声。原来他正在听藏族女孩子唱歌。寨子上的藏族姑娘们,每天早上照常是结伴而行,背上驮着长长的木桶,到河边去汲水,又照常是一路走一路在唱:

  繁花盛开的桃树
  只能装饰春天的美丽。
  对人们最有情意的
  还是那四季常青的雪松。

听着听着,他忽然问我:
"你说人们为什么这样喜欢雪松?"
"谁晓得,反正大家喜欢就是了。"
"不!不!这不能说没有一点道理。"他向外指着松林,蛮有兴致地说,"雪松。瞧!多好啊!就是冰天雪地,它还是绿葱葱地活在那里。"
看他这样快活,我猜着了八九分,就冒问他一声:
"有信来了吧?"
"有我的信吗?"
他故意装模作样地反问我,更让我肯定了自己的猜测。我在他枕头底下一翻,真的有封信,我就抢过来了。哟!这么沉,哪里是信,简直像一本书。

我把信瓤抽出来,没留意一张照片落在地下去了,我连忙捡起来。倒是一个挺庄重的女人,那神气瞧上去蛮有学问的样子。可是,一眼就看得出,不大可能是秋蓉,已经是四十五六的人了,还戴副白框眼镜。这是怎么回事?我心里有些

纳闷,可也没问,只顾往下看信:

周明同学:

　　就让我仍旧用这种习惯称呼吧!我曾做过你高小时的国文老师。你打了多年仗,大约把这些全都忘记了,这张照片也许能帮助你想起我。我记得,你是坐在第九排桌位……

　　好了,我要谈谈关于你们的事。别觉得奇怪,作为一个校长,我有这种责任。秋蓉就在我们学校任教,我俩住隔壁,我知道她的一切。所以,我不怕多余,写这封长信给你。

　　相隔数千里,我自然很难测知你的心境。不过,倘使你在抱怨秋蓉的话,那是不公平的。她虽很少提及你,但却时时思念着你。她不止一次对我讲,觉得自己的生活空空荡荡,没枝没叶。大约也正是为了填补这种空虚,她除去做完自己的工作,总要向我要点什么事做。原先她并不喜欢活动,以后,她常常到操场去打排球,跳高,或是和小孩子们一同荡秋千。可是,这仍占据不了所有的课余时间,有时她总还不免待在什么地方独自出神。

　　她给你那封信我是知道的。她写好之后夹在日记本里一个礼拜,后来还是发出去了。但,她从邮局回来就感到十分心乱,又一连给你写去几封信。可是,你大约很生气,始终未理会,甚至连地址也不告诉一声,难道这是不可谅解的吗?你知道,和她一起长大的那些女孩们,差不多都有了自己的家庭,一些人已有了第二个儿子。

我承认,她爱想入非非,甚至想得很不着边际。也许正是这些想象纠缠住了她,害苦了她。可是,你也得替她想想,这一切一切,对别人是那样轻而易举,而她,似乎是永远也不可能得到的。难道对别人都是理所当然,唯独她应该被排除在外吗?我不是替她辩解,同时也无须乎这样。事实上,她虽有勇气在纸上写下那样的语句,并把它寄给你,但她却没有毅力从感情上来一个一刀两断。

我武断说,你也绝不会忘掉她。然而,从回信中看,你却已经绝望了。你想悄悄把痛苦吞咽下去,不让任何人分担一点,你那封信仿佛是要和她做一次永远的诀别。你错了,完全错了。

不得不承认,她未能经得起时间的考验,曾想悄悄地离开你,也让她自己一生都会感到遗憾,感到羞愧。现在我可以确实地告诉你,正是你的这一封来信使她得救了,使她疾步向你走回来了。她拿着信,一遍又一遍,看了又看,伏在床上痛哭起来。你大概也不曾看见她那样无休无止地哭,以致我不能不陪着她直到深夜。

终于,她忍住了哽咽,开始对我诉说。说她本以为自己蛮不坏的,可是和你相比,才一下醒悟到,自己原来是这样渺小,这样可怜,不值一提。她深深感到对不起你,在你面前她是有罪过的。她怨恨自己,我算一个什么人哪!只知道坐在窗前胡思乱想,心里只有个人的小天地。他呢!虽然现在全国都已经没有战争,可是他还在继续奉献出自己的热血。

第二天,我又特意要了她的日记来看。她要重新认识你,重新开始自己的生活。虽然她并没有赌咒发誓,但请你百分之百信任她,也信任我吧!我比你大二十岁,我从未对任何人讲过一句不诚实的话,更不必说是对自己的一个学生。你也许会疑惑,为什么她自己不作声?她说一个字也不给你写,她决定寒假时去看你,她要当面请求你的饶恕——这是多么严重的用语啊!

最后还想替秋蓉说一句,你也太不像话了,她一年收不到你两封信。为什么学得那样懒惰?

看,这位女校长的信写得多好啊!怪不得呢,周明喜气洋洋的样子,一下就变得不像他自己了。不过在我面前,他还是装作一副很淡漠的样子,好像并不当一回事。

我也故意说:"哼!说的倒是蛮好听,只怕过些日子又不作数了。"

他望着我,随即便笑了:"依你说怎么办?是不是得叫她立个字据呢?"

"那可不。就得让她写个保证书。"

"用不着用不着,我们两个已经照过水影了。"

"照什么水影?"

"这话说起来就长了。淮海战役那年,部队行军正巧走我们村子经过,我跟连长请了假去看秋蓉。这以前,我们两个的事,谁也没跟谁提过一句话,当着面总还是不好说得出口,那就还不能算是正式定下来了。我想,总不明不白地拖着算是怎么一回事?我就跟她提了,直来直去,不过就是一两句话的事儿。决定下来了,两人就跑到河边去,手拉着手,一起探着身子往水里照了个双影。我们家乡,小孩子们作兴一个规矩:双方讲定了什么事儿,或是要交换什么物件,就手拉手到河边去照个水影。照过了双影,就不能反悔了,谁先反悔就会掉在河里淹死。啊呀!你看我,只顾乱弹琴了。来来来!快换绷带好了。"

照说,周明还需要再住两个星期。有一批伤员要出院,他也就吵着赖着要走,院部勉强批准了他。送他走的时候,我心里总在想着,今后缺少了这一位伤员,我会一天到晚觉得很闷气,没有什么趣味。他却像一只出笼的鸟儿,那么高兴,临上车还红着脸跟我说:

"我也不知道该怎么谢谢你。不光是感谢你护理工作好,另外也还有很多事情我要特别感谢你。这样吧!不管我到哪里,我结婚的时候一定写信给你,要是你能来——算了算了,你不可能来。"

"为什么不可能?"我忙说,"只要你邀请,不管多远,我一定去。"

一句话没完,汽车喇叭响了。他慌忙爬上车,我还没来得及挥手送别,卡车已经钻进大森林,一下便不见影了。只有一棵棵高大的雪松,依然挺立在路旁,针叶那么茂密,葱葱茏茏的。

一九五四年六月草于昌都
一九五六年六月改于昆明

卖 酒 女

上

你们没有到过皆东吧！皆东是云南边境一个小小的街市。地方很偏僻，可风景顶好，一边依山，一边临江，寨子四周是绿葱葱的香蕉林。早晨，江面上荡起薄雾，好像谁在天上扯起一层轻纱。每逢双日，傣族妇女便一队队一排排，挑着竹篓到皆东来赶"摆"（赶街）。她们的筒裙又窄又长，走起路来飘飘摆摆，在薄雾笼罩下，似见不见，很容易使人产生一种如入仙境的感觉。

皆东街口上，有一棵大青树，树冠像是撑开来的一把巨大的阳伞，树下摆了几家甜酒摊。甜酒，你们都是知道的，四川话叫做醪糟。想吃得讲究点，揭锅之前"卧"进两个鸡蛋。本地卖甜酒的全是女人，在这些年轻女人当中，有一个名叫刀含梦。一般地说，傣族女子都是身材匀称、脸盘儿蛮漂亮的。刀含梦也没有什么更加特别的地方，但她却特别引人注目。常常有这种情形，她的酒摊上已经挤满了顾客，后来者便自动排起了队。而别的甜酒摊上冷冷清清，无人光顾。

是刀含梦的甜酒格外有味道些？不！是她招待格外殷

勤些？更不是那样。随便什么客人来，她总是带理不理的，眼皮抬都不舍得抬一下。就像是在说："爱吃就吃，不爱吃请便！"那些人都很有耐性，无论要等好久，安安静静地等着，观赏女掌柜怎样不紧不慢一个个在打发她的客人。迟来的人往往空等一场，好容易轮到自己名下，甜酒煞锅了。旁边几个卖酒女人早已在咒骂刀含梦了："还不是占她没有出嫁的便宜！卖不脱的芒果，迟早得烂在自家筐子里！"

当地是时兴早婚的。刀含梦已经不是小姑娘了，紧身罩衫和蓝布筒裙，都要包不住她那丰满的身体了，总还是不见有什么动静。虽然每年都有几个冒失鬼撞上门来，无一不是碰得头破血流。有人甚至还暗自谋划要来抢婚——这在当地是被允许的，古来就有这样的习俗。不过，几个要抢婚的人，都事先放弃了，女方本人不配合，强勉把人弄过去，不可能有什么好结局。于是多少青年人，只能在高空盘旋，一双敏锐之极的鹰眼密切注视着这个卖酒女，却没有足够的气魄，并拢双翅直扑目标。

刀含梦很小父亲去世，母女俩相依为命，住在寨子外边一座独立的小竹楼里。这个孤苦伶仃的小女孩，早早就挑起了甜酒担子养家了。傣族女孩子都是能歌善舞的，但谁也没见刀含梦唱过跳过，连一年一度的泼水节她也从不参加。她对一切都十分淡漠，早已习惯了孤独、寂寞，没有任何欲念与梦想，只知道不声不响地做酒，然后不声不响去卖酒。她甚至从不曾留心过自己已经二十一岁了。

现在，我们应该提到另一个人了，那就是皆东公费医疗站助理医生赵启明。

说是医疗站，其实人员大都缺编，只有一位助理医生和两个女看护。赵启明是军队转业干部，卫生员出身，没受过专科教育，但他拳打脚踢，很快就打开了局面。每逢星期天，他还要到街市上检查饮食卫生情况。他说当地人的病，大多是在小吃摊上花钱买来的。大青树下那些卖甜酒的女人们，都怕着他几分，远远看见赵医生来了，连忙把碗筷洗涮一番，用芭蕉扇驱赶走锅边上的苍蝇。

刀含梦不在乎这个。对助理医生的到来，她一向不加理睬，最多默默地苦笑一下，表示接受检查。有一次，赵启明拣出一个碗说："这碗要不得，你得好好洗洗！"卖酒女没作声，把那个碗接过去，盛上甜酒，有意高高举在顾客们面前，立刻就有几只手同时伸了过来。于是引起了一阵哄笑，反而让助理医生当众出丑，简直下不来台。

在此地，赵启明算得是一位了不起的人物。他从南寨被接到北寨，从河东被请到河西。这家女人断了奶，要来找他；那家的水牛不吃草了，要来找他。两口子打架，也总要拉他去评理。谁家婚嫁迎娶，少不了要请他去主持仪式。他常常连声叫苦说："乖乖！隔行如隔山呀！这事怎么也找到我头上来了呢。"人们把赵启明当作消灾祛病的救星，又把他当作可亲可敬的朋友。他从寨子里走过，大人小孩都会从窗口探出头来招呼："赵大夫！上我家竹楼上坐坐吧！"唯独刀含梦，从不拿他当一回事。为什么？让助理医生百思而不得其解。

这天，赵启明又到大青树下来了。他发现刀含梦摆酒摊的地方空着，不免松了一口气，和这个卖酒女打交道，很够伤脑筋的。但当他要返回医疗站时，总觉得心里有什么事放不下。是什么呢？他对自己承认，是想要知道刀含梦今天为什么没有来。打听几个卖甜酒的女人，说不晓得。算了！管这些闲事做什么，于是转身走去。走着走着，他透过一丛木瓜树，望见了刀含梦家的小竹楼。怎么会走到这来了呢？也好，既然来了，就进去看看吧！

推开门，迎面扑来一股又闷热又难闻的气息。只见刀含梦仰卧在地席上，脸烧得像团火，嘴角肿起许多水泡。很明显，她在忍受着难以忍受的痛苦。妈妈守在女儿身旁，止不住在流眼泪。助理医生毫不怠慢，从军用挎包里取出听诊器，要为病人做检查。但是，母女俩直直盯视着医生，那目光显示出了恐慌、戒备以至仇视。当赵启明试图接近病人时，对方支撑着身体坐起来，冷冷地说："你要做什么？"老妇人也接上道："走吧！求你快走吧！用不着谁来可怜我们。"

的确，刀含梦母女对医生抱有成见，甚至可以说是抱有敌意的。

还是刀含梦不记事的时候，爸爸得了重病。妈妈先去缅寺求佛，花了好多钱呀！病总不见轻。恰在这时，皆东来了一位汉人大夫，说无论大小病症，药到病除。妈妈就去请他。大夫给病人号过脉，摇摇头说："预备丧事吧！"妈妈大哭起来，一再求告，大夫答应试试看，但他需要住进家里来，以便随时应付病情突然恶化。母亲同意了。

汉人大夫为自己解决了住处，又并不耽误他四处去给别人看病。一个月下来，他的药箱子里填满了钞票，这里包括刀含梦家多年的积蓄，以及唯一一块稻田的作价在内。然而，当病人临近最后时刻，大夫忽然不见了。埋葬事宜还没有结束,风言风语已经传遍了皆东,说病人活生生是给气死的,汉人大夫欺侮了他的老婆……

赵启明处置很果断,他把两个护士找来做助手,以强行方式为刀含梦做了检查,诊断为恶性疟疾。以后的事情不难想象,助理医生竭尽自己所能,来救治卖酒女。他夜晚就在竹楼底层牛栏里休息,只要听到楼板上面呻吟一下,便上来量体温查血压,照看病人服药。熬夜多了,两眼像熟透了的桃子。

上级确定赵启明去内地专科学校进修,派来接替他的人也已经到了,但他借故拖延下来,直到刀含梦病情稳住了,才离开皆东。

下

两年以后,赵启明又回到皆东来了。自治区卫生部门组织了一个有关恶性疟疾的防疫工作考察队——在皆东一带,这种可怕的传染病蔓延多年了,当地人称之为瘴气。赵启明在这方面取得了一定的实践经验,特地吸收他参加了考察队工作。

由省城到此地修通了公路,只是有一段山区工程比较艰巨,还差二十多公里未能直达皆东。这天,防疫考察队就在公路终点一个景颇族寨子投宿,准备第二天步行赶到皆东。赵启明借宿的那家,女主人几天前刚生孩子,还起不了床。她听说考察队要到皆东去,立刻把一个包包交给赵启明,说要麻烦他带去,送给皆东卫生院的李淑惠大夫。包包里是米面饽饽什么的,在山里人看来都是最好吃的东西。产妇对赵启明讲起:"谢天谢地,多亏了这位李医生,不然……"因为深怀感激之情,过于激动,刚提及李淑惠这个名字,便哽哽咽咽讲不下去了。

……景颇女人已经躺在铺草上一天一夜了,要死要活,就是生不下来。寨子上的边防哨所得知此事,往河对岸部队指挥所要通了电话,由指挥所转告皆东卫生院,当即指派了李淑惠医生急速前往,为难产妇女接生。这家景颇人如释重负,只等李医生到来。过了很久,总不见人来。产妇的丈夫赶去迎接,到了河边才明白,原来昨夜一场大雨,河水漫了槽,那位李医生根本不可能渡河过来。

这可怎么办呀!他快要急疯了,沿着河岸上下乱转。忽然发现,河里像是有人向这边游过来。近前去看,见是一个妇女长头发一飘一散的,她两臂死死抱住一扇竹门,在湍急的河水中漂流。女人太幸运了,正巧被冲到回水湾里,才靠了岸。景颇人连忙把女人抱上岸,见她腰间束着一个布袋,用油布包裹了好几层,解开来看是个小手提箱。看见手提箱上的红十字,他一下明白了,这女人正是皆东卫生院的医生李淑惠,把她背回了自家竹楼。

自始至终,没有谁问一声,这位女同志姓什么叫什么?河对岸打来电话讲,已经派出了李淑惠李大夫,当然就是她了,还用得着问吗?这里,阴差阳错造成了误会。漂流过河来的女同志,其实是代替李淑惠执行任务的一个接生员,并非李淑惠本人。

女接生员浑身碰得青一块红一块,肚子里压出好多泥汤汤水。她从昏迷中苏醒过来,一时弄不明白发生了什么事。定了定神,见身旁围了许多景颇人,醒悟过来了。她挣扎着站起身,一句话没有,即刻投入了"战斗"。正如接生培训班的教师们在课堂上所说:"每抢救一个难产,都是一次紧张的战斗。"

约一个小时以后,婴儿落地了,是双胞胎,一对男孩。在场的邻人们都欢呼起来,做父母的就更不必讲。引领这对小生命登陆这个世界的女接生员,一手抱一个,恨不能要把他们举到天上去。她冒险游过河来,为的是抢救产妇母子二人,哪知道救下来的竟是三条人命。

精神松弛下来,身体极度虚弱的接生员便再也支持不住了,又一次晕倒在地上。慢慢苏醒过来,听到产妇家人在讲李淑惠怎么长李淑惠怎么短,知道是把她当作李医生了。但接生员没有作声,一家人正对李医生千恩万谢,她怎么好冷不丁把事情挑明了,那不等于要人家李医生的好看吗?

防疫考察队到了皆东,卫生院全体人员都跑出来迎接。赵启明遇见第一个跟他握手的女医生,就问:"哪位是李淑惠同志?"对方回答说:"就是我。"赵启明十分郑重地把那一份礼物交给她,见女医生接过礼物,完全莫名其妙,赵启明解释道:"那一家景颇老乡送你的,就是得了一对双胞胎的那家,他们还说过几天来看望你呢。"李淑惠大笑说:"不不不!他们弄错了,不是我!不是我!"

原来,那天李淑惠接到院部通知,说有个景颇女人难产,要她亲自前往急救。她当即回话,应许很快就到。事实上当时她正在出诊,为一位老婆婆做治疗,谁知注射了消炎药不见效,反倒有些恶化。这下让李淑惠处于两难境地,这边脱不得身,那边又非去不可。有一个女接生员自告奋勇,请求把任务交给她去完成。她人太年轻,又是一个新手,没有应付过难产情况。可是再没有第二个人可以指派,就是她了!于是便有这一场不大不小的误会。

李大夫把那份礼物退还给赵启明说:"还是由你亲手交给接生员好了,我已经冒领了人家一份功劳,不能再冒领人家的礼物了。"她转身叫一个护士过来,吩咐说:"你带赵同志去找刀含梦!"啊!是她呀!赵启明万万想不到,怎么会是她呢?不可能!不可能!刚才从大青树下路过,他还留意向甜酒摊那儿观望了一下,那个卖酒女是不是还在招揽着她永远招揽不尽的顾客呢?

刀含梦大病一场,养息了好长时间。病愈后她随即来到卫生院——公费医疗站已扩建为皆东卫生院,要求留下她扫地煮饭。因为害病用了很多药,她出不起钱,想做些杂活来抵偿。院长一听笑了,说她可以免付医疗费,并且答应她,可以报名参加卫生院开办的接生培训班。

在培训班学习期间,刀含梦常常独自发呆,一双水汪汪的大眼睛凝视着什么地方出神。她竭力搜寻着对于助理医生赵启明的记忆。他穿什么样的衣服,什么样的鞋子,全记不起了,甚至他的面孔也是模模糊糊,并不那么清晰。不过,有一个印象非常深刻。助理医生每次来,总是先把手按在她前额上,那只手很大,冰凉冰凉的,拿开时总要顺势理理她的鬓发。于是,这个傣家姑娘的心,又不由得咚咚咚跳起来。

刀含梦当然不会忘记,那次助理医生要她把碗刷洗干净,她偏要用那只脏碗卖出甜酒,引得顾客们哄笑一场。她常常责怪自己,怎么会那样傻,怎么会那样恶呀! 人说,口舌不够灵便的人,最善于幻想。刀含梦总是提醒自己,不要心存幻想,你跟那个性情又好又特别有能耐的医生之间,相距太远太远了。一个卖酒婆娘,当真指望他会看在眼里吗? 让刀含梦最伤心的是,赵医生离开皆东时,她竟一点也不知道。当然,他忙。顺便来道别一声不行吗?

女护士为赵启明引路,来到了皆东妇女幼儿生理卫生学校。学校尚未正式建成,临时借用一所房子先开着课,学员都是本地的年轻女孩子。教室里正在上课,讲台上的那个女教师,一身傣家装束,却戴一顶旧军帽,把一头长发盘起来掖在帽子里。当地青年男女,正时兴弄到一顶旧军帽戴着,已经成为一种新的民情风俗了。女教师向这边转过脸来,赵启明差点没有叫出声,果然,正是她!

赵启明进入课堂,不声不响坐在最后一排空位上。刀含梦没有发现增添了一个学生,她照常讲下去。赵启明惊奇不已,卫生院的一个接员,临时来小学校兼一堂课,竟俨然像是毕业于师范专业的一位老练的女教师。下课铃响了,赵启明迎了上去。

见到赵启明,女教师一下怔住了,不禁向后退缩着。事情来得太突然,太不可思议,她慌了,她怕了,好一阵说不出话。她终于沉静了下来,一双水汪汪的大眼睛,凝望着助理医生,怯生生地说:"你回来了!"……

赵启明早已把受人之托的事忘得一干二净。他提着景颇产妇的一包礼物,和刀含梦并肩出了街口。刀含梦悄声问道:"你回内地去,怎么不作声就走了?"赵启明解释说:"我去你们家辞行了,正赶上你母亲外出,门虚掩着,我悄悄进屋去,你在睡。我本想叫醒你的,可是我并没有想好要跟你讲什么告别的话。我只是想,以后不可能还有机会见到你了,离开皆东之前,一定要再见你一面。看到你了,满足了这个要求,就没有叫醒你。"

言谈间,进入密密丛丛的香蕉林,除了蝉儿在香蕉叶上不住声地叫唤,四外什么声音也听不见了,多么安静呀!这时他们才意识到,只是盲目地在走,并不明确往哪儿去,于是同时止住了步。刀含梦低下头来,双手捧住自己发烧的面颊说:"走!到我们家去,让我妈给你做甜酒吃!"

阿哥老田

一

听爷爷说,我们苦聪人跟汉人,原本是双生兄弟,脚踩着肩膀落地的。过后,不知道为什么事,哥哥跟弟弟争吵了一场,弟弟一动气,就进了深山老林,一去再没有转来。老林里长着一棵大芭蕉,芭蕉叶下边,住着一个芭蕉仙女,孤孤单单的,见有一个年轻人来跟她做伴,再没那么高兴了,当下就嫁给他,做了他的婆娘。就这样,老林里的人一年比一年多,一代比一代人长得更高大更壮实,这就是我们苦聪人。

先前,说到天边我都不信这个话。汉人从根上起就是汉人,苦聪从根上起就是苦聪,怎么会是双生兄弟呢?没影儿的事。认识了阿哥老田,我完全相信了这话,一点错不了。你想呵!老辈子的时候,汉人跟苦聪要不是亲骨亲血,到后世来怎么会有阿哥老田这样的人呢?

阿哥老田的名字叫田玉路。满打满算,也过不了二十二三岁,可我们苦聪寨的人都喊他阿哥老田,娃娃这么喊,老爷爷老奶奶也这么喊。我第一次跟他见面,是前年的事儿。那天,我在岩洞里捉到一只狐子,就把皮剥下来,搁在路口,藏到大树背后远远看着。有过路的人,想要这张皮子,多少放点吃的东西在路口就是啦。你可知道?我们苦聪祖祖辈辈就是这么做生意的,以物换物,以心换心。倒不是不愿意明打明跟外面的人来往,你可得敢哪!自打地面上来了国民党黄狗子,苦聪更不敢下山了。黄狗子从不把我们苦聪人当作人,碰上面平白无故就开枪。阿爹、阿妈就是死在黄狗子枪口底下的。

虽说苦聪不敢到外面去,可也不是随便就可以得罪的。要是你想偷巧,把路口上放的皮子拿走,不留吃的东西下来,老实不客气,就等着弩箭跟你说话好了。箭头不带毒还好,赶上带毒的,你可就得把命留在路口啦。我藏在大树背后看着,见有个带枪的人,很高的个头,圆脸盘儿。他把那张狐子皮翻来翻去看,又向四外张望着,过了一阵儿不见有人来,他拿起皮子就走。你想逮我的便宜,没有那样的好事儿!我把弩拉得满满的,"砰"的一下出手了。不前不后,正好射在他腕子上。我的老天!幸亏箭头不带毒。过后才知道,这人就是阿哥老田!

这天,日头落进老林我才回去。一进棚子,见两个带枪的人,跟爷爷面对面又说又笑。爷爷告我说,他们是解放大军工作队,心眼都蛮好。正说话,又来了一个人,高个儿,圆脸盘。我一瞧,吓了一跳,这就是我射伤的那个人,就是阿哥老田哪!他的手腕,使白布缠得老粗,吊在脖子上。他望了望我,没认出来,接着,把一张狐了皮往地下一扔,跟爷爷说:"大爹!这是我在路口捡着的,你问问看,是谁丢的就还给谁吧。"他说苦聪话,舌头有点打愣愣,可咬字儿倒是真真的。

几位大军,你一句我一句,劝说我们一家要搬搬场子,跟别的苦聪人集中住到一堆去。这样,大家可以彼此帮助,在生产上生活上,政府才好有个照顾。起先,爷爷很不情愿。别的先不说,姐姐不能一路去就没法子。姐姐十七,比我大四岁,跟我一样,从小没穿过衣裳,就在腰里裹着几片芭蕉叶子。工作队的人一来,姐姐就躲到林子里去了,没有衣裳,姐姐怎么走出老林呢?

大军一听也犯了愁。他们除了自己身上穿的,余下的衣服都已经给了别的苦聪女人。只见阿哥老田"嚓嚓"几下,就把自己两条衣袖撕扯下来了,跟着又把两条裤腿也撕下半截。那俩人也照他的样,扯下了衣袖和裤腿。阿哥老田从口袋里掏出针线来,把几块布连在一处,连成了一个筒裙和一件坎肩。不要说我,连爷爷也从来没有见过,大军是男子汉,怎么会做得一手针线活儿呢?

我心头一阵阵在痛,阿哥老田手腕上中了箭,他一面缝筒裙,一面还在渗血出来。我暗暗在骂我自己,真该死!真该死!过了一会儿,姐姐把坎肩筒裙穿起来了,那么合身,那么漂亮。我有点恍恍惚惚,一时没弄清,这是真事儿,还是梦里的事儿呢?

二

这实在是梦里的事儿,我活到六十多岁,一家人总算是住进了自己的房屋。我跟小孙子两人住一间,孙女儿住一间。阿哥老田说，姑娘大了，该给她单另住一处啦。房子是圆木搭起骨架，顶棚盖着厚厚的茅草，用竹篾编成墙壁，外面涂抹红土泥，房门和方方的小窗户开在朝阳的一面。在外面人眼里，这样的小泥屋算不得什么，可在我们苦聪人，就是天堂了。我们苦聪世世代代都是靠大树挡风，靠芭蕉遮雨的呀！

除了我一家，寨子上还有七八户苦聪，都是大军工作队从老林里呼叫出来的。听说，山前山后也都有了这样的苦聪寨子。先前，都是各自管各自，弄到吃食，把肚子填得鼓绷绷的，吃不了，就悄悄藏在树洞里。从今以后，可不能像先前那样了。阿哥老田说，苦聪寨子男人、婆娘、老人、娃娃，一笼统都做成是一家人了。下田下地，或是做别的什么活路，每个人都要出一份力气。收了口粮，或是赚到了钱，每个人也同样都能得到一份。

说到种地，你可知道苦聪人是怎么样整法的吗？先在坡地上放把火，把乱草树棵烧光，用弯刀刨出坑，把包谷籽儿扔进坑里，用脚填埋一点土，再就没事啦，只等日后去掰包谷了。要问能有几个芽冒出土，能结出几个穗穗？那就全得看天啦！

现在我才知道，我们苦聪人的两只手，原本也并不是那么笨拙。你看！我的手指头这么老粗老粗，上边裂着一道一道的大口子，除了弯刀弓弩，别的什么都没摸过。可是我的手，跟大军阿哥老田的手不也一样管用的吗？臭讲找刚喝了几碗米酒，我没有醉，不是我放狂话。阿哥老田能起房，我也能起房了。阿哥老田能使牛能掌犁，我也能使牛能掌犁了。

阿哥老田能用竹筒,把山上的清泉引到寨子上来,我也学会了引水浇地。瞧吧!说不定我们还能在苦聪地面上种出金花,种出银花来呢!

阿哥老田还在寨子正中起了一间大草房,牌子上写着"苦聪寨军民俱乐部"。里面挂的有画,摆的有书,一个长方匣子,特别的"神",那匣子自己会唱歌唱戏。还有几样离奇古怪的东西,过后才知道是用来理发的。一到黄昏,寨子上的人就到"俱乐部"来耍。阿哥老田挨着个儿给大家理发。也给我的孙女儿修剪了头发,还教她使用木梳。每次理了发,她便手捧一个小圆镜子,照了又照。小孙女儿原来是这么好看,先前我怎么就没有觉出来呢?

天一黑,阿哥老田便把汽灯点起了。他给这灯打满了气,点燃一个小网罩,"砰"的一下就着了。好亮啊!地下一根针都能找见。吊起汽灯,村寨夜校就开始上课了。起先人们说,苦聪人从来没有读过书认过字,不也活到了今天吗?阿哥老田给大家讲道理,说读书认字比吃饭睡觉还要当紧。谁有一晚没到夜校来,他准得跑到家里来喊你,要是你推说不得空,他就会讲:"先上完了课,你有天大的事,我来帮你。"下课以后,他准定会到家里来问,你有什么要紧的事?不用谁批评你,下一次,你再不好找什么借口逃课了。

一天,大军工作队的人全都回部队去开会,天很晚了,还不见转来。寨子上的人寻思,今晚不会上课了,就没有到"俱乐部"来。不想,大草房里的汽灯又亮了起来,阿哥老田在挨门挨户喊人了。他说,课程是死死排定了的,中间短缺了一次,很难挤出时间来补上,今晚的课决不能耽误。他一个个点名,人到齐了,便像往日一样开始上课。

只顾了听课,谁也没有注意到阿哥老田身体有什么不对头。直到他又像往日一样笑着说:"现在下课,大家可以回家歇啦!"人们这才看见,他两条腿在打软,手扶住黑板,强勉支撑着不要倒下去,还是倒在地上了。寨子上的人慌了手脚,说是有鬼上了阿哥老田的身,全都围着他跪了下来,女人们已经哭出了声。

阿哥老田想不到,全寨子的人都会这样动感情,他同样也双膝跪地,举手敬礼说:"我谢谢各位父老乡亲这样心疼我,这样关照着我,多谢!多谢!"又连忙解释说,大家尽管放心,只不过是今晚天太黑,回来的路上摔伤了腿,痛是很够痛的,不碍事的,不是什么大问题。

他把右腿裤脚提上去让人们看,膝盖小腿全都肿着,虽说没有出血,一片片黑青黑青的,瘀血很重,恐怕是伤筋动骨了。寨子上的人立时绑起一副担架,把阿哥老田送到边防部队连部,连里派人把他送进了野战医院。检查结果,果然是骨头裂了缝,他拄着双拐休养了几个月才好。

你想啊!老辈子的时候,汉人跟苦聪要不是亲骨亲血,到后世来怎么会有阿哥老田这样的人呢!

三

阿哥老田在我们苦聪寨住了二年。起先,寨了上不满十家,过后添加到了三十多家。阿哥老田到了哪家,就跟那家人一个锅里打包谷糊糊吃;到了哪家,就跟那家人抱一个竹筒喝水。三年来,寨子上有五个婆娘生孩子,五个孩子都是请阿哥老田给取的名儿。

冬天里,我们苦聪人总是要围着火塘坐夜,从天黑坐到后半夜,火塘里的火熄灭了才去睡。坐夜是人们拉闲话的好时候。老一辈的人又在对阿哥老田说,要他不要回北方老家去了,就在苦聪寨做姑爷该是多么好。还说要把寨子上顶顶好看的姑娘嫁给他。阿哥老田听了这话,总也不作声,只是嘿嘿嘿地在那里笑。

可我,每次听见这话总是那么心慌,觉得出脸上一阵一阵在发烧。我猜想,老人们这话准是指我说的。除了我,还能是哪个?可是再一想,我算得是寨子上顶顶好看的姑娘吗?我瘦骨嶙峋的,头发梢又发黄,有哪一样好看呢?我数算了下,寨子上至少有三个姑娘比我俊俏得多。自己觉得再没有那么丧气的了,好一阵打不起精神来。

有一次,我去割牛草,在芭蕉林里正巧跟阿哥老田走了个照面。他站住了,没作声,我也站住了,也没作声,两人就这样低下头,悄不言声地站着。过了好一阵,他迈步朝我这边来,我也迈步朝他那边去。林子里路很窄,他斜着肩膀,我也斜着肩膀,两人错过身,走了,走了!他是不是回头来看过呢?我不知道,我没敢回头去看。

上级来了一道命令,要调阿哥老田走。大军讲,命令一下如山倒,他是非走不可的了。寨子上的人急了,拖住阿哥老田不撒手,好多人眼窝都哭红了,我跟小弟也都在哭。爷爷生气说:"哭的什么!你们好糊涂,阿哥老田是大树大材料,不能总耽搁在我们这个小寨子上。再说,还有别的同志来替换他,大军个个都像是阿哥老田这样的。"爷爷把脸背转过去,也在偷偷擦抹眼泪。

这天下晚,各家各户都整了甜酒和黏米粑粑,请阿哥老田去做客。爷爷把人们拦住了,说阿哥老田总是一大早爬起来,跟寨子上的人一道下地,晚来在大草房里教大家读书认字,黑夜又点着洋蜡在写呀写的,没有个完。你们算算看,一年到头阿哥老田从来没有踏踏实实睡过一个夜晚。明日他要走远路了,最后一个黑天,要让他早早睡下,一觉睡到大天光。

第二天一早,寨子上的人就拥到阿哥老田屋里去,连个人影也找不见,他的行李一样也没有收拾好。你猜他到哪儿去了?他到牛栏去了。寨子上养牛的几户人,照阿哥老田的主意,集体修建了一个大牛栏,轮流看养着。前不久又向政府借钱,添了几头黄牛。先前的栏里拴不下了,另起了一个牛栏,只是围墙一直没有垒起来。阿哥老田一夜没睡,把牛栏的围墙给垒得好好的了。他说:"你们瞧!那头母牛快要下犊子了,眼看一天比一天冷,不把墙打起来,我走了怎么放得下心。"

你想呵!老辈子的时候,汉人跟苦聪要不是亲骨亲血,到后世来怎么会有阿哥老田这样的人呢!

要送阿哥老田上路啦。我把辫子打散开,重新编过一道,把刚刚做的一件蓝花布衫罩在外面,又把我舍不得戴的副银手镯也戴起。这对手镯,是爷爷用一张狐子皮给我讨换来的,奶白颜色,光光亮亮,再没有那么惹眼的了。上上下下都打理好了,不知怎么,我怕了!真是见鬼,我怕的什么,全寨子的人都去送他,没出嫁的几个姑娘家也都要去送他,单单就显出我了吗?说是这么说,可我的心怦怦地直跳,慌乱得要命,我给自己下了命令,不去送他。就把小弟叫到一边说,我求你了,帮姐姐一个忙。我脱下一只镯子,要他悄悄送给阿哥老田……

阿哥老田走了,走远了!走远了!

阿哥老田把他的心留给了苦聪人。可是,他把我的心连同我的一只手镯带走了哟!

四月花泛

一

我们部队里,有不少超期服役的战士。他们超期服役,是自己一次又一次写报告申请下来的。他们出来四五年了,要说不想回家去看看,那也不实在。领导上自然考虑到了这一层,排着班叫大家回去探家。

坦克兵上士夏国佑,得到了二十五天的假探家。这是临时决定的。夏国佑一得着通知,直抓后脑勺。二十五天以后,正赶上连队进攻演习,回来迟了怕就参加不上了。他想早去早回,争取明天就上路。可又觉得太紧迫,来不及准备。准备什么呢?不就是开开通行证,领领旅差费吗?这些事好办。夏国佑是想:不能自顾地去,要去问问同乡战友们,看他们捎什么不捎,家里有事替他们办办。很有些同乡,和夏国佑一起入伍,一起拨到坦克部队来的。他粗粗一算,就有一二十名,插搭在各团里,这个连一个,那个连两个,找一找需要好大工夫。不怕,还有整整一个晚上,来得赢。

夏国佑走遍了营区,凡认得的同乡都找过了。同志们有事的托他办事,实在没事的,叫他用麻线量一量自己的小弟妹们多高了,带麻线回来看。人们托他带喜报、带信、带鞋子和绒衣,也有带果脯、饼干的。夏国佑怕闹混了,贴上纸条,标上记号。尽可能归并,大小还有十几个包包。他用背包带串起来,搭在肩膀上,提溜挂搭的,活像果实累累的木瓜树。

夏国佑有个姐姐,在九江工作,最近生了孩子;母亲来信说,她已到九江去照顾姐姐。除了母亲和姐姐,家里再没有旁人了,他这次本来不必回家乡去,照直去九江,整个假期都可以和妈妈、姐姐待在一起。这个情况,夏国佑没有告诉那些同乡的,人们要知道这样,当然就不会托他办事,托他带东西了。

本班同志们了解情况,很替夏国佑作难,说:"这么一大摊东西,看你怎么整。"

夏国佑说:"我在我姐姐家少住几天,留出时间,送一转儿去就是。"

班里同志说:"二十五天假,刨去路上一来回,也不过就是半个来月,就算你不到九江去,光四下里分发这些东西,怕都跑不过来。"

夏国佑憨笑着说:"抓紧点呗。"

一路很顺利,从东北到汉口,三天两宿的火车。在汉口起了船票,当天夜里就上了船。小火轮船,上下两层通舱,坐满了人。夏国佑在火车上晃荡几天,乏了,上船找个地方一歪,就入了梦乡。他梦见小时候,妈妈叫他上后山搂树叶子去。到后山要过河,河上搭了一道小木桥,桥很窄,走上去颤颤忽忽的。妈妈怕他掉下河去,每天牵着他的手,把他送过了桥,才放心转去。妈妈嘱咐他说:"搂多搂少,日头偏西就回来,莫贪黑。"傍晚他下山回家,妈妈早在桥头等他了。他搂了满满一箩干树叶子,妈妈很喜欢,忙接过去背着。

船上拉汽笛,夏国佑惊醒过来。揉眼睛一看,旁边的旅客们都在冲他笑。

一位婆婆说:"这年轻人,你刚刚是做梦了吧。准是梦见了娘老子,是啵?"

夏国佑点头承认,知道自己在梦里叫妈叫出了声,他笑了,有点不好意思。夏国佑在部队五年,很少梦见过母亲,现在马上就可以见面了,倒做起梦来。人们久别亲人,总是这样的,相隔千里万里倒也不见得太怎么,越是到了近边处,说话就见着了,偏一时一刻都耐不住了,恨不能插上翅膀,忒楞一下飞了去。下水船,溜快的,夏国佑总觉着停在江里没走。

天麻麻亮的时候,船靠了北岸一个码头。由此地上岸,可以搭汽车去浠水县城。夏国佑是浠水人,他本应当是在这里下船的,母亲到九江去了,他买的是直达九江的票,还要望下水去。

播声喇叭里直喊:"到浠水的旅客,请你下船,到浠水的旅客,请你下船。"

喊头一两声,夏国佑没在意;又听得喊,他一下站了起来。他想,为什么要等到返回来,不如现在就下船,提前到战友们家里跑一转儿去,该送东西的先给人家送去,该办事的先替人家办了,然后再搭船去九江。反正就可以见着妈,见着姐姐了,早几天晚几天有什么要紧。真是的!原先怎么就没有考虑到这样,只一心奔九江去。一样是超期服役,没回过家的有的是,领导上先照顾了自己,这就够不过意的了,人家托付点事,再不先尽着人家,还叫什么话。旁的且不说,替同志们带回来的一大卷子喜报,硬是要快些送去。人一时回不来,先有一份喜报到家,家里人看见盖在上边的大红钢印,也够喜欢一场。和夏国佑一路出去的,差不多都评上了连队的先进战士,有的还立了功,报上登了相片。可是往家里写信,大家都不写这些,顶多提那么一两句有了。夏国佑想,这回我一家一家地走,一家一家地摆,叫他们家里人听个详细。夏国佑扛起东西,随着人们下了船。

检票员翻看着夏国佑的船票,说:"同志,你这是通票。你中途下船,票可就作废了哩。"

夏国佑早跳上码头走了。

二

上岸搭上汽车,个把钟头开到了浠水县城。从夏国佑家里到县城,硬生生是一天的路程,他入伍时候是走着来的,那阵还没有公路,如今是冒着烟儿跑。

夏国佑在一个小站下了车,他记起来,本连战友江春生就是旁边湾子里的,决定先到江春生家里弯一趟。正是家乡农事繁忙的季节,田埂里处处是人,赶着割了小麦犁田,赶着薅早稻,种棉花。社员们见一个军人过来,都直起腰看。夏国佑走近去,草帽底下那一张一张的笑脸,原来并不陌生。

田里先有人搭腔了:"那不是夏家大屋夏国佑吗?"

"是我,你们好忙呀,喂!"

"你走错了,夏家大屋要顺那条冲下去。"

"我迷不了路的,我到江春生家里去。"

社员们指画着说:"春生他老子就在那边薅田,桃儿也在。"桃儿是江春生的未婚妻。

夏国佑沿田埂斜插过去,看见江春生湾子里的人,一字儿排开在薅田。他先就认出了桃儿。这细妹子不看长,好像还停在四五年以前,小模俏样儿的。社员们齐上来和夏国佑打招呼,问这问那。桃儿撑着棍子,只管勾下头薅田,夏国佑来,像是不与她相干。夏国佑把春生带回的一包东西交给父亲,又取出春生的先进战士喜报,念给父亲听。

老人嘿嘿嘿笑了,说:"又是一张,这崽子,连着三年,给我闹了三张回来。"

夏国佑念完喜报,递给老人。老人忙在田沟里洗了手,撩起衣襟揩了揩,这才双手接过去。老人拉夏国佑到桐子树下去说话。

夏国佑说:"耽搁你们工夫哩。"

社员们说:"不碍的,我们也该歇气了。"

夏国佑三下五除二脱掉鞋袜,说:"一路薅田一路唠,两不误。"码起裤脚下了田。

"要不得呀,要不得呀!"社员们忙上去拦,拦他不住。

江春生父亲说:"也罢,尽他薅去。当兵几年,没捞着薅田;叫他站在田岸上看,不急痒人吗?"

夏国佑插在队形里,他右首紧挨着桃儿,桃儿把自己的薅田棍让给他;不撑棍子得不上力。

秧苗相当稠密,一蒲一蒲的,根本看不见水,行当之间,刚刚能薅下一脚。夏国佑还没有薅过这么稠的秧。

社员们说:"往年总仿着老谱子,不敢往稠里插。今年是新标准,小行四寸,大行七寸,这叫四七寸儿。"

"插得好匀整,像是打了线的。"夏国佑称道说。

"可不是怎么的,硬是拖上划行器,先划后插。"

"田也盘得精细,怕不止过了一道手,一道手出不来这样的田。"

春生父亲是老农组长,作田技术上他负责。听人称道田盘得好,老人心里格外喜欢。老人说:"夏同志要得,田里的活茬一眼就明白。今年的春收田,都是两犁、两耙、两耖,底肥面肥都比上年足,泼上了,一亩三百担塘泥,二十五斤化肥;你望这一丘一丘,哪丘田够不上一类苗,原本是的嘛。如今作田没个足尽的,哪里天黑哪里歇可不行,赶前了还要赶前——这么说,我春生今年子干得又算可以是啵?"

夏国佑说:"春生在连里,别提够多响。又评上了学文化标兵。有一回在火车上,他捧着战士课本念,念一段,写一段笔记,小本子垫在腿上,弓着腰写,很不得劲。火车又晃荡,长一笔短一画写不成。靠窗户坐着一个老大爷,忙和春生调过座位来,叫他就着窗口的小桌板写。对面坐的是一个女教员,春生有认不得的字,就问人家。女教员本来在打毛衣,看见这个战士那么抓紧时间,学得那么用心思,毛衣不打了,等着他问字。春生文化有限,书上的生字可也没几个儿,女教员好心,总等着。后来女教员一下喊起来了,她过站了。"

田里起了一片笑声。春生父亲说:"部队上硬是出息人,春生年幼时候,晓得几调皮哟。课本本一拿到手,瞌睡就来了,脑壳一冲一冲,鸡儿啄米一样。说声爬树,猴子都赶他不赢。那么高的钻天杨,一眨麻眼,树梢上见了。攀住细枝儿打忽悠,一忽悠一忽悠,人看见心都蹦出来,吼又不敢吼他。"

夏国佑说:"是,大伯的话我一定带到。"又说:"今年射击预习,春生又是一个开门红。行进间射击最难打,他打得最漂亮。什么叫行进间射击,就是坦克不停,一路开一路打。平地上还好说,跑道尽是坑坑洼洼,枪口上下左右乱摆,差那么一息息,硬是打他不上。行进间机枪射击,十发命中三发就是优秀。春生老实不客气,上了七发。"

江春生一个本家叔爷说:"我春生原就有些板眼,管是什么,他不摆弄便罢,一上手就会。送兵的时候我就说过,春生到队伍上是个灵光的。看看,果不其然。"

夏国佑说:"那倒是,不过尽仗着自己灵性也不行,主要靠练。冬天里大雪压塌地的,春生操着瞄准仪,还在山上练。东北那地方的风,我们此地人想都想不出是怎么个滋味。冲你脸上锥,一下脸就肿了,指头一按一个窝窝,木木的,像不是你的脸。越是大风大雪,春生练得越来精神。"

"不易,不易,苦出来的哩!"社员们叹服说。

江春生父亲说:"要得!硬要下这个狠劲,苦点算什么,年轻人,吃苦有苦在。"

夏国佑随讲话随薅田,开始还行,慢慢有些不跟趟了。他几年没干过,丢生了。青年社员们爱取闹,他们彼此使个眼色,暗里攒了劲,想把夏国佑远远落下去。那些姑娘媳妇,见这个坦克兵忙手忙脚地赶,偷偷在笑他了。桃儿看在眼里,她朝夏国佑那边靠过去,悄默默揽过几行来。夏国佑薅得窄了,很快跟上了。桃儿自然是加重了负担,和旁人比,宽出一大溜子。桃儿当事不当事的,齐齐标着队形,一点也不落后。

桃儿一直没讲话,勾下头自管薅田。夏国佑临走的时候,春生父亲说:"桃女子,看夏同志那么些东西,带不了,你忙送他一截去。"老人有心计,他在这里给桃儿留了一个说话的工夫。

三

桃儿帮夏国佑拎着东西,俩人一前一后,顺着弯曲的小路走。

夏国佑说:"我带回那个包包里,有你一双胶鞋。"

桃儿说:"鞋面是什么色气,海蓝的吧?"

"海蓝的。"

"多大的码儿?"

"三五的。"

"谁稀奇那个,我才懒得穿。"

在家乡地方,人们图了下田方便,很少穿鞋子。姑娘们裤脚挽得老高,整天光着脚片儿。可是她们很喜爱鞋子,用零碎花布一条一条拼起来做鞋面,底儿菲薄。像春生捎回来的海蓝面胶鞋,就越发招人喜爱了。

江春生母亲托人写信给儿子说,什么都替他操持好了,帐子也有了,叫他无论如何八月节要回来结婚。说哪怕头天过了事,第二天就回部队也要得。桃儿她妈,也常到春生家来嘟哝,说:"到立秋桃儿就满二十一了,你们想看她老在娘屋里是怎么。"桃儿下边有个妹妹,十八九了,急着要出嫁。碍就碍在这里,不打发了姐姐,不好先把妹妹搡出去哟!江春生收到信,不大当回事,他知道,老人们无非是嘟嘟得厉害。他担心的倒是桃儿那一头。母亲信里说,桃儿嘴上不明提,心里可恼透了做老人的。不定几时,平白地沉下脸子来,摔摔打打给人看。果然要是这样,那可就麻缠大了。桃儿只要有了主张,总是不言不语采取行动。江春生担心桃儿会突然间找到部队上来。如果桃儿有信来,管她明说不明说,总可以知道她的意思,不晓得为什么,偏又好久好久断了信了。江春生和夏国佑谈了这些情况,叫他到家里了解了解,亲自和桃儿谈谈。

夏国佑问桃儿:"和春生的事儿,你有什么打算?"

桃儿说:"打算什么?我没得打算。"

说桃儿平白无故摔摔打打的话,是老人演义出来的。桃儿和她团小组里的几个姑娘,常一道去"宣传"人家,说结婚太早,对国家对个人都没有好处。桃儿一籽一瓣的,比谁都讲得有条理,她自己在这个问题上,哪能先不先就作起打算来。

夏国佑不由得松了一口气,又问桃儿:"你怎么总不写信给春生?"

桃儿鼓突起嘴说:"倒还问我,连打七八十来封去,一封都换不转来。来封,占不满半张纸,横看竖看就那么一句话——望你好好劳动——还消说得,旁的不行,劳动上我还能落下。不耐烦就省了纸不写呗!"

闹了半天,这细妹子是赌上了气。春生这家伙,好不讲理，抱怨人家断了信，不在自己身上找找原因。夏国佑心里骂着江春生，由不得笑出来。

桃儿可不觉着是什么好笑的事。桃儿说："这几年人家在部队上，进步是蛮快的。组织问题解决了，这一点我先就比不了。人家是炮长，是特等射手，三年得了三个先进，又评上了学文化标兵，连身码个头儿也高大多了。我自是喜不尽的，可又不知怎么，越是喜，心里越有点毛毛扎扎的，乱。我是够不上人家了哩！你看，连封信都不愿意给写了。"

这至少是江春生可以接受的一个教训：要抽空写写信。"望你好好劳动"这话很重要。不妨还丰富些。当然，也不必去照抄书上的什么现成话儿，隔一个时候，如实写一写自己的思想和学习、生活情况，就再好不过。

夏国佑说："什么够上够不上，说得好吓人。你两个自幼一道盘泥巴的，你还不了解春生，早晚就是那么大大咧咧的，加上实在也忙点，手又不勤快，信写稀了。写信不多是不多，他可没少念你哩。得空和我们唠起来，桃儿长桃儿短的，不知道脸红。"

桃儿说："哪个要他念，害得人家打喷嚏罢了。"随手在路边掐了一根草茎儿嚼着，苦丝丝的，苦里透甜。

桃儿送了老远，夏国佑接过东西，叫她转去。桃儿说她本想再送送，可是看天快过午了，午饭以后有一阵休息，她们"细妹子服务组"要利用这段时间碰碰头，她怕误事，不能再远送了。

夏国佑问："什么细妹子组？"

桃儿说："这不算个正式的名字，是几个细妹子闹起来的,人们顺口就这么叫开了。"

有一次,湾子里一个单身汉在塘沿上洗衣服,他不是洗,只管上脚踩,踩能踩得干净吗?桃儿看见,过去替他洗了。以后,桃儿洗衣服总捎着他的洗。晾干了,折得平平整整送了去给他。桃儿想,单身社员不止他一个,湾子里还有几家孤老户,要是都能照应到,心里才利亮。桃儿一个人当然不济事,她约了几个细妹子一道干。

桃儿和姐妹们说:"逢年过节,到孤老户去帮帮忙,那好说哩;常时不遇的,我们不一样,硬是要包下来,一年三百六十五天,不能缺了他们的水,不能少了他们的柴。他们的衣服被絮,当洗就洗,当补就补,怕的是一时新鲜,长不了,那还不如不来。"

细妹子们个个下了保证,当天就起手了。家务劳动,说不上有多么沉重,长此以往,可也就并不轻省。桃儿她们除了一样出工,自己家里杂七麻八也还有做不完的事,全指着挤时间到那几户人家去服务。桃儿清早起来,先要去给一位五保奶奶挑水,顾不上梳头,长头发一蓬子披散着。挑起桶一路走,一路勾起胳膊梳头。

夏国佑问桃儿:"你们怎么不吸收男的?"

桃儿说:"他们见我们闹,怄了气,也成起一个组来,不和我们搭边儿。"

"洗衣服挑水你们包了,他们干什么?"

"落了雨,坡路走不得,他们挑沙子垫路,修整塘坝,帮供销社挑豆饼,还干别的。反正摽上了劲,想盖过我们去。"

分手时候,桃儿和夏国佑说,过几天去夏家大屋找他,托他带点东西给春生。

夏国佑说:"带什么?驮不动我可不干。"

桃儿说:"一个日记本儿,纸雪白的。他的字写得好,给他使唤。"

夏国佑说:"怕是早就买下了,等着人捎去。"

"不是买的,是公社团委会送给的。"桃儿会说话,她不说是奖给的,说送给的。

四

夏国佑回到夏家大屋,湾子里的人很纳闷,他娘老子在九江,怎么不照直往九江去呢。夏国佑说明了缘由,人们这才明白。母亲不在,家里起不了火,左邻右舍这个拉那个拽,叫夏国佑到自己家里吃饭去。

晚上,生产队的干部,和一湾子老幼男女,都聚在夏国佑家,直坐到小半夜,一阵子正话,一阵子笑话。

一个翘嘴巴老头说:"国佑还是乡土的语言,好!有那些人,出去不两日,回来拿腔作调的,一张口就叫你耳根子发麻。"

老人们这种观念,对推广普通话很不利。可也真有这样的人,他们和说普通话的人在一起,并不敢说普通话。回到家乡,尽拣人家听不懂的话撇。

天亮,社员们出工,夏国佑也起来上路,到战友们家里走访去了。

夏国佑每天早出晚归,赶紧些,一天走几家,慢些走一两家。

湾子里的人说:"你哪是回家,你是在家里住店。"晚上回来,人们问他:"明天预备走哪一方去?"

"我看看该走哪几家了。"夏国佑翻着小本子。

小本子上开列着日程和线路,先走哪里,后走哪里,都有规定。这是夏国佑表弟帮他定的,表弟在区邮电所跑信。线路定得很有学问,照这个线路走,顺顺溜溜,不会冤枉跑重路。

今天该到杨继五家去,到杨继五家里五十多里路,翻过两架大山,又赶上个雨天,夏国佑跑得够呛。他的雨衣打了个两面透湿,外面是雨,里面是汗。

杨继五母亲和媳妇两个不对劲。老人信上向儿子告状,说了媳妇一大箩的不是,说她不挑水,不做饭,不动针线,不拿扫把。做婆婆的说她一句,她回十句。只晓得扯好布穿,草帽也买白篾子的,不嫌贵,只嫌不冠冕。和那些后生们,总是脸冲脸龇着牙笑,没里没外的。媳妇写信给杨继五,却什么也不提,只说些没边没沿的话。夏国佑一路走一路寻思,婆媳之间闹起纠纷来,就是组成一个专门委员会,一时也调解不清。她们各说各的理,自己在当中一站,怎么张口呢?他没有直接往杨继五家去,先拐到大队去找妇女主任,想摸个底儿。

妇女主任问明来意,笑了说:"一个碗不响,两个碗叮当,她们这一老一少,有得叮当就是。不过你回去说给继五,不消搁在心上的,她们也就是嘴巴官司。

"继五爹娘老子死得早,这婆婆是他二婶母。虽是这么,自小看大的,和亲娘母子没两样。继五也从来没喊过二娘,一直喊妈。老婆婆们,总爱自找着伤心,她疑心媳妇不拿她当着亲婆母待承,说有这个媳妇在,日后继五少不得也要变心。实情呢,这婆婆嘴碎些罢了。她也晓得,媳妇粗得细得,打着灯笼找不来的。她一壁唠叨,一壁还是忙得陀螺转,给媳妇做吃做喝,洗呀浆的。媳妇夜夕在队里开会,开到多晚,婆婆留着门,温着水,脚盆也摆着在。婆婆和街坊老姐妹们说:'我不是生就的贱性,硬要侍候她继五娘子。她当着妇女队长,大小是个干部,我怕她分了心,工作上撒了把儿;我就是看在这一层上。'婆婆是个明理的婆婆哩!

"再说继五的爱人。我们喊她大名儿喊不顺口,还是叫她月儿。在全公社小队妇女队长里,月儿占第一许欠了点,占第二可又屈了点。泼得很,交代什么任务给她,包是满打满地完成,旁的不说,只讲种棉花这一条。这两年水利上占了人,副业上也抽走些,队里种棉花没得男劳力,全指着月儿组织辅助劳力顶上去。去年子,月儿她们小队的棉花,比别的队多收两三成。今年她们越发攒劲了,她们刚刚做齐了六万八千个棉花营养钵,不防一阵暴雨,全给打哝了。有些妇女,急得跺脚哭。月儿说:'放眼水是白的,抵得个屁事。'她蓑衣一披,斗笠一戴,挑起粪箕就往外走。妇女们一看,也都撑得去了。她们挑起粪土,风是风火是火地跑,挑到大草棚底下去做,不过三五日,又是六万八。

"婆婆说月儿讲穿,这倒不假。现在一些年轻妇女,不说是开会看电影去,下田也穿得鲜,人们远远望见就问:'那是几队的女伢儿?'月儿见人家扯了一件褂子,布料花色中了意,总生着法子也扯一件去。今年春节,都上区里看闹采莲船,月儿最爱赶红火的,她不去,说没穿的。还算没穿的?只讲灯芯绒的罩衫就架着两三件,又是紫红的,青的,又是翠绿的。

"说到作风上,没得事,我想他继五心里也是有数的。月儿就是那样,兴许上一辈子太文静了,这一世找补她,双份儿的会闹疯。不看是男是女,也不管认得的不认得的,就说,就笑。"

五

月儿果然是个会穿戴的。碎花儿细布褂,毛蓝裤子,既不老气,又不扎眼。上下身都还是几成新,可已经显紧巴了点,裤脚也吊高了。当初裁的尺寸太严格了些,没有富余出一点来,适应身体的发育。月儿还学着县剧团里那些女孩子,两条长辫子并拢来,用小手绢扎住。她说辫子不扎起,干活时候一猫腰就拖下来,怪讨嫌人的。

那婆婆果然是嘴巴不让人,一面泡上细茶来,不住地和夏国佑数落媳妇,这不是,那不是,说:"要是你有伢儿拖累,再不你是有身孕。那我没得话说,不要你动,该是甜该是酸,我办得来你吃。你一没伢儿,二不是有喜拖着,轻身的一个人,屋里百事不问,吃饱了碗一摆就走。夏同志说说,有这么做媳妇的吗?"看来,除非媳妇生了孩子,有了身孕,她那一百样的不是,才能得到原谅。

隔壁的一个大嫂最摸底细,不免在旁边打趣两句,说:

"既然这么,叫夏同志回去和继五说说,打了脱离算了。再找一个合你老人家意的。"

婆婆说:"莫,怄着过吧。再找一个作兴还赶不上这个。"

没过多一会儿,婆婆端上来尖尖的一碗油面,放了腌肉,糍粑,浮面有两个荷包蛋。此地待客是这样的规程,随你来早来晚,在正顿饭以前,先要上一碗油面吃。夏国佑挑了几筷子面,吃了一个荷包蛋,道声"多谢多谢",放下筷子。家乡是这样的风俗,你不吃,人家不高兴;你一下吃个精光,人家也不爱。须得吃一半剩一半,取的是个"有吃有剩"的话。婆婆按住夏国佑,非叫他吃光了不可。夏国佑推不过,也就从了主人。现在谁还指望借取那么一个吉利儿呢,实在用不着了。

上灯以后,夏国佑请婆婆和月儿都到客堂来坐,对着明亮的大玻璃罩灯,家长里短拉开了。夏国佑先谈到,继五在部队整天喜滋滋的,接到家里信,可就有点上愁了。要是家里和和睦睦,继五在部队就更安心了。夏国佑和月儿说,母亲上了年纪,一个人操劳家务,忙时还要出工,得空要分婆婆一些杂碎生活去。儿子不在家,做媳妇的要担起两个人的孝心。回头来又说婆婆,月儿在队上负着责任,时间不宽裕,照顾老人差些。婆婆既是那么疼媳妇,她有个里到外不到的,也就不能细挑去了。实在不如意,叫到跟前批评她几句,不消怄气,更不必朝别处想去,什么二娘不二娘的,这完全是老人多心。莫说是二娘,就是外姓人,在怀里看大他,照样也如同亲生。老人家养育了一个革命战士,对革命是有功的,继五他们不待说,人们也忘不了你这位好妈妈。

夏国佑慢慢吞吞的,说得婆婆不由不眯细着眼睛笑。婆婆说:"还是当兵好,把人当得灵性透了,看这伢儿说出话来,句句入情,句句在理。"

杨继五是炊事班长。母亲和月儿明白,炊事兵一样光荣,不比谁矮一肩低一头。月儿总还有点遗憾,月儿想,当的坦克兵,开上坦克车呜噜呜噜的,那才威虎。

月儿问夏国佑:"他干别的不行吗?"

夏国佑说:"怎么不行,谁生就的光会做饭。继五到炊事班,是百里挑一挑上的,差不多的人,要求去还要求不上哩。干伙房要实打实肯闷着头干的,早起晚睡,不怕脏不怕累。从前我们连有一个炊事兵,小伙子蛮精明,又有文化,就是学不会做饭。他炸出的油条,皮里巴叽咬不动,开饭时候同志们就嚷嚷:'来吧,尝尝塑料油条!'以后他思想搞通了,自己才坦白出来,他并不是学不会,他不学,怕学好了出不去炊事班;伙房苦,他呛不住。

"继五他们班,'先进食堂'的红旗挂了几年,没哪个夺了去,平素在营房里不说,忽然间一个命令。部队要拉出去,背起行军锅,挑起油挑子就走。冰天雪地里,要什么没什么,全连一百多号人,给你一点零十分钟,要开饭,这可就见功夫了。没得灶,就地挖;没得柴,上山打去;没得水,拿十字镐刨冰块化水;没得案板,在油布上和面。一点零十分到了,开饭! 两菜一汤,病号是肉馅儿馄饨。

"炊事工作,柴米油盐打手里流,要会做人家。继五自小讨米,苦寒过的,很会做人家。每天称米称黄豆,难保不抛撒一点,继五总是一粒儿一粒儿捏起来,吹了灰土,放进麻袋里。他出差上沈阳几天,沈阳是个大地方,有钱不愁花,继五除买了一根冰棍儿,一个钱也没花。有的同志衣服不够穿,继五解开包袱,拿出新衬衫送给人穿。大家要发几套都是几套,他怎么有多的给人?他会穿,洗的时候手可轻了,不拿石头砸。领子破了,拆下来翻个过儿,又是好的。穿衣服就是这样,整齐干净为是;谁穿得新,谁穿得好,继五不和人家比那个……"

月儿听着听着,后尾的话像是冲着她来的。月儿笑了,一撇嘴说:"对我有意见就提呗,不用比着人家掇点我。人家了得起,我敢和人家往一块站。"

夏国佑说:"怎么,我说继五好,你不服气是啵。原也是的嘛,他有什么了不起,到过年时候看吧,哪个前哪个后还难说哩!"

月儿跺着脚嚷起来:"啊唷唷,这死鬼,好不好把信拿给人看,一辈子莫指望我再写信了。"

"哪个前哪个后还难说。"这是月儿给丈夫信上的话。他们俩夫妇说定到过年的时候要来个评比。

夏国佑心里想说,月儿这话可不是逗嘴的,回去见了杨继五,当真要警告他一下:小伙子,你松不得一口气的,不信你试试看。

夏国佑这天住在杨继五家里。客堂里支起一个竹床,婆婆取出一条被子给客人盖。

第二天早上,雨还淅淅沥沥地下。夏国佑起来,婆婆正烧火,灶台边堆了一大堆扎好的稻草把儿。这么扎起来,又好添,又烧得省。

婆婆小声和夏国佑说:"看人家继五他屋里的,不晓得几时就起来了,扎了这么多草把子。"

正吃早饭雨停了。天捣蛋,停一阵落一阵。月儿紧扒拉几口,撂下碗说:"夏同志和妈说说话,我不陪你了,趁住雨我们栽棉花去。时令挨不得,要和天老子打游击。怕浇垮了营养钵,不住雨棉花不好栽的。"

月儿急急忙忙出去,不大会儿,又引着两个妇女跑回来。这两个女社员年轻得要命,可是连拖带抱,都是两三个孩子。月儿求婆婆替她这两名队员看着孩子,好叫她们栽棉花去。两位年轻的母亲道谢着,把孩子交给婆婆,和月儿一路去了。跑出门外去,还送回来唧唧嘎嘎的笑声,不知笑的什么。

婆婆和夏国佑诉苦说:"你看看,生怕我闲出病来,往家里替我揽生活。我这客堂里清静不了,常时就是这么,开着不收钱的托儿所。"老人随说随摆好了摇床和小板凳,安置孩子们坐下玩。抱起一个细崽,在脸上亲了一个响儿。

六

夏国佑花了十天时间,翻山涉水,步行三百多里路,二十多个同乡战友的家跑了个遍。同志们托付的事办完了,现在该到九江看妈妈和姐姐去了。不想他还没动身,母亲回家来了。

人们只说这婆婆是不会回来的,儿子在部队上,家里只她一个老人,怎么讲也有点冷清。待在女儿那里,抱抱外孙子,替女儿照料照料家务,不是两合适吗?女儿女婿都是干部,俩夫妇上班,反正也少不了找个人看孩子。老人觉得这对她并不合适,侍候女儿满了月,就提出了要走的话。

老人和女儿说:"我得回去了,想明天就走。等你产假满了,就近找个日托的地方,把伢儿托出去,下了班抱回来。这么是够拖累人的,夜夕带孩子困不好,二天起来周身不随和。娘母子嘛,天生的要呕一场心血,赴一场辛苦。你们既是生儿养女,不能指望那么轻松,拖累就拖累着过吧。也快,能下地跑跳了就不沾手了。"

母亲没早没晚地忙了一个多月,女儿心疼不过的,叫母亲歇几天,在九江玩玩再走。母亲不肯,第二天就上船走了。老人在队里当着保管员,她出来由一个半大伢子顶着,这伢子倒蛮靠实,就是有点毛躁,办事丢三落四的,老人不放心,想赶早回去接过手来。如今又是大忙的时候,田里正要人手,她在女儿家住不安生,着急要回去下田。别看这婆婆上了岁数,手又有点残疾——因为丈夫干新四军,国民党把她抓去坐牢,两只手给吊坏了——可是说到田里的活,至今也还不让平常人。队上照顾她是烈属,儿子又入伍在外,年终结算拨给她四百个工分。年年拨给她,她年年朝回推,死活不要。

老人说:"留着帮补别人吧,我又不是做不得啊。"

大队书记说:"老嫂子,你就少做点,吃几个'照顾工分',谁还有什么闲话不成。六十开外的人了,又是两只残手,打个不中听的比方,你就像是你屋后那棵槐树,老了,空了,不行了。"

老人说:"你这个比方打得好。就说那棵槐树吧,它是老了,是空了,还遭雷劈了半边去。可又怎么的,你不看见那老干上,滋出多少嫩杈子,青枝绿叶的,槐花儿年年照开。"

母亲回到家,夏国佑正巧出去了,中心小学请他给孩子们讲坦克兵的故事。母亲在湾子口上去等儿子,远远望见了儿子回来,眼泪早嘟噜噜放出来。老人不及言语,转身就朝家跑,她忙不迭地找出一串红爆竹,夏国佑随后到了门口,母亲点着了爆竹,嘭呀叭地响,简直像欢迎一位"元首"。

儿子大了,母亲疼爱的话当面不好说得。母亲在对面坐下,忘了手上的针线活,笑眯着昏花的两眼,老半天望着儿子。夏国佑要帮妈妈做些家事,妈妈什么也不叫他干。不干不干,还是替妈妈泥抹了灶台,把三间新屋也粉刷了一道。

二十五天的假,回来路上用了五天,跑战友们家里用了十天,下剩十天。这十天里留出五天给路上,本来还有五天时间可以待在家里,只待了三天,母亲就打发夏国佑回部队了。母亲说得有理,路程需要五天,你不能可可地只留出五天来,万一赶脱了船,赶脱了车,半路耽搁一下,不就要超过假期了吗。

夏国佑提前两天上路了。他回来大大小小带了十几个包包,返回部队去带的东西更多。那些父亲母亲们,结了婚的和未婚的妻子们,恨不能把什么都叫夏国佑运送去。光是布鞋和卜了底儿的袜子,就装满两个旅行袋。夏国佑怕闹混了,还是老办法,贴上名签,分类归并。那些吃食东西,像米面粑、花生什么的,就不必贴名签了;在部队里,对付这类东西向来是发起集团进攻的。

母亲和一湾子人送到汽车站去。母亲嘱咐夏国佑："不要牵我,屋里百事不消你牵心。在队伍上,当紧是要听上级的话,不拘做什么,有几大力气拼几大力气,有几大能为使几大能为。不要觉着给我拿回喜报来了,该是差不多了,差远着哩。比上不比下,眼睛要望着人家跑在前头的,鞋跑落了不提它,也要紧撑上去。"

车子开出了老远,母亲还站在那里。夏国佑从车窗里探出身子,挥手叫母亲回去。

夏国佑坐在窗口,一时偏过头朝这边望,一时偏过头朝那边望。家乡的山色流水是看不饱的。家乡人说,二月花朝,四月花泛,现在是老历四月,各色的野花正在泛开。公路两边,映山红一团团一片片的,火红火红。看上去,像是那边的火焰,把这边山岗映红了;又像是这边的火焰,照红了对面山坡,交相辉映,越发地耀眼了。

一九六四年五月于湖北浠水

那泪汪汪的一对杏核儿眼

一

于海洋当了六年兵,超过服役期一倍,正够取得一名解放军战士理应得到的双重荣誉。不过也的确把人熬"老"了。他复员还乡,刻不容缓的第一桩大事,就是接媳妇成家。在当兵期间,父母亲相继去世,他回家来是一个独人过日子了。从谈恋爱找对象的角度看,具备这样的条件真可说是得天独厚,到哪里去找这种人家?上无公婆父母,下无妯娌姐妹,为未来的女主人留出了广阔自由的天地。谁知两年多了,先后谈过十几个,都没有能谈得拢。

从前,拿到盖有中华人民共和国国防部大印的复员证明书,等于拿到了大学毕业文凭,拿到了硕士、博士学位,有恃无恐,只等候分配一个大致满意的工作就行了。现在不同,各地的待业大军已经够庞大的了,不好再把每年的退役士兵编入这个行列,改为执行"哪里来哪里去"的原则。服兵役是一个公民对国家应尽的义务,是无代价的,本来无话可说。可是这一来,农村战士就如同扑棱着翅膀白白在外面绕了一个大圈,到头来还是回家"苦"工分儿。女方一经弄明白了这个情况,先就凉了半截。穿一身去掉了领章帽徽的的确良军服,并不能指望转吃商品粮,那还有什么新鲜之处,还有什么巧妙之处?

其次,一个战士的复员费究竟是多少,也很容易查问清楚。人们言传中的一笔数目,往往比实有数目膨胀出了十倍、二十倍。就算男方愿意把二百元复员费一个不剩"泼"上去,对于有始有终操办一场婚事,也不过是一个象征性数字,这又是足以让女方大失所望的。

不错,死了公婆长辈,倒是要自由自在得多。不过相比之下,这又未见得是那样事关紧要。反转来讲,设想男方有爹老子在,并且又是在县里、区里,至少是在公社"负责",或者是哪一个部门、哪一个单位,比方说是物资局的一位头头脑脑,那自然又当别论啰!

战争中诸多因素是如此错综复杂,相互制约。于海洋看上去处于多么强有力的战略地位,却原来全线处于劣势。如果不是家门上的一位二娘倾全力驰援,他本来动员不起什么力量来改变战局的。

二娘早年改嫁在几十里路以外的桂花公社,总还牵挂着这个没有了爹娘老子的侄儿不曾成家。于海洋从部队一回来,她就积极展开攻势,虽几次出师不利,老婆婆的情绪并没有受影响。随后的一次战役,竟意外地大获全胜,为她的侄子"说"成功了本公社小学校一位民办教师。

女教师名叫孔卉。孔卉的同事李老师,和于海洋二娘家沾着亲。一次偶然机会,孔卉陪李老师去于二娘家做客,她无意间问起镜框里的一张军人照片是谁,这一下等于为二娘出了一个演讲的题目,老婆婆极有兴致地讲起了她先前那一家的侄子于海洋。讲他小时候有多么憨厚老实,炒油菜里有几块腌肉,爹妈不分拨一块在他碗里,他不会动筷子去搛;讲他上学如何晓得用功,走在田坎上还在背书,滑下稻田,泥水哗啦地爬起去,接着又往下背;又讲他在部队上如何吃得苦受得累,所以不过半年就当上了副班长,入了组织。于二娘讲这些,完全是出于话多语稠那一种类型妇女的习性,并非有意在两位未婚的女教师面前为她侄子做广告。先前谈过的几家,女娃儿人才中等,又没有文化,人家尚且不干,更不消说眼面前这两个姑娘,虽说两个都是"民办",老师的身价还是在那里摆起的。乡下教师们向来如此,只在他们的圈子以内自行解决,作成对对。一位男老师找一个女社员犹可,让哪位女老师嫁给一个普通男社员,则不大行得通。于海洋倒也是农办高中毕业生,不过既然他终于还是落到了今天的地步,也就不必徒劳无益去纠缠一位女教师了。个中情形,二娘很清楚,她不会自讨无趣。可是她发现,孔卉是那样入神地在听她演讲,时不时装作漫不经心的样子插问几句话。二娘不是那种脑神经已经发木的不中用的老太婆,心中暗暗一动,这个鬼精鬼精的老师丫头,她怕是有意了咧!

二

二娘托人带口信给丁海洋,说桂化小学一位孔老师愿意同他认识认识。某天某日,由一位李老师作陪——想必这就是介绍人了,在二娘家里见个面。去不去呢?有过几次这样的事情了,于海洋已经不再抱有那种充满了梦幻色彩的热切的希望。他懒得应约前往,不过,衣服换都换了,胡子也刮了,走就走一趟吧,也该去看望看望二娘了。

两位女教师等候多时,于海洋才到。他路上有意放慢了脚步挨着,避免先到,显得自己过于重视这次会见。二娘埋怨了他一通说:

"我把孔老师、李老师交给你,你替二娘待客,我有我的事。"

二娘只管忙饭菜去了,她也真够马虎,不曾为双方引见一下,哪一个是孔老师,哪一个是李老师。一位是当事人,一位是中间人,这里有着原则的界限哩。两位女教师也缺乏经验,临场难免有点紧张。她们本可以大大方方上前握个手,顺便报出自己的姓名。于海洋这方面无法,他总不好张口去查问人家。好在他随即也就分辨出来了,只见其中一位稍定了定神,便笑眯眯地向他点点头,搬过藤椅请他坐,把酥糖和葵花子端在他面前,十足地表现出了作为中间人的那种无拘无束的热情,不用说这是李老师了。而另外一位,则勾下头坐在靠墙的一条长板凳上,半扭过身去,始终没有敢向于海洋这边侧转过来,等于以自己的羞怯拘谨,宣告了她是这次会见双方中的另一方。

于海洋迅速地望了望"另一方"。总的说来,给他的第一印象颇佳,他心里说:"倒是满要得咧!"也仅止于此,于海洋不便作进一步考察。他意识到,此时此刻他应当毫不犹豫地撇开"对手",而尽可能同中间人去周旋,就自己的特定地位来讲,才为得体。

也许正是由于各人所处地位不同吧!介绍人则敢于大胆地、久久地审视着这位复员军人。两只眼睛像正午的太阳直射大地,使他感受到那无法遮蔽的灼人的射线。于海洋不甘示弱,也直直回望着对方,他以为自己多么沉着机敏,足以应付一切。实则这样正构成了一副傻相,引得介绍人抿嘴笑了,笑个不停。靠墙坐的那一位也用双手捂住了脸在笑。这一下于海洋的战线土崩瓦解了,他开始手足无措起来。结果形成人家一句接一句问他,他只是被动地一一作答,仿佛在接受一位女记者采访。那些问话,初听来毫无意义,纯属没有话找话说,过后才明白,原来每句问话都是有用意的。

"我们学校定期开运动会的,你们在部队上也开吗?"介绍人问。

"要开。"于海洋回答。

"田径赛各个项目都有吗?像跳高跳远那些。"

"都有的。"

"你跳高的成绩是多少?跳得过自己的身高吗?"

"不行,一米七六哩,哪能跳得过。"

"你是一米七六?我看不像,你站起来,我目测一下就晓得准不准确。"

对方只说不像,并没有说明她认为是不够呢,还是不止于这个尺码。于海洋顺从地站起身,一米七六,入伍"体检"正式量过的,还错得了吗?!对方上前来两步,靠近于海洋,略略挺直了身子,显然是在以自己的身码测量着这个男子的高度。于海洋这才醒悟过来,中间人是受人之扎,一定要精确地弄清楚男方的身高。于海洋情绪一下变得很坏,这算是干什么,买牲口看牙口吗?他认定这一幕戏剧的演出同以往几次没有两样,不会有什么认真的结果。他希望尽快关幕了事,对"女记者"还在不断提出的问题失去了最后的一点兴趣,哼呀哈的,勉强应付一两句就是。他甚至拧起了脖梗儿,仰望着顶棚,故意显示出一种傲然气概。

人家当然看在眼里,即或作为介绍人,处于居中地位,也难免感到不悦。空气顿时起了变化,犹如一股西伯利亚寒潮,未经预报,忽然卷带着阴云袭来了。所幸的是,二娘已经在支派于海洋拿酒上菜,两位女教师也连忙动手,帮助摆好了桌椅,加之二娘不住地大呼小叫,有意渲染着喜庆气氛,天气自然也就转晴了。

送走了客人,二娘一下歪倒在藤椅上,这一阵忙乱,累得老婆婆够受。但她仍然在兴奋着,看那洋洋得意的,以至是神气活现的样子,你会以为她刚刚挥军攻占了一座有着纵深设防的城池。于海洋倒了一杯茶捧过去,他试探说:

"看二娘好欢喜,倒像是这一次当真有希望了咧!"

"饭吃都吃了,还消讲希望不希望的话。不是二娘宽你的心,这桩事情就算是定了的啦!"

这样的会面,当地人叫作"看人家","看"得不中意,不会留下来吃饭的,既然吃饭了,那最低限度是向你表明,事情可望继续有所进展。

"刚刚吃饭的时候,我对你使眼色,你看到没有?"二娘问于海洋。

"我没有注意。"

"你嘴角沾了饭,白生生的好大一颗米粒儿。我直对你比画,要你摩挲一下嘴巴,你硬是不明白,好气人哪!"二娘嬉笑着,告诫她的侄子,"二天人家请你吃饭,你要学得有讲究一点才行。听人讲,是哪家娃儿找了一个上海女知青,一路回上海去玩。女孩子的爹妈看了新姑爷,觉得还可以,不想吃了一餐饭就坏了大事。那姑爷不在意,嘴巴上挂了一颗米粒儿,总挂着在。老丈人老丈母看着讨厌不过的,姑娘不给他了,多好的一桩婚事,就这样打了退坡。你还算好,亏得那米粒自己打落了。"

于海洋摸一摸嘴巴,似乎很有些后怕。

"海洋!人怎么样?还有什么挑剔你只管对二娘说。"这老婆婆,简直是在侄子面前为自己夸功了。

"就是没有听到讲话,不晓得是什么声气。她靠墙坐着,从头到了硬是不开腔。"于海洋不无遗憾地说。

"浑说!靠墙坐的那是李老师,是作陪的。"

"哪个讲的?"于海洋迷迷瞪瞪地问。

"哪个讲的,未必我还会把两个人搞错乱了不成。人家孔老师一直在和你搭话,我从灶屋里看见,她还要你站起身,同你比量了高矮的嘛!"

"啊哟!"于海洋吃惊非同小可,"二娘吔!你早不讲清楚,这是好随便对调过来的吗?"

老婆婆前倒后仰地好一阵笑,笑够了说:"就算是调过了来,也无碍事的,横竖两个姑娘都要得,哪个也不比哪个差欠。"

三

由于双方都不愿意过早地把事情张扬出去,随后又有几轮会谈,仍然是在中间地带——于二娘家里举行的。当然,李老师不再作陪,二娘则总是忙着要去打猪草,反锁了门就走了。事情还只能说是在稳步进展中,他们只不过彼此交换了一张二吋照片。人家有的第一次见面,就进城照了六吋彩色合影,男左女右,女的头稍稍向男的肩膀上偎依过去,两人做出同样的一种微笑,很难讲算不算是在笑的那种特别的笑。

因为于海洋去县上出席人民代表大会,约定的又一次会见没有能够如期举行。接着传来消息,说于海洋当选为副县长了。当时好多人在场,孔卉未动声色,平平淡淡的,仿佛这个消息同她毫无关联,不足以引起她的任何反应。李老师暗暗在孔卉胳肢窝捅咕了一下,凑近耳边祝贺她说:

"要得!你倒硬是有眼光咧!"

于海洋在县里开完了会,搭下午农贸班车转来。他在桂花公社提前下了车,往二娘家去。路过公社仓库,远远看见高大的库房四周搭起了脚手架,建筑工人们正在修补屋顶。哪里是什么工人,原来是公社小学校的男女教师们,满头白发的老校长也在其内,也还有许多高年级的学生娃儿参加。于海洋记起孔卉对他讲过,学校两排教室漏得很凶,落雨天课桌上摆的尽是茶缸脸盆,滴滴答答接着水。写了多少次报告给区、县教育局,要求拨一点经费修缮一下,始终拨不下来。学生家长们很有意见。孔卉建议自筹经费,由她跑去联系,承包下了公社仓库的修房工程,这样才好得到一笔收入,用来修缮校舍。

在脚手架上操作的全是青年教师,于海洋一眼就认出了孔卉和李老师。她们正从半空中接住下面抛掷上去的灰瓦,像是有节奏地在捕捉住一只只飞来的鸟。看那轻灵熟练的动作,会以为她们真的是习惯于高空作业的女建筑工。脚下那木板颤颤悠悠的,又是那么窄,一脚踩空怎么得了!她们过来过去,如履平地,全不在乎的样子。下面有几位女教师在和泥灰,都背着奶娃儿。孩子的小光脑壳从褃褙里伸出来,这边一倒那边一歪的。他们在母亲汗气热烘的脊背上晃悠着,早进入了梦乡。

本来于海洋可以直接去会孔老师的,却照例让二娘去找李老师,再由李老师悄悄转告孔卉。收工以后孔卉来了,她站在门口,默默地望着正在洗脸的于海洋,好一阵从旁观察着他。于海洋不由低下头检查一下自己的衣襟,是系错了纽扣还是怎么?随之感觉到孔卉的神色不对,她的目光为什么竟是那样陌生,仿佛去县里开了几天会回来,完全记不得他了,需要从他的举止神态上仔细加以辨认。可不是吗?孔卉现在面对的不再是急于要成家的那个未免有些憨气可笑的复员战士,而是一位县、团级领导同志了。这是何等不同的变故,这变故又是何等的突如其来呀!

终于还是孔卉先发话了:"我看来看去,怎么看你也还是不像。"

"不像什么?"于海洋懵懵懂懂地问。

孔卉笑笑,不再作声。于海洋随即转过了弯来,对方的意思显然是说,无论如何不能想象在他同一位副县长之间可以画出等号来的。

"看你身上,沾了好多泥巴。"于海洋另外寻找着话题。

"我刚从屋顶上下来,我们给仓库修房,今天动工了。"孔卉拍打着身上说。

"你爬那么高上去,怕要不得啵!"

"我是主力,又负责质量检查,我不上去哪个上去,总不好让那些背小娃儿的上去哟!"

二娘在灶屋里喊叫于海洋,让他换一盆热水,好让孔老师也洗洗脸。

"不,不!我回家去洗。"孔卉阻拦住于海洋说,"就是要洗,也不能让你跑去替我打水哟!一位副县长,早晨起床要等公务员预备好了洗脸水,在牙刷上挤好了一坨牙膏,现成地摆在漱口缸上。……"

"照你这么说,我这个副县长的气派应该拿出来啰!"

"拿不拿出来,总是不同往日了。前几次二娘找李老师喊我,是说,'看孔老师得闲不得闲,请过来一下。'刚才转告我的话就不一样了,'二娘说有事,喊你快去!'"

"你何消找出这许多话来刺激人,这个副县长,哪个高兴哪个来,我根本也没有打算接手的。我同县委讲了,我干不了,请他们另外找人。"

于海洋语句里充满了委屈和激愤,看来选他为副县长,简直对他是一种戏弄,一种伤害,一种污辱,是他绝对无法接受的。

四

为选举的事情,确实弄得于海洋好一场不痛快。

县人代会第一天预选,他得票数很高,属于百分之百当选之列。不想就在这时候传出一种说法,说于海洋所以有资格被提名为候选人,是由于不久前军区报纸和省报上同时登载了关于他的一篇报道。而这篇报道,有多处弄虚作假,不符合事实。这一下当然就成了问题,人们在喊喊喳喳,觉得不弄清楚不行。

报道出自县人武部一位宣传干事的手笔,他的意图并不坏,但坏事也就坏在他的这种不坏的意图上。他一心要为复员转业军人提供一个效法的榜样,总想把于海洋的有关事迹加工得更突出、更完整、更无可争辩,明知失实,又以为未尝不可。

于海洋上过农中,对烟叶的育苗、移栽、烘烤,各方面都掌握了一定知识,又从外地引进了良种"G_{28}",他种烤烟在周围几十里无人不晓得的。报道上讲,他经常外出为新烟户做示范,还刻印了三百份技术指导资料,主动送上门去。请注意,此处不确,实际他只刻印了一百五十份。不知宣传干事何苦来要把这个数字扩大一倍,一百五十份也不少了,如果不够用,他再加印也不迟。

大队刚搞包产到户,原是各户分散打农药,因为行动不统一,又不大得法,虫害治不绝,反倒经常发生烧坏庄稼的事,要不就是哪家的牲畜又中了毒。于海洋发起,由七户社员联合办了一个植保小组,凑钱买了两台"泰山—18型"弥雾喷粉机,无偿地为本大队社员和邻近社队喷洒农药,及时防治了虫害,保证了增产。请注意,此处又有虚假,实际上他们是按亩收费的,一个钱也不少要。作者习惯于满腔热情地报道支援他人而不计报酬的共产主义风格,觉得只有这样才圆满。他本应当想到,对于那些接受过援助的社员们来说,这是多么不圆满。大家都要吃饭的,难道他们可以心安理得地要人家白白为自己出钱出工吗?

另一个明显的不妥之处,是把于海洋称为全县,甚至说是全省首先带头分到一家一户作田的先进典型。在本大队,起初倒是由于海洋出了一个主意,允许社员在集体包谷地里套种红薯。谁套种哪块地,哪块地就交给谁管理,年终算工,而套种的红薯,不论产量多少完全归自己。为了多收红薯,一家比一家舍得投工投肥。结果红薯和包谷争着长,仿佛各不相让,要讨得主人的喜爱。连那些六七十岁的老农也不敢相信,本大队干烧瘦薄的坡土,地力竟也是如此深厚,未可限量。然而人们也不能不同时感到惋惜,这其实还只是抓住了小的一头,土是次要的,田,田才是主要的,是大的一头!于是水到渠成,第二年谷雨之前,大家商商量量就把田、土全部丈量开了。当初于海洋生怕事情败露了吃罪不起,想了好多鬼办法遮掩着,又何曾想到过日后还可以登报当先进典型呢?宣传干事硬要替于海洋去争这个发明权,实在大可不必。一个县一个省地面大得很,究竟是谁最先采取了这样行动的,很难准确地加以查考,同时也很难讲在后的就一定是学了在先的。人们在二三十年交错着甘甜与苦涩的生活经历中,在饥肠辘辘中,各自都获得了足够的启示。这样的启示明白无误,高出于赫然印在纸面上的种种闪放出哲理光芒的定义论说。这里不妨也借用一个"最"字,就称之为"最高"启示好了。

失实更为严重、更为令人不能容忍的是,报道有好几处写着"大队党支部书记于海洋带领广大社员群众"这个话。一个大队,连不满月的娃儿都算在内,也还是屈指可数的,又能"广大"到哪里去?如此虚张声势,且不去说它,算是用词不当罢。那么,一没有任命,二不曾改选,于海洋又是何年何月当上了支部书记的呢?一些农村支部,组织上的松散混乱几乎是不敢想象的。公社党委召开大队党支部书记会议,下面可以随意指派一名非党群众代理出席。于海洋是中共正式党员,他何止可以代替年事已高的党支书到公社去"听"会,大队支部工作事实上早已经由这位复员军人在撑着了。情况虽如此,报道作者想当然地给他安上支部书记的正式头衔,可就构成了一个原则问题,一下把他推到十分难堪的境地。老年人常夸奖于海洋说:"我们海洋,算得是一只会咬人的狗咧!"咬人的狗,不出声只管下口,那些汪汪叫的只管在叫,并不动真的。于海洋为大家办了多少事情,从不咋咋呼呼地显示自己。不想会倒转过来,变成了他是如此善于吹嘘自己,猎取荣誉,又竟然冒充一级党组织的负责人,这也太不成话了!

现在,于海洋对孔卉讲起这些情况,三言两语就解释得明明白白,况且见报的稿子也并没有经他看过,责任不在他。而在县人代会上,于海洋却没有讲一句话去辩解,也不同意别的同志出面为他做出澄清。

"正式选举,我还算是当选了。"于海洋苦笑说,"可是比预选少了整整四十票。这当然无所谓,个人也不应该去计算这些。可是我总搞不通,预选投的那些票,也该是出于对候选人的信任吧,为什么过了一夜,就决定收回信任了?"

"这叫作早晚市价不同。"孔卉做出结论。

"这不比平时,你在背后骂娘,我只作听不见。当着全体县人民代表,我出不起这个丑。"

"你大概没有想到,那篇报道会成为争夺选票的砝码。让你这边失了斤两,人家那边自然就越发压秤了。"孔卉一语道破,又说,"一些候选人我晓得的,这一位有这一位的来头,那一位有那一位的背景;这一位是属于某一坨里的,那一位又属于某书记的人。"

"我不属于任何势力范围,我不是任何人的人。"于海洋愤愤地说。

"正因为这样,人家都瞄准了你这目标,你是最容易打落的。而且,你恐怕也想不起要请人吃酒聚餐,那人家为什么一定要在你的名字上画圈圈呢?"

于海洋暗暗惊异着,这些情况他当然心中有数,他原不想同孔卉谈及这些,谁知这位乡村女教师对于县里的最新动态竟是如此明了。

"情况怕还不像你讲的那样严重吧!"于海洋讷讷地说。

"还要多么严重?!为请酒拉选票,城里的海参、鱿鱼、牛蹄筋、豆腐果,这些通通脱销,黄花木耳都难得找了。"

二娘开始在上饭菜了,有二娘在,完全改换了另外的话题,净谈些不相干的事。饭后,孔卉起身告辞,二娘忙向她的侄子发出指令:

"海洋!送送孔老师去,天大黑了。"

孔卉没有拒绝复员军人的护送,她原是有许多许多话,要留在路上,在夜色朦胧中,轻声慢语地对他述说。

五

你不觉得吗？这地方多好。我从小喜欢这个地方。这样大的一个堰塘，行得篷船了。这些小泡桐树，直挺挺的，几年就成材。说树木草棵到夜晚是放碳气，我倒觉得像是站在瀑布下面，空气里含有负离子，湿润润的，呼吸着好新鲜，好舒坦。我们乡下，这几年厂房烟囱越来越多，空气污染总还不像城市里那样恼火。就是怕生了病，看不上有名的大夫，吃不上进口药。不过一天几班客车，又加了农贸车，到县医院去，或是要进省城，也还方便就是。

不！不是这样讲法的，我应当把话讲明确了才对。

你向县委表态，说你不干，这等于白说，干不干怕由不得你。明明晓得你起不到好大作用，总还需要你陪衬一下，否则老、中、青不成比例。再说各人情况不一样，你是有政治生命的人，终归还是要听组织的。如果你忙着到任，只管走你的。我有言在先，人一走茶就凉，我们的事也就到此为止了。认真的咧！你莫以为我在吓人。

现在你不消着忙了，随便怎么样你都很主动。团转多少黄毛丫头，都要跂起脚跟望着你了，想不到二十六七岁的一位"县、团级"，会给她们留着的。这简直像是池塘干了，一条人鲤鱼露出白肚皮，在那甲翻呀跳的，哪个不想上前扑住它，两只手死死捉住，生怕又滑溜走了。我这个人生成的个井窍，我偏是不眼红这个。

晓得这样，在县人代会以前，我应当赶早把事情公开出去,好让人们知道,这是在先已经定下来了的,总不能说那时候我就预见到了你于海洋会有今日,存心要高攀你。现在人家会说,你那边选举一揭晓,我这边就把自己送上了门。我怎么辩白得清,随人家怎么议论,只好听着。以后人家提到我,怕根本想不起我的姓氏名讳,只讲是某某副县长的爱人。哼!爱——人!那些"爱人"们我倒是一个也不认得,不过谈论起她们,人们那些不干不净的难听话,我可是听得多了。

去年考核,我没有能拿到国家教师合格证,手上还是一张试用证。找客观原因也有,我们"民办",照常承包得有一份田,忙时我要下田;教学任务本来就够重的,又代着妇女扫盲班的课,准备时间来不赢。我不抱怨,还是怪自己下力不够。我咬紧了牙,今年一定要考上去。夜晚零点停电,我点起煤油灯复习功课,熏得鼻孔里总是黑黢黢的。可是这又能有什么结果?每年下来的指标很有限,考试合格的人当中,也不过个把两个幸运能转正。即使我的分数足够了,给我转正,大家肯定会认为这是照顾,是心照不宣讨好县里领导。那我宁可不转正,宁可被辞退,回生产队去。

你在想什么?你为什么不讲话?

事情这样结束也好,我原本也常常自问,我们两个,这算是在"谈"吗?一不是青梅竹马,二不是相见恨晚,三也不像电影上那些男主角女主角,是阶级仇民族恨促成了他们的好事。我们两个,该怎么讲呢?只能说是彼此搭帮一起,找到一条共同的出路就是了。我不讲你,只讲我自己。我的天地,就是我出生和长大成人的桂花公社了。在这块天地里,我能指望找到一个什么样的呢？比较自然的，是在我们学校的男老师当中选定一个。现在没有关系的了，可以告诉你，不要看我这样，还是有那么两三个围上来了的哩！其中一个很坏，经常把女学生留下来补课。跟不上的是要补。考前几名的，也喊人家留下来补。又一个是我从心里看不起的，我脱下的小衣服袜子那些，不知怎么他总能翻得到，拿去洗了，当着好多人，在铁丝上晾起，讨厌！还有一个，人倒是不错，各方面都相当可以，不知为什么，我总觉得和他，不行，不可能。同你，也完全是莫名其妙。头一次见面，你连人都认错了，把我同李老师调了一个过儿，就是这样，我还是一口就答应了二娘。我不同于报上常常宣传的那些城市女知青，下农村锻炼的好，认识上去了，下定了决心和一个普通农民结合。我从里到外都是一个农民，我们两个完全是平等的，谁个也不必仰视谁个，谁个也不必俯就谁个。人们都讲，经别人说合拉扯在一处的，寡淡寡淡，毫无意思，产生不了无法代替的那样一种感情。倒也不一定，我们上一辈人，直到好多世代以前，不都是这样过来的吗？更何况他们在媒妁之言以外，还加了一层明码实价的买卖关系。看来命中注定了，我们只能从这样一道古老的石板桥上走过去。这几年有了新发展，各大城市都办起了介绍所，一个人可以在几个介绍所挂上号，同时进行。我同意一切服从二娘的安排，先建立家庭，感情上的要求放在后一步。好比野蜂子，用蜂蜡做起了窝，才四处去采集花粉，酿出蜜来，这也要得。

偏是你又来出难题，你要我怎么办？照讲，找男人本来是应当找一个比自己强的，各方面都可以依仗着他，有什不遂心的事,也好靠在他胸脯上哭一场。现在,你一下比我强出了许多,我本应当欢喜不尽的,可是我又不愿意处处显出自己可怜巴巴的样子。两箩谷,挑起来前后要均衡了才行,这一头翘起老高,那一头拖在地下,挑不起来。

你不讲我也谙得到,你是打算先两处凑合几年,以后有办法接我到外面去。不!谢谢你啦!我离不开我爹我妈,这老地方我也住习惯了,一天一天怎么过的,自己心里清清亮亮的,觉着踏实,觉得坦然。小地方是要憋闷一点,想去外面玩玩,县城省城都去得,北京也照样去得,我宁可学着给人家看娃儿当阿姨,几时玩够了,也挣够了路费,高兴转来就转来。

本来我还想,等我转了正,就要求调到你们公社小学。要不然,你过我们桂花来也要得。妹妹嫁出去了,屋里只有两位老人,尽够我们住的。守着这大一个堰塘,不敢说天天有你的鱼吃,赶场天我少不得买来做给你吃。夜里学校开会,回来太晚,你带着手电筒接一接我去。走过那一片坟场,我总还有些怕。记得小时候从那里路过,手上要拿一根棒棒,边走边向身后戳打几下。算了!还讲这些有什么意思,无聊,无聊!

你在想什么?我求求你,你倒是讲话呀!

六

选举结束之后,于海洋当即去找了郑书记——新到任的县委第一书记,说他力不胜任,不敢接受副县长职务。郑书记根本不予理会,只是批准他回家一趟,安顿一下,大队有什么事交代交代,尽快到县里来。自己原来就是满脑壳的官司,加之孔老师那边又发出了哀的美敦书,何去何从,于海洋是不难加以抉择的。他当然明白,正如孔卉所说,这个副县长干不干由不得他的,但还是决定拖一拖再说,他寄希望于县委领导失去耐性,由于他久不到职,终于不能不另行考虑。

这种拖延战术并没有得以贯彻,过了两天,于海洋忽然改变主意,作出了完全相反的决定。于是又搭车到桂花去,希望能够同孔老师谈通了。

这天是星期日,妇女扫盲班下午有课,于海洋只好在二娘家里等着孔老师下了课来。下课了,他从房门口远远看见孔卉夹杂在一帮年轻妇女的队伍里,有说有笑,沿着堰塘走过来。一个女人牵着她的手,又一个女人胳膊勾着她的脖颈,那亲密的样子,说明她们完全忘记了师生之间理应保持某种距离,不能混同于姐妹姑嫂。以前她们从早到晚只顾得去抢工分,把上学识字的好年岁耽误过去了。如今,以骨节粗大的一只劳动妇女的手握笔写字,格外吃力。不过她们并不悲观,有孔卉这样得力的一位老师,不愁学不出来。同样一个字,听别人讲过不容易记得,孔老师总是根据字形字义,打着通俗生动的比喻,听一遍就让你想忘也忘不掉。照每堂课五十个生字的进度算下来,要不到好久,至少可以看得农业科技小报,看得服装剪裁说明,差不多的厚本本故事书,念下来问题也不大。

走在队伍后面的那些上了年纪的妇女,是听说孔老师教得好,对老婆婆们再没有那样耐心法的了,就补报了名字的。她们大半和自己女儿或者媳妇共用一张课桌,结下了同窗之谊,可以随时得到女儿媳妇的帮助。不过老婆婆们还是常常邀请孔老师到家里去,亲自指导她们复习。她们疼爱着这位老师丫头,打了糍粑,做了醪糟,总要给孔卉留着。

孔卉跳下堰塘坎坎去洗手,洗了好久,这样就把扫盲班的女人们全让过去了,只剩下她一个,才转身向二娘家来。

"我考虑了一下,我还是要按时到县里去报到咧!"于海洋宣布了他的决定。

好长时间孔卉不开腔,极力压制住她难以压制的恼怒,随后她说:

"晓得你是要变的,没有想到变得这样快,这样干脆。"

"这两天不断有些人到我屋里来望,本社本队的,也瞒不了他们,我告诉他们我不打算到县里工作。大家都说,这不是好赌气的事情,怕还是要去的。"

"嗯! 那当然,本社本队是你的选区,那些都是你的选民,是你的依靠力量,他们要你怎样,你不能不乖乖地听着。"女教师讥讽说。

于海洋早有精神准备,知道说服孔卉需要很费一番口舌的,不料想孔卉根本不屑于听他表白,一扭身,自管走了。

不一会儿,李老师跑来了,她显然已经尽知内情,这位中间人并不拘泥于中间立场,她一反往常在人前不敢抬头的羞怯态度,进门就大声地向于海洋提出抗议:

"你不是答应孔老师拖一拖再说吗? 怎么讲话不作数呢? 可见你说你不愿意到县上去,纯粹是一种姿态。"

于海洋请李老师坐下,先敬上杯茶,然后恳切地向她做出解释。

七

倒不是故作姿态，原先我确实对县里选举有气，对新班子有看法。这几天大家总在谈这些事情，把我讲活动了，想一想，说得也是。正式选举我得票少了四十张，总归还是够了法定票数的，个人并不亏缺着什么。有人想把我扯下去，搞了些小名堂，也算他们做好事。这次是差额选举，又有这样的不正常活动，结果我还是选上了。反转来看，倒说明这次当选才算得比较真实可信的。如果顾及到我占了"年轻化"这一条，采取组织手段，保证我当选，那才让人难受了，咽不下去，又吐不出来。孔卉挖苦我，讲什么我的选区如何，我的选民如何。她是说来斗嘴的，实在这倒是一种很新鲜、很严肃的讲法咧。选区呀选民呀这一类言语，我们历来不习惯，总觉得带有一股资本主义世界气味。认真想想，这里包含的意思不是最确切、最堂堂正正的了吗？这次县里选举虽不说是多么庄严神圣，总还是表达了全县多数选民意志的。李老师你想，我怎么好总赌着气不去报到嘛！

孔老师可能认为，我这人权力欲望还不小，硬是要跳过几级台台爬上去咧！据说也很有些人羡慕我得到这样的地位，其实，我比别人更明白，我失去的地位才当真是值得羡慕的。我这种心情，很难对别人说得清楚，李老师许是可以理解的吧！队上几位老年人，像夸奖小娃娃一样夸奖了我，又正经对我说："海洋！不要只是想着当上了一县的父母官，好大体面。岂不知这等于给你套上了一条看不见的索索,举手动脚都不是那么随便了,全县多少对眼睛都在望着你的哟!"的确是这样,不管我高兴不高兴,索索已经套上来了。本来我总觉得,县里新班子也还是麻麻杂杂的,比过去强些,又能强到哪里去?又一想,不对头,你不也是其中一员吗?只管站在一边讲些不冷不热的话,没有这种资格了。赶场天上街,我喜欢去茶馆里坐坐,要一客盖碗茶喝着,听人们摆谈。有人讲到县上某某书记,某某县长,嘴巴上尖酸刻薄地不饶人,我可以不当一回事听着,高兴了还要搭上去谈笑几句。今后再去坐茶馆,人家提到县里领导,只听出话里带得有话,就算是和我没有直接关系,我怕也要耳朵发烧,也要坐不住了。

有人同我开玩笑,抱拢了拳,恭喜我升官发财。天晓得,一个副县长,除非下决心以身试法,去搞贪污盗窃,格外还有什么生财之道?我刚参加工作,还不清楚怎么给我定级。如果定行政二十三级,基本工资是四十七元,副食补贴五元,粮差二元四角。区社干部另外有五元的下乡补贴,我在县里工作,这五元钱就没有了。我会用棒棒支起眼皮盯住了五十四元四角钱吗?那远不及还是种我的烤烟好了,随便侍弄一下,一年少说进两三千元是有把握的。李老师和孔卉,你们又何尝不是这样。要讲生财之道,你们不必伤脑筋去教一大群学生娃儿,放一百只鸭,每天白生生的六七十个蛋照捡不误,一个蛋只算一角,一个月下来是多少钱,你照算嘛。你们偏要干民办教师,一个月不过三十出头一点。现在好了,到月头上一次就把工资领到了手。倒转几年去,只能领到国家支付的十多元钱,由生产队提成部分提不起来,只好等到打谷时候,自己拎着麻布口袋到各队去收谷,简直像讨口一样,你们不也干下来了?

孔卉讲,我在新班子里起不到多大作用,不过是陪衬一下,我倒也没有把自己估计得好高,以为自己硬是有好大冲击力。你要让我上靶场试打几枪看嘛!总是脱靶,上靶不上环,没有二话讲,我自动滚蛋,换别个来。一些人对我讲:"你是县上的大头子了,不学会开会听汇报,不学会在通播电话上哼呀哈地发表讲话,怕也压不住台。除去开会,除去讲话作指示,余下的时间总还是要想着为这一方群众做几件事。日后就是下台了,人家一想到那一桩见过好处的事情,也还会想起你。"这个话很可以琢磨的。当干部的,在台上的时候容易,指手画脚一天忙到晚,看上去总还像是一个角色。下去以后,人们还时常念起你,那可就不容易了。这是一个很高的标准,我自己怕是肯定达不到。不过我也不能过于不像一回事,过于对我的选民对不起,对全县群众对不起。

我想,我总不至于像一九五九年我们县的那一任县长。现在人们谈论起他当事的年月,真说不出够多么寒心。他先是虚报产量,搞什么吃饭不要钱,跟着又来了个整风整社,捉鬼拿粮。结果全县普遍饿饭,造成几千人非正常死亡,判处了他极刑,执行枪决了。我们公社受害最严重,所以宣判大会在我们公社举行。李老师和孔卉当时还不记事,那年我六岁,记得很清楚。宣判过后是呼口号。口号没有呼完,几个带枪的民警架起他,推推搡搡地就走。他先是愣愣怔怔的,一下明白过来了,连声喊着:"硬是要杀我吗?硬是要杀我吗？"大概他先并不放在心上，以为无论如何也要留一点余地给他的。讲起来好多人对他抱同情，说冤枉狠了他。当时全国都是那样搞法，来势好凶，小小一个县长，怎么能抗得住，又能指望他替群众做得什么主。上边做这样处理也许欠公平，多考虑一下，总还是有更合适的法律条文可以引用的。不过照我看，从他本人那方面讲，并没有多少站得住脚的理由喊冤叫屈。人为地造成全县饥荒，作为主管农业的领导，说到哪里他也脱不了爪爪。更何况群众受灾，他照常吃吃喝喝，不大问事。那么多人，都是在交足了公余粮，超额完成了征购任务以后，空着肚皮走了的。他为什么就不能在照例一日三餐之后胀起肚皮去呢？如果说个人无能为力，至少他可以做到同大家一样，也把煮饭锅底朝上搁到墙角落去。但愿今后再不至于出现这种情况了。如果我在县里工作期间，又出现了同样情况，如果我同样也不能有所作为，那至少我一定做到同群众一道饿饭，一道去找野物，去挖蕨根，一样脸发菜色，一样全身浮肿，最后同大家一起"非正常"完事。

孔卉还扯到了谁个比谁个强的话，什么一头翘起老高，一头拖在地下，好像我当真就是那样幼稚好笑，选上了县里一个副职，就不晓得天高地厚，以为处处可以压过她一头，不把她看在眼里了，又说她离不开家，不高兴和我到外面去。这本来很好打商量，我还正愁着没有路子调她到县上去哩。现在的问题是，我无法从根本上让孔老师满意。她也清楚，这个副县长，我个人去争争不到手，弄到头上来了，要甩也难甩得脱。我没有想到事情会有这样的结局，只能怪自己运气不好。人家给我看手相，说我在婚姻问题上必有一次大挫折,我本来不相信这一套,现在硬是应验了咧!

八

如果不是郑书记亲自来电话催促,于海洋还要在家里拖下去的。郑书记通知他,县委已经决定送他去省农学院干部进修班学习,限他月底以前务必赶到农学院报名。以前县里也送干部到大专院校或是省委党校学习,实际上是一种过渡形式罢了。回来之后只有一条去路,那就是由于安排上的不可克服的困难而先放在一边,被放在一边的干部早已成堆了,堆放越久,越是难以安排,学回来的东西忘光了,年龄上则比以前更加处于不利地位,于是只有一肚子闷气下去了。这次送于海洋副县长去学习,情况则完全不同,郑书记对他说,本来常委研究由他分管农林的,考虑再三,还是决定抽他出来,先送去培养。

于海洋不能再犹豫了,他依照部队习惯,把行李打成一个如同刀切出来一样规格化的背包,精神抖擞地背起上路了。他的计划是,先搭一段早班农贸车,在桂花公社下车,同孔卉见个面,力争在最后关头能够达成妥协。然后转乘下午末班客车进城,在县上办一下介绍信,明天赶到省农学院。其实他已经预计到,对方百分之九十九以上不会向他妥协的,却不愿意放弃百分之一以下的希望。

二娘去找了李老师,说明于海洋是过路,时间不多,想马上见到孔卉。李老师回话说,孔卉参加"只生一个好"演唱组,正在排节目,要等下午课完了才得闲。中饭前后正好是一段空隙,偏巧又排节目,明摆着的是不愿意见面,找这个借口。于海洋不作声,背起背包就要走。二娘劝他说,已经等了大半日,索性就等到下午放学,赶脱不了车就行。

二娘虽然并不完全清楚侄子同孔老师之间产生问题的症结何在,却也看得明白,两只船原本划拢来了,女方忽然狠劲撑了一竿,船又离开去好远好远。侄子告诉她说,是由于孔卉不同意他到县上去担任职务。这个话老婆婆无论如何也不能相信,世界上哪有这一种道理!二娘疑虑重重,审问于海洋:

"怕是你讲了什么不中听的话,得罪孔老师了?"又说:"要不就是你手脚不规矩,人家是一个有文墨的姑娘,见不得那种厚脸皮不老实的。"

于海洋狠狠瞪了二娘一眼,以示不满,竟从这方面怀疑他。老婆婆还在教训她的侄子:

"如今实在是不好讲的了,刚刚见过两次面,就动手动脚的,弄不好就是先尝后买,我们可不学那种样子,要不得喽!"

"哎呀二娘!你还要扯到哪里去!"于海洋脸通红通红,很难为情。

直到下午放学,还不见孔老师来。再等下去,要误过班车了,于海洋只好向二娘告辞,往汽车站去。他正走到岔路口,远远看见了孔卉和李老师。两位女教师发现了他,随即站住了,显然在犹豫是不是还要走过来。于海洋放下背包,仿佛是闲来无事的人,仰面望着天边,心想,看她们怎么样,倒转去吗?他的心空通空通在跳,紧张地等待着。随后听见脚步声越来越近,回过身去,见李老师停止在原地,只是孔卉缓慢而又机械地迈动着步子走近了他。一经接触女教师那形同路人的冷漠的目光,于海洋立即意识到了,他实在不该中途在桂花下车的。

"于副县长!那就再见了!"孔卉仿佛是十分愉快地前来送行。

于海洋对于女教师言语间加以强调的嘲讽和挑衅意味并不介意,他以近似诀别的语调回答说:"再见!"

"好在我没有收过你什么东西,这里只有一张照片,是不是要还给你?"孔卉只是问,并没有取出照片。

"噢!"这一下提醒了于海洋,他从包袋里取出一个塑料夹子,翻出一张二吋照片,递过去说,"给你!"

孔卉在不知所措间,也随之从包口里取出一张小小的照片。于是,这对恋人同时伸出手,互换回了当初捧献给对方的唯一的赠品。于海洋拿到自己照片,看也不看,三下两下撕碎了,抛在石板路上。孔卉的气性忽地上来了,涨红了脸,以至全身有些微微颤抖;让女教师气不过的是,并非由她,而是由对方占先采取了这样的断然行动。事已至此,还有什么好讲,她也撕碎了自己的照片,抛得老远,飘落在池塘水面上。

最后一班客车到了,司机不停地按着喇叭,向此地的乘客发出通告。于海洋副县长自顾跑去赶车,头也不回,像是全然忘记了为他送行的孔老帅。前面正是一片建筑工地,到处挖了沟,在打屋基。只见他背负着好重的行装杂物,奋力跳跃着,跨过一道又一道沟坎……

同时,孔卉则背转身往回去。她仿佛终于得到了解脱,轻松愉快地对迎上前来的李老师说：

"好啦！这桩事情总算了结了。"

李老师留意在探察她这位好友的眼睛，以获取准确信息。那泪汪汪的一对杏核儿眼，却向她表明，这桩事情到此或许还不能算是最后的了结，谁知道呢？

没有翅膀的天使

一

二〇七三野战医院的女同志,对军服设计式样很有些议论,说穿起来空空荡荡,圆鼓楞登的,像一口钟。可是,每当女护士柳蓉蓉从人们面前走过去,听到的又完全是另一种议论了。都讲看来看去还是军服能"托"人,有胸有臀,显得那么贴身儿。军服被赋予一种说不出的吸引力。尽管无可讳言,目前群众对军人传统的好感还有待于进一步恢复,一般青年男女总还是喜欢向人淘换一件七八成新的军服穿穿。

几个小护士向柳蓉蓉请教:"同样的二尺半,一上你的身就不一样了,怎么搞的,怕是你自己改过了吧?"

柳蓉蓉一笑,"等今年夏服发下来,你们拿到我这儿来好了。"

"不是有规定,不许随便裁改军服吗?"

"哪个说我改了,开了线,不许自己收拾一下吗?"

论起穿戴打扮,公认都比不得宣传队的女同志。不过,一些女宣传员又往往失之过分。比如军帽戴得太靠后,简直是挂在后脑勺上的,哪里挂得住,全靠几个卡子夹在头发上。只讲这一点，就让人看着不大顺眼。比较之下，柳蓉蓉倒要高出一筹，她总是把自己出落得雅致脱俗，恰到好处。她额前那一绺飘动着的刘海儿，是用卷发夹子做出来的，睡觉前上好了夹子，第二天用铁刷子松松拢拢一梳，看上去很自然，既为一张脸盘儿增添了生动，又不像是着意加工过的。

近年来，部队又要求干部节假日上街尽可能换便服。有人懒得换，上身穿衬衣，下边还是绿裤子。柳蓉蓉从不混穿，节假日换便服上街，是柳蓉蓉定期发挥自己优势的一个机会，她是决不放过这种机会的。凭一个护士的薪金，偶尔置一套好衣服当个门面，问题不大；如果尽着自己性子，不等这一件穿坏，又在赶着要做另一件，那就难免会经常处于紧张状态。小柳很善于统筹规划，从其他方面抠出钱来，集中兵力打歼灭战。好在衣着主要在于款式，有上等呢料自然更好，没有那个条件，快巴涤卡同样可以十分考究。人们往往看见小柳买回的是一块粗粗拉拉的处理布头儿，穿出来却像是什么贵重料子的一件笔挺的外衣。她的毛衣背心，差不多年年要更换新颖样式，拆了又打，打了又拆，练出了一手好功夫，看一场电影，一只毛衣袖织出来了。女护士里有些人想学着柳蓉蓉的样子，是那么容易学的吗？

来自贵阳郊区的一个农家姑娘，谁教的她这么会穿戴呢？据考查，她是受了上海人的影响。为了支援大三线，那些年从上海调了好多工人和技术人员到贵州，随便走到哪里，都可以听到让人半懂不懂的上海话。对于告别了中国第一大城市，来到古黔之国的上海人，当地人给予的评语各不相同，多数是褒的，贬的也不是没有，全凭个人印象就是。有一点是大家没有分歧的,那就是称道上海人特别会穿。这不仅是从贵州人的角度,从全国来看,也不妨讲是由上海在领导了衣着方面的时代潮流。男服变化不太显著,女装花样翻新,不断由上海时兴出来,包括首都在内的南北各地,随后忙不迭追赶着一个接一个的摩登浪潮。上海的裁缝师傅手工精巧,别具匠心。一块布料尺寸买小了,找不到哪家成衣店肯接受,你拿到上海去。老师傅细心拼对着裁剪好了,随即笑嘻嘻夸奖你料子买得好,少一寸不够,多一寸浪费。人们喜欢新式的服饰,又永远感到不满足,于是你添枝我加叶儿,可着自己的聪明予以发挥。你到贵阳马路上去看,年轻妇女们穿的比上海滩还要新派些、洋气些,还要鲜亮些,透明些。所以有那种嘴巴缺德的,就刻薄贵阳女孩子是"茅台酒装了玻璃瓶"。这个话传到了二〇七三医院,一些人正好拿来"俏皮"柳蓉蓉。

茅台酒名甲天下,誉满五洲,是中国的一大骄傲。其酿造技术独特,可谓璞玉精雕,质地醇厚丰满,香味浓郁悠长,这自是不待说的。就连装潢也非同一般,敦敦实实的陶土瓶,没有细长的脖儿,瓶嘴小小的,显得那么粗拙古朴,自成一格。和全世界各种名酒摆在一处,一眼就能认出我们的茅台来。据说外国人只认这种土瓶子,几十年的陈酒,你一装玻璃瓶,人家就摇头了,硬说这是假冒。不过,是不是因此就得出结论,说我们的女孩子们也只能展示出某种一成不变的乡土风格,而不允许她们穿得稍为新派些、洋气些,稍为鲜亮些、透明些呢?

二

人们随便取笑几句,也就过去了。柳蓉蓉没有想到,她晋升级别的事情,竟然会因此而受到了影响。

小柳前年刚调过了级,按文件精神,今年她是不会再动了。领导上照顾,又给二〇七三医院下了百分之五的指标,规定前年调过级的人,表现特别优秀的,还可以在百分之五的限额内参加评级。虽然名额很少,同样需要自下而上经过评议、提名、评审等等,一层层要开许多次会,来完成这项人人都十分关注的工作。

内二科提了柳蓉蓉的名,上报评审组了。

应该说,小柳具备的条件还是很硬棒的。首先她事业心强,安心护理工作,这一条说来平常,并不那么简单。退回几年说,能穿上军服,当一名小卫生员,就是很值得庆幸的,可以抄小路绕过"广阔天地",要不了几年,肯定提护士,二十三级干部稳拿了。现在完全不同了,一般认为干护理这一行太亏,又脏又累,没完没了地侍候人。靠山硬的,路子多的,能走早走了。走不成的,希望活动到机关当参谋干事,当广播员,或是要求调化验科,调理疗科,至少工作松活一些,不上夜班。柳蓉蓉一则没有靠山门路,二则确实也没有动过那种念头。她始终崇拜着创立了护理学的那位英国女护士南丁格尔,陶醉于她的这样一句名言——"一个护士,其实就是一位没有翅膀的天使。"每当柳蓉蓉穿起白罩衣,把头发掖进护士帽里,提前十五分钟去接班的时候,总是带着某种超脱一切的近乎神圣的感觉。她从不以为做护士有哪一点不够体面，也从不由于一辈子只能当护士，而不能成为一位令人肃然起敬的大夫，就感到有多么遗憾。她始终一条一理按照护士学校老师教导的那样实行着，出入病房，仿佛是一朵飘浮的白云，人们不觉间她飘来了，又不觉间她浮去了。脚步轻盈，动作敏捷，开门关门从不发出一点儿声响。柳蓉蓉特别注重一个女护士应有的举止礼貌，站有站相，坐有坐相。去拿痰盂，必定是腿先把裙子夹好了，才蹲下去。任何时候都那样端庄持重，从不随便。小柳不张口便罢，话一出口，就让人从心里舒服。每天第一次进病房，先要点头问好，一面为病员试表，一面询问谁有什么要求，当办的即刻就办。送饭来了，护士们一般就催促着："三床！起来吃饭啦！"小柳从不"三床""五床"那么不文明地喊人，而是轻声细语地称呼着某某同志，笑眯眯说："开饭了，你想吃点儿什么？"有哪个病人不喜欢这位"白衣天使"呢？无论从工作上还是从仪表上讲，柳蓉蓉如果算不上是全院的，至少也应当说是内二科的一块引人注目的招牌了。此外，由于小柳严格地按制度行事，避免了两起医疗事故。去年的几次理论技术考核，她全部拿的是满分，新闻干事还为她写了一篇报道，登在军区小报上。所有这些，都应当作为晋级条件予以充分评价的。

柳蓉蓉一被提名，急得要命，她马上就去找领导，要求把她的名字勾掉。如果是年限到了，和大家一起调上去，那没有话说。现在是把她作为特别优秀的，格外跳一级上去，说什么也不行。柳蓉蓉希望能够相安无事，她不愿意冒这个尖，她很害怕。百分之五，一个科平均不到一个，明摆着的，谁被提名,谁会成为众矢之的。就算你能评上去,也好受不了。何况十有八九要被刷下来,见人都觉得别扭,何苦来呢!

果然是的,先都说小柳调上去是不成问题的问题,评审小组给的暗示也是肯定的。可是到宣布名单没有她了。为什么被刷掉,也没有谁找她谈。纷纷扬扬,传说评议当中有人提出了不同看法。其中提得最普遍的一条,就是说她过分地考究穿着,这方面太突出了。又有人提到,她曾经换了便服,到地方单位去参加过跳舞会,先跳的是青年舞,过后就开始跳交谊舞了,这一条分量也够重的。以致还有人统计过,为了看外国电影,柳蓉蓉曾有四次向护士长提出,把小夜班调换给别人,等等,等等,还有好几条。这些大都属于生活作风上的问题,不一定要归结为是哪个阶级的思想。但也正是从这些具体问题,反映了一个人政治上相当差,或者说是较差、很差、太差。既然如此,可不是刷掉就刷掉了。

一些医生护士同情小柳,都帮她出主意。有人认为可以找领导谈谈,可能还有活动的余地。据说一些地方医院就保留一两个名额,防备谁闹得太凶,不调一级上去恐怕会出问题,就给补一个名字上去。这只是一种谣传,不过也不完全是耸人听闻之说,省妇产医院就出过事的。一位女医生,由于调不上级,反倒被人数落出了多少条不是,她气不过,她实在接受不了。在做完一次剖腹产手术,迎接了一个小生命到世界上来之后,她洗了澡,换了干净衣服,随即就不告而别了。人们讲起这件事,不能不感到痛心。有什么话好说呢!往往就是如此,连一桩值得喜庆的事情,也竟至于弄到不可收拾的地步。不是有"西水东调""粗粮细做""中餐西吃"等等的话吗？妇产医院的情况可以叫作"喜事丧办"吧！于是一些单位接受教训，预先留了机动名额，以防万一。部队情况有所不同，当不至于紧张到那样。不过二〇七三医院也还是经历了一场风波的。调级名单一公布，有的人当即就要求领导谈话。找支部、找党委、找院长、找政委，也有越级上告，去找后勤部长，找军区司令的。尽管柳蓉蓉对一些事情不难说清楚的，但她没有找任何一位领导谈话。她只是淡淡一笑，没事儿似的。

　　小柳不气吗？她气得偷偷哭了两次。倒不是别的，小柳已经写信告诉了妈妈，说她不久就要从技术十三级提为十二级，她明确地许愿，提级以后由每月寄十元，增加为每月寄十五元回家去。可以想象，母亲该会喜欢成什么样子，她不知要多少次向邻居那些婆婆们讲起，我们家蓉蓉是如何地要强肯干，又如何晓得心疼老人。现在难堪了，小柳不得不再写信去，声明她前一封信上讲的不作数了，要命不要命，这封信可怎么写哟！

三

　　柳蓉蓉被调到了放射免疫实验室做助手。这个工作对她很新鲜，也很紧张，自然地使她忘记了评级带来的不愉快。穿着打扮卟显然也有些疏懒了，头发卷儿经常不收拾，随便蓬松着。尽管一些小护士带着羡慕的语气说，柳蓉蓉头发乱有乱的好看，这并非出于她的本意。

　　一个实验室，好大牌子，其实全体只不过两个半工作人员。除小柳外,另一个是检验科的女医生曹卓,还有半个,是曹医生的丈夫,传染科主治医生赵起。赵医生是医大的优等生,英文程度高,全靠他翻资料,提出方案。可是他大部分时间还得在科里上班,所以只能算半个人。

放免实验室的第一个战略目标,是攻下胰岛素抗体血清。这倒并非一项首创发明,国外早有了的。一个规模有限的野战医院,不会为任何不切实际的热情的口号所动,以至发出誓言,要把资本主义世界远远抛在后面。研究任务是从实际需要提出的,获得胰岛素抗体血清,就可以开展放射免疫测定,对糖尿病进行早期诊断,将比过去的测定方法灵敏一千倍到一万倍。这也称得上是为我国的医学田园翻耕了一块空地。还有一点使大家觉得了不起的是,如果搞出来,可以为国家节约大量宝贵的外汇,不必再去进口这种要价过高的药盒了。尽管对实验室的几个同志来说,外汇,还仅仅是一种模糊的概念,他们当中至今没有谁见识过美金英镑是什么样,甚至也还没有谁看见过一张港币。

目前已经进入重要阶段,刚刚为二十五只豚鼠注射了完全弗氏佐剂。通常是不在夏季来做动物免疫的,怕创口容易溃烂,加之各种传染病,容易造成死亡。为了让豚鼠不受热,曹卓和柳蓉蓉每天去帮助动物室的杜师傅冲洗地板笼子。冲洗太勤了,竟有人提出了非议,说本来是饲养动物的地方,环境脏一点,人并不觉得怎么样。收拾得过于整洁,不像是动物待的地方了,倒反显得豚鼠那股臊臭气味更加突出了。这当然是讲笑话,其实她们每天都为豚鼠洗过澡的,还用水管子在肚子下面轻轻地为它们冲了凉,连爪子也都仔细冲刷过。豚鼠一个个乐得爽爽快快的,曹医生和小柳却大汗淋漓,累得够呛。下班回去,简单洗洗,饭也吃不下,往那里一歪就再不想起来了。

虽这样尽心,每天担惊受怕的事情还是来了,豚鼠由于低血糖、低钾,开始死亡。先是一两只、两三只,后来一次就死了六只。可以预感到问题的严重,这样下去会全军覆没,一只也活不下来。

豚鼠都是在夜间死的,为什么呢?

曹医生和小柳向杜师傅要了钥匙,晚上都去看豚鼠。她们观察到,豚鼠免疫之后缺糖,营养跟不上,因为关了灯,又看不见找东西吃,全都蔫蔫地挤在一堆。有几只情况更不妙,肚子膨胀膨胀的,肠鸣音消失,腿一蹬一蹬地在抽筋。小柳急得无法,只可怜着这些她已经很熟识的小东西。曹医生遇事是很有主意的,她像一位军事指挥员一样,手一挥,叫把这几只豚鼠抱到她家里去。

曹卓决定对症治疗,先给它们服用了氯化钾,又扳开嘴巴,用滴管一滴一滴喂了糖水。过了一会儿,果然缓过些气来了。

赵起在一旁不无遗憾地说:"要是给它们一点牛奶麦乳精就更好了。"

"等着!"柳蓉蓉应了一声,跑下楼去了。

实验室人员要"吃"丙种射线,所以每月有八元钱的补助。依着小柳,这八元钱她决计舍不得贴补给嘴巴,肯定会用在穿戴上。有规定的,健康补助不许拿来干别的,她就定了半磅牛奶,每月还买两袋麦乳精吃,倒好,现在正可以拿来解决豚鼠的民生问题。

赵起夫妇俩实在有点抱歉,豚鼠在他们家里,还要一个护士跑去把自己的东西拿来喂。不必加以解释,小柳知道,他们家现在是贡献不出牛奶和麦乳精的。他们在半年之内连续完成了两个基本建设项目——买了电冰箱和洗衣机。如果能托人从内部弄出来,或是可以搞到侨汇券,那要便宜多了。他们是硬碰硬的,倾全部积蓄,还拉下了不大不小的一笔债。为了在最短期间偿还外债,不能不从各方面紧缩开支。一对双胞女儿体质太弱,原先为她们订了一磅奶的,两个孩子很懂事,自己提出,说每天喝牛奶,甜唧唧的喝不进。爸爸妈妈狠了狠心,把奶退了。比起大家,当然不好说这是多大的艰难,等过了这段时间再订上就是了。夫妇俩自知无可抱怨,目前有可能调动兵力向电冰箱、洗衣机进军的属于极少数。所以他们尽可能保着密,生怕张扬出去,会成为头条新闻。可还是很快就听到了这样的议论:

"不就是两个一般医生吗,烧包什么!"

"烧包",这句土语是十分耐人寻味的。大致可以理解为,他们钱多了,特意要弄两样超越时代的高档商品来,以显示自己的富有。这实在是一种误会。他们宁肯承担起经济上的赤字,承担起对自己有形无形的不利影响,豁出来添置了这两样东西,不过是出于一个家庭最实际的,也是近乎勇敢的考虑。两口子常常不着家,打饭赶不上钟点,自己做又来不及。好的次的有个冰箱,就可以一下蒸好多馒头,做几碟子菜放进去,大人孩子,谁回家谁拿出来一热,三下五除二吃完,该上班的上班,该上学的上学。再不至于让两个孩子跑到小卖部去求售货员说:"阿姨! 先借一包饼干给我们行吗?"

依着丈夫,洗衣机是可买可不买的,妻子力主要买。曹卓一身的病,常年浮肿着,如同《聊斋志异》里所描写的冥府女子那样,指头在她脸上一按,深深的一个坑,半天起不来,所以洗洗涮涮的任务赵起全包揽过去了。曹卓瞧着他洗东西那种别别扭扭不得力的姿势,早下了决心要买洗衣机了。赵医生总是一面翻阅外文医学杂志,一面看着表,等洗衣机转够了钟点,就拧出来,又丢几件进去。倒是省力多了,他深切体会到了机器的发明对于解放人类生产力的不可估量的作用。一次,赵起兴致来了,把床单、被里、窗帘、桌布通通洗了,晒在院坝里。可是夫妇俩谁也不想着去收,等半夜从实验室回来,晒的东西全不见了,不得不写报告申请布票。

书念多了,这种人真是没有用。

四

每过半小时喂一点牛奶麦乳精,几只豚鼠的情况越来越好,眼珠也发出了光亮,久久凝望爱抚着它们的人,表示了无言的感激。

胸科主任欧阳力君住在四楼,大概是听到了三楼的响动,老太太卜来了。

赵起夫妇和小柳一同站起来,忙表示歉意:"啊哟! 欧阳老! 我们把你吵醒了吧?"

"不! 我还没睡,在听零点新闻。"

因为住楼上楼下,欧阳常听赵起和曹卓讲到实验室的进展情况。她觉得,这对青年医生和一名护士敢于拿起一个重要研究项目,是很值得钦佩的。照说和她无关,可是好多事情,老太太都出面替他们说过话,从旁边帮了不小的忙。实验室原来只有一间屋子,东西都摆不开,打过几次报告,解决不了。欧阳老去找了院长,找了四位副院长,又和院务处交涉,终于拨给了一间小房。虽说是到处通了水管子的洗漱间,光线很暗,总可以用。离心机原先是和别人合用的,很不方便,欧阳为他们争了一部来。连要安装一个日光灯的事,也是欧阳老去找院务处讲了好话的。实验室几个人出操不多,早上的大扫除常常不到,引起很多意见,说他们太特殊,自以为高人一等。欧阳有机会就向别人说明,他们经常打夜班,早上爬不起来,不妨通融一下的。她并且建议,搞统计的人不要只是统计缺勤,最好把那些自行加班的也统计清楚,公布出来。

为柳蓉蓉评级的事,欧阳也去找过评审小组,差不多逐条替小柳作了辩解。老太太说:"别人提意见,当然都不是出于坏心,作为小柳这样一个年轻同志,她是应当经常想想红军长征吃草根吃皮带的事,她应当懂得,社会主义还只是一个过渡时期,不能指望如同到了共产主义天堂那样。不过要晓得,她现世的是活泼辣辣的一个人,是二十几岁的一个大姑娘。喇叭裤让我穿,我是穿不出去。哪个小护士做一条穿穿,我看倒也算不上犯了多大的禁忌。也就是裤脚宽一点罢了,七寸八寸,由人家高兴,麻袋那么宽又当如何?只要不站在街心,碍不着交通,何消去管得。过去有些人常年预备着一身旧布裤褂,打了补巴的。运动一来赶忙穿起来,叫做'运动服',这才显得思想革命化跟上了趟。照这么说,我宁可看人们都穿喇叭裤,也不想再看人们预备着'运动服'了。……"

欧阳力君相当年轻的时候,就担任了医学院讲师,并且已经在胸科手术方面建立了相当的权威。那个年代,可以完成胸廓成形术的大夫,在国内医学界就会受到特别的尊敬。对欧阳力君来说,这是很平常的。人们预言,二〇七三医院不可能把欧阳这样未可等而同之的"一把刀"留下来太久的,上边几次要调,院里就是抗住不放。所以多少年来,这个地处山区的野战医院,一直享有胸科方面远近知名的声誉。欧阳入党也早,当时党组织还就如何培养她这样一种类型的发展对象,总结过专题经验。尽管有了二十多年的党龄,但是欧阳力君时时颇有兴味地意识到,她在某种程度上始终还兼有着李鼎铭的身份。正由于这样,欧阳讲了什么意见和建议,领导同志总是客客气气地认真听取。属于合理可行的,如她几次出面为实验室提出的要求,当然可予采纳。即或不能接受的,也可以原则上接受下来,回答她"研究研究",决不会当面驳回,让老太太不痛快。

实验室几个同志在和欧阳老接触中,更加亲近起来。让他们深为感动的是,虽然老太太总替别人去争这争那,工作上的意见总是有得提,却从不见她利用自己的某种地位和影响,提出过任何个人的要求,不知这是不是属于"黑修养"。就讲住房子的事情吧。欧阳从"五七"干校回来,发现别人替她搬了家,原来的平房小院做了资料室,而资料室的房子经过修缮扩建,"落实"给了一位恢复工作的副院长。只好在宿舍楼四层拨给两间背阴的小屋,让她暂时住着。一大家人挤到现在,也不见有谁来交代一句,说她还必须"暂时"到哪一年。医院里一般是不分配医生住高层的,尽可能分在楼底或是二层,有便于出急诊。二〇七三医院不讲究这个,倒是当医生搞业务的,差不多全分配在三层以上。欧阳力君即是暂时住一住的,更不在考虑范围之内。老太太两条腿颤颤忽忽,上到四层够她上的。依照做大夫的习惯,几十年来她登楼从不伸手去扶楼梯的把杆。现在不行了,她要坚持这个条款是心有余而力不足了。扶着把杆上去,中间还得站下来歇歇气。这件事情,群众是有议论的,如果欧阳本人要求给予解决,会得到舆论的一致支持,可是她一句话也不讲……

欧阳也搭上手,帮助护理着豚鼠。黎明时分,几只豚鼠完全恢复正常,满屋里乱跑。曹医生的两个小女儿从梦中醒来,意外地看见几只雪白雪白的大豚鼠,恍惚觉得是睡着之后被带进了一个童话世界。这对小姐妹跳起来,去抱豚鼠,刺溜溜全都钻到床底下去了,姐妹俩喊呀叫的,爬到床下去逮,总也逮不着。

这下糟了,不想吵醒了二楼的人,人家抗议了。大概是使用墩布的木把,连连捣着水泥板顶棚。听脚下嘭嘭嘭那响声,就知道是带了多大的忍无可忍的怒气。倒也是的,如果三层总这样,闹得人整夜不得安生,岂不等于把住二楼的一切优越性全都抵消去了吗?实在对不起,明天下去道歉好了。曹卓忙喝令两个孩子躺下去,以免再弄出声响。

五

从资料上看,由于胰岛素的降糖作用,免疫动物成活率只有百分之二十至三十。现在看来不见得,保护工作跟上去,它们是不会轻掷生命,以使人们大失所望的。当然,这样一来,曹卓和小柳就需要长时间地付出许多辛苦了。每次免疫过后,都要像照料自己的娃娃那样,精心护理那些豚鼠,一次一次保它们闯过关去。所以曹医生的两个女儿对别人说,妈妈最喜欢的有三样:第一是花生米,第二是爸爸,第三就是白老鼠了。

科学实验中,往往由于一个偶然事件,由于一次差错,从而取得了巨大成功。这大概是上帝给人们以应得酬劳的一种惯用的方式吧!曹卓他们也遇到了这样的奇事。

原来,在一次为豚鼠注射免疫原的时候,一些同志主动跑来帮忙,人多手杂,有两只豚鼠重复注射了。完了!谁都说这两只豚鼠活不成了,打十五个单位尚且有些抗不住,加了一倍,还有个好吗。曹卓和小柳轮着班,二十四小时加强护理,这两只豚鼠同样也撑过来了。于是,违反国内外所有资料中关于剂量限制的一个带有冒险性的想法被提出来了——为全部豚鼠加一倍剂量注射。结果,它们很懂得为人争气,全体安然无恙。这太好了,胰岛素复加一倍,就意味着动物抗体产生可能成几倍增长,一只豚鼠不再是一只,而是等于多少只了。

曹卓和柳蓉蓉怀着兴高采烈的心情,加紧了各项准备工作。她们利用进口的一点挪威抗体血清,从温度、时间、浓度、分离条件,各方面反复试验,希望能尽快找出一种正确而又简便的标记方法。否则,获得了抗体,你做不出来也是枉然。

因为采用了同位素标记物,连续工作了半个多月,人体接受的放射线,少说也相当于照过了三百次X光,白血球不住地往下掉。所以曹医生用命令的口气吩咐柳蓉蓉说:

"小柳!从明天起你别做了,剩下的由我完成,你'吃'的差不多了。"

"怎么,这么说你没有'吃'吗?"柳蓉蓉反抗说。

"你别跟我装糊涂了,我是什么情况,你是什么情况。你真的不怕将来找不到主儿吗?"

柳蓉蓉一点也不糊涂,作为一个未婚的女同志,调来放免实验室工作,要多着一层精神负担。原先是调的另一个女护士,人家不干,才换了她。曹医生已经有了一对双胞女儿,不存在后顾之忧,小柳的情况是大大不同的。

小柳辩驳说:"算啦!什么情况不情况,你也并不是先结了生了,然后才当的化验员。"

曹医生说:"你别嘴硬,现成的例子摆在那里。市人民医院放射科一个护士耍上了男朋友,各方面蛮合适的,可到底还是吹了。男方的妈妈坚决不让儿子谈,说弄不好就会生一个歪鼻子斜眼睛的。现在又只许要一个,想再来一胎碰碰运气都不行。"

柳蓉蓉咯咯咯地笑起来。

"傻笑!这是吓唬你的吗? 别看你形象上站得住,到时候怕硬是没有人敢要哩!"

"爱要不要!"

曹卓经常是把全休假条装进兜里,去坚持上班的。作为她的助手,小柳怎么会忍心把工作堆给她呢?再说,小柳跟曹医生学化验,刚刚在劲头上,哪里放得下。柳蓉蓉无论做什么事,只要一上手,总是义无反顾地投入她全部的女性的热情。她下了决心,要尽快把实验台上一套完整的艺术掌握过来。这又谈何容易!只讲曹医生加样的操作功夫,就绝非一朝一夕可以领略的。

曹卓加样从不使用微量加样器,食指蘸过了水,半干不湿的,以便能更严密更灵敏地控制着滴管。只凭指头尖儿的细微感觉,稍稍那么一放一按,试剂就像水银柱一样降下去,恰好停留在一定的刻度上。如果说曹卓加样的精确程度不可能超过微量加样器的话,又不妨说,微量加样器也不见得会比曹卓的手指更为精确。论起速度,使用加样器可就不划算了,远不如手指来得方便利索。

小柳和曹医生并排坐下,同时开始加样。她暗暗在打着小分儿,一管一管紧张地追赶着曹医生,上厕所都免了。赶着赶着,拉开了距离,曹医生的四架试管做完了,她的第二架还有一半。小柳并不泄气,根据她的记录,这种距离正在一天天缩小,并且她标出的曲线,也越来越接近了曹医生标记的水平。有时候免不了有一两个点儿跳出来,也没跳多远。曹卓十分满意,时不时称赞她的助手说:

"嘿,小柳这条线做得真漂亮!"

这么一句话,够小柳美滋滋高兴好半天的,美得她不行。

照说,属于缓慢性结合的试验,放在冰箱里,第二天再来加样也行,并没有谁要求非加夜班不可。因为标记物的性质有半衰期,她们想尽可能争取时间,抢在衰竭之前,多做若干条曲线出来,所以差不多每天要打夜班。整个二〇七三医院早已坠入梦境,透过雾蒙蒙的细雨,可以望见实验室的两扇小窗照例还在亮着灯,曹卓、小柳照例埋头在实验台上,赵医生也照例坐在旁边阅读什么。晚间,只要病房没有事,赵起总是夹几本资料到实验室来看,这里的工作他插不上手,他纯粹是来陪着曹卓和柳蓉蓉的。

也许别人会以为这种工作太枯燥,过来小瓶瓶,过去小管子,无数次地重复着几个机械的动作。不然,假如你加入进来,肯定也会像实验室的全体两个半工作人员一样,始终保持着浓厚的兴趣,始终是那样兴致勃勃的。曹卓和小柳一边操作,并不耽误她们间或谈笑几句,哼两首歌儿。她们的笑语歌声,和着一滴滴晶莹透明的化学剂,注进了每一架试管。

夜深了,这样宁静,那灯光朦胧的小窗里又飘送出了柳蓉蓉轻柔的歌声。这是采用施特劳斯乐曲填词的美国电影《翠堤春晓》的插曲:

> 当我们正年轻,
> 在那美妙的五月的早晨,
> 你曾说你喜欢我,
> 对我如何钟情……

曹卓先完了事,疲惫不堪地依在能谱仪旁边休息。赵起悄悄近前去,抚弄着妻子经过冷烫的发卷儿,开始认真地拔除那些早生的白发。柳蓉蓉扭头看见这对夫妇亲热的样子,哑默默地笑了,装作没看见,继续哼着歌儿。她终于忍俊不禁,故意咳嗽一声说:

"赵医生!拔不得哟!人家说白头发拔一根儿要长十根儿。"

赵起嘿嘿嘿地笑着说:"没办法,这几根儿实在太显眼了。"

六

第七次免疫之后,取了一只豚鼠的血来化验。天哪!有了,做出来了,比度还不低,1∶3万,够理想的了。

获得胰岛素抗体血,是实验室的几个同志日日夜夜在追逐的目标。现在成为事实了,却如同梦幻一般,好一阵谁也说不出话来,彼此望着,似乎是希望从对方眼睛里得到证明,才能肯定这不是幻觉,而是千真万确的。随即,几个人目光一起转向了电话机。要不要打电话报告院领导呢?甚至要不要告诉广播室,向全院广播一下?

到底还是老年人不那么缺乏冷静,在场的欧阳力君及时提醒说:

"你们百分之百地相信自己吗?需不需要从第二方面得到证实呢?"

可不是吗,单凭自己化验不能为准,万一有差误,岂不是以假报真。大家决定,要严守秘密,不许对任何人露一点风,先把样子送军区总医院,请人家给做出可靠的鉴定。如果总医院的同志能充分理解他们的急切心情,任务再紧,也得先帮了这个忙。总医院是三天之后才给做的。这连续的三个夜晚,他们几个人都是高度失眠,根本睡不了觉。

第四天早晨,他们带着又一个失眠之夜的疲乏和莫名其妙的烦躁,去参加大扫除。忽然来电话了,总医院鉴定结果,和他们做的完全一致,成功了!

七

院部及时派了两位笔杆子,来帮实验室赶写总结,要求尽快把这项研究成果报上去。正这时候,传来一个消息,海军总医院三个多月之前已经研制成功高效价的胰岛素抗体血清。最高的达到1:18万,就是说一毫升血清可稀释十八万毫升水,可用于一百八十万人做检查。从来还没听说过哪里有这样高比度的,并且他们的产品足够供应全国使用,价钱又比国际市场便宜好多倍。

对医务界说,这当然是一桩喜讯,对二〇七三医院实验室,则无异于是一个摧毁性的打击,几个人一下傻了。柳蓉蓉气呼呼地说:

"你海军医院,抓一下高压氧舱,可以解决潜艇人员的职业病,偏要来搞胰岛素抗体血清,真是……"

她想说别人真是狗拿耗子,没有好讲出口来。如果说这是多管闲事的话,人家反过来不是也可以同样指责你二〇七三医院吗?

不过,他们随即就对这个"打击"作出了重新估价。事情很明白,既然人家已经交出了正式产品,二〇七三医院就没有必要再重复去搞。这又有什么不好呢?放射免疫是带有方向性的新东西,全国有好多家不约而同在抓,暗中竞争着,这决不是灾难。不论哪一家告捷,大家都有权分享胜利的欢乐。失去了独占鳌头的荣誉,不能不说是一大遗憾。为今之计,还能有什么其他选择呢,只有把这种苦味浓重的遗憾,连同化验溶液一起注进试管,来一个化合,以取得可以告慰自己的一种新的物质。

赵起恢复了平时的冷静说:"别人拿走了成果,留给了我们很大的余地。在现有基础上,我们可以进入放免分析临床应用,争取在胰岛素分泌量几个方面先摸出点东西,还可以试试用放免筛选降糖药物。"

曹卓有了一个主意,她建议说:"海军总医院走到前面好远了,我们不如去跟人家见习一段,回来再动,更有把握。"

这是一个很可取的意见,领导上答应考虑,只是又说旅差费紧张,恐怕困难。下边也风言风语有些不利的舆论。说既然如此,再不必凑热闹了,还能搞得赢人家海军吗?好在各方面还是给予了鼓励和支持,欧阳老太太又出面帮他们说好话,院里终于批准了派曹卓和柳蓉蓉外出见习半个月。

接到通知,她们俩别提有多高兴,一则是达到了迫切想去学习的目的,二则又是要进北京,她们决定当天下午就启程。

在火车站排队买票的时候,柳蓉蓉看见有位女同志,穿了一件素花布掐腰线的低腰连衣裙,下面加了一截荷叶边,是无领的,胸口有一个小蝶式结,看上去十分协调,给人以一种旋律活泼的美感。小柳心动了,能在北京照样做一件才好。她开始计算着,除自己规划好了要采买的,还要垫钱为别人捎几样小东西,也就富余不出几个钱了,看来这件连衣裙只能以后再说了。小柳心里忽然一亮,有了办法。现在有一项颇受人们拥护的规定,出差不使用卧铺,节省下来的钱个人可得百分之三十。这样算下来,一去一回小柳可以拿到十六七元钱,这不是一件连衣裙吗!

"曹医生!只买你的一张卧铺好了,我用不着。"柳蓉蓉说。

"为什么?唔!得啦!整整硬坐两个晚上,你要钱不要命吗?"曹卓不赞成。

"小问题,权当又加了两个夜班。"

曹卓想到应当支持小柳,她说:"也好,有一个铺就行。上半夜我睡,下半夜换你。"

"怕不行,听说列车员查得很严,一到晚上就把卧铺车厢的门锁了,硬座车上的人别想混进去。没问题,我站着照样睡,何况还有座儿。"

曹医生发现,旁边两个买车票的青年人在偷眼注意柳蓉蓉,用英语窃窃私语着。她小声告知小柳,为她翻译出两个青年的对话:

这一个说:"你能给她多少分儿?"

另一个说:"九十五点五!"

柳蓉蓉脸一红,在心里骂道:"不是玩意儿!学会放两句洋屁,不找正地方用。"

随即她暗自乐了,不免有些得意,虽然看上去还是很有气的样子。九十五点五,不算低了,不是随便谁都打得到这个分数的。

一九八〇年十一月　北京

来也匆匆　去也匆匆

被揉皱的纸团儿,浸泡在清水中,逐渐逐渐平展开来,直至回复为本来的一张纸。人,一生一世的全部过程,亦应作如是观。

——《仿佛谈道录》

1

据地震学研究院一位教授预测,北京西北远郊县一带,即将发生强地震。震级在七点五至八点五之间,时间以本月十七日为基准,含正负各四天,即限定在十三日至二十一日,共九天之内。九天,够精确的了。如果唐山大地震前九天发出预报,绝不至于死亡二十多万人。教授知道我要去访问海岛雷达部队,建议我提前几天启程,把这次地震让过去。他本人不可能离开,他随时准备进入震中区去考察。

教授给我看了他的绝密资料,图纸上有几位地震专家的签名,一旦这次大震成为事实,这几位学术权威便是他成功预测的见证人。教授对我说,既然赏光看了我的图,就请留下你的大名。尽管敝人的姓名并不具备什么权威性,我还是毫不犹豫地签了名。写明了年月日并几时几分。我成为早于全世界得知此事的极少数人之一,不免有几分兴奋和得意,同时又难以抑制内心的惊骇:八点五级,太可怕了。

现在是二十一日上午十时,九天时限结束了,照常平安无事。我心里很矛盾,教授是我的好友,在地震预报应用研究方面独树一帜,成就显赫,我不愿意承认这位好友的预报失败,我当然也并不希望他这一次又大获成功。问题在于,依据地震分布状况和地球物理变化的分析,这次大地震是定而无疑的,气象异常以及动植物反应等等前兆现象,也已经十分明显。可它就是不来,不知开的什么玩笑。

或许是天、地、生的相互作用,这次大震被推迟了?被腾挪转移了?要由教授来解释。我想象着,这次大震是无形中被散淡虚化了,科学依据我拿不出,我相信会是这样的。

教授告诉我,地震烈度分为十二级,称得上强震是从五级起。五级:较强;六级:强;七级:很强;八级:破坏;九级:毁坏;十级:毁灭;十一级:灾难;十二级:大灾难。如果五级以上的强地震都能被散淡虚化,岂不是好。

虚化到一级,怕也过分了。一级:无感,只有用仪器才测得出。要知道,地震波可以透过中间层,达到我们生存的这个星球内核,直至地心。人们不能直接感受到这种强大而又是内在的力度,未免太遗憾。我想,虚化为四级,或是三级,均可考虑,二级似乎更为适宜。二级:很弱,其主要标志是,"在完全静止中才可觉知"。隐隐约约之间,你自会领略到地层波折抖动的一种神来之妙。

唯一的要求是,你必须完全处于自然宁静状态,你不在状态里,对不起,那就什么也没有。

2

这原是一个荒岛,倒是有一个挺文气的名字,叫作妙岛。岛上的雷达连,就被称为妙岛连。

我在基地就听说,不久前岛上刚刚发生了一桩意外事件。事情并没有多么大的复杂性,也并无奇特之处。听妙岛连干部战士摆谈起来,却让我有些亦真亦幻的感觉。

让我先来做这样一种假设——雷达兵们忽然发现,海滩上漂来一具女尸,打捞起来看,还有气息。待她苏醒过来,问明来历,即刻通知家属,接她回家了。整个儿事件本应该如此这般,接下来是报纸和电视台报道,我人民解放军驻妙岛雷达部队,救起一名溺水妇女,为军民鱼水情深谱写了又一曲凯歌。

和我的假设大不相同。实际情况是,女人苏醒之后,长时间保持沉默,再三询问,连自己的姓名籍贯都不作回答。只是声明,她是自己要投海的,和任何人没有牵连。

妙岛属于军事禁区,绝对不允许留住一个陌生人的,更不必说是一个陌生女人。因为接到了通报,当晚有强台风,基地不能派船来,只有同意妙岛连暂时收容她。

女人在岛上留住了三个昼夜,第四天凌晨五时许,未经告辞,再一次投向大海,继续完成她的行程,终于在礁石中找到了她的遗体。

附近没有别的岛子,所以只有一种可能,女人是从大陆岸边投海,漂流到这里来的。大陆距此太远,漂流过来,早没命了。那么,她究竟从何方胜境而来,又是怎样创造奇迹活下来的呢?

女人的住处,安排在连队宿舍隔壁库房里,原有一道门和宿舍相通,被封死了,只留下原来的一道旁门。为保证客人的安全,门口二十四小时派有双岗。她又一次投海,竟不曾被任何人发现,包括两名卫兵。

3

当时在场的战士们同我谈起来,无一例外,都强调说明,正是他第一个发现那女人的。老远老远,他一眼就认定,是一个女的,绝对不会是一个男的。

这使我想起一位印度古文化学者的论述。他举例说,一架飞机失事了,你赶到现场,看到一具尸体横在那里,你头脑中浮现出的第一个问题是什么?决不会是急于要知道,这是一个印度人,还是一个中国人。也不会是急于要知道此人的年龄、姓名、地位、学历等等。你最先想到的,是要看看这是一个男的还是一个女的。这是由于人类意识中,存在着这样一种根深蒂固的热情,使你无时无刻不在注意到男女之间的区别。

雷达兵们描述说,女人全身赤裸着,面向大海,侧身倒卧在沙滩浅水中。他们最初看到的,是她髋骨部高高隆起的背影,一头长发,随着岸边的潮水一次又一次飘散开来。

战士们成散兵线向目标包抄过去,还有相当一段距离,全部停止下来,不敢再前进一步。连长——妙岛的最高首长赶到现场,劈头盖脑臭骂战士们,为什么见死不救,你们这些饭桶,你们这些混蛋,你们这些冷血动物。连长大喊大叫,告诉他们人工呼吸的方法。大家你看我,我看你,谁也不肯近前去。连长总在命令这个,吆喝那个,你自己动手去做人工呼吸不就完了吗?

女人四肢慢慢弯曲伸展着,她两肘支撑,抬起上半身,水淋淋的长发甩到背后去,眼睛迷迷糊糊在观察着战士们。连长喝令,快送衣服过去!大家连忙脱下散发着汗臭气息的迷彩服,卷成一团抛过去,都没有能抛到女人身边,距离还差着老远。

女人终于还是接受了雷达兵的好意,似乎是愿意试一试,穿起一身宽宽大大空空荡荡的男式军服是一个什么样子。她摇摇晃晃站起身,迎面向肃然站立的一支队伍走过来了。对于终年见不到一位异性的海岛雷达兵,这无异于一次突然入侵,令他们猝不及防。

这是刚刚越出青春期的一群,我不知道,在惊骇不定的同时,他们是否如那位印度老人所说,表现出了人类共同的那种根深蒂固的热情和好奇心。我留意到,同我谈话,他们一个个郑重其事,俨然是作为目击者,向我提供某种庄严的历史见证。不曾有哪一个干部战士的神情语调,流露出一点点轻佻放纵,大家已经习惯了把女人尊称为女士。要讲雷达兵们如何敬重这个陌生女人,倒也谈不上。不过我明显感觉到,他们似乎把结识这位女士当做自己一生的荣幸了。

4

我们中国人,即或自寻短见,也有自己的传统习惯,讲究穿好戴好了才走,尽可能把平日最喜爱最宝贵的衣物装饰全部使用上。时令季节,倒不拘泥,三伏天里,也可以穿着大衣皮袄。艺术家们,一生中大半时间穿着演出服装,沉醉于剧中人的喜怒哀乐之中。名伶演员自杀,多有选择自己最叫得响的一个节目,一丝不苟地装扮起来,然后才心满意足地告别人生舞台。

这位女人则反其道而行之,以后查问清楚了,她是特意要一丝不挂跳海的。

据说,自杀的人一旦获救,因为体验过了死亡的阴森恐怖,多数人从此便打消了这种念头,不再做第二次尝试。这位女士,显然不属于此类欲去还留者。若不是潮水把她推到妙岛来,而是顺从她的意愿,把她送向海洋深处,她本来早已经顺利完成了全部预定程序,何须再一次大费周折?如果第二次行动不顺利,毫无疑问,她还会照此办理,安安静静等待着第三次机会。只能说,女士取得了绝对自由。她竟能如此从容不迫地,以至是漫不经心地接受死神的面试,往返信步于黄泉路上。女人在海上漂流了那么长时间,她该是已经抵达了彼岸,想必还在回首顾盼那边的云水月色,耳边依然传来玉宇琼楼叮叮咚咚的风铃声。

中华美术学院油画系一位硕士研究生,特召入伍,在妙岛连当兵锻炼。硕士画人体模特儿有十多年的历史了,看到那位女士迎面走过来,他的第一个闪念,便是又回到了油画系画室。他有这样的错觉一点也不奇怪。照理说,如果女人是不慎溺水,或是遇害,她少不了要向人家哭诉一番,感谢人家救她一命。如果她是决心寻死,或者会是以怨报德,气恨救她的人,不该狗拿耗子多管闲事。女人根本没有任何这类表示。上帝呀!她哪里像是一个刚刚幸免于一死的人,简直就是一位老练的女模特儿,一如往日出现在油画系师生们面前,优雅娴静地展示着自己的身体,全不在意从各个不同角度投射过来的同样是十分执着的目光。

画家随即意识到,此刻正置身浮悬于一碧万顷中的一个小岛上。海潮、沙滩、密林和灿烂的海岛阳光,烘托出一位体态丰腴的裸女,她是如此谐和自然地融入了天地大化。他很难准确地回述恍惚间产生的那种奇异虚幻的感觉。在他看来,这女人也正等同于一尾鱼,等同于一只海鸥,等同于一丛剑麻,等同于一株棕榈树。照这位硕士说,人体绘画,在一定意义上是一种最大程度的抽象,不受具体观念的局限。他多年所梦想的正是要塑造这样一个没有任何外加标志的女性人体,飘散着令人沉醉的美感,却又让你绝对不会是以干渴者的目光观望泉水。

画家向我宣讲人体艺术,不能不说与职业病有关,不过我完全认同。他的口头描绘,已经让我如临其境,我看到在承受了常人无法承受的身体折磨之后,女士居然并不曾被摧毁,倒是愈发透露出了她含蓄待发的生命激情,愈发显示出了一个年轻女性的韶秀光彩。如同一件陶坯,经1200度高温烧制,便是光洁如玉的一件精瓷妙品了。

我建议画家,把这位女士作为创作对象,用油画颜料,表现出历经死亡陶冶熔铸的这样一个独特的生命体,他不得了啦,这肯定是一件传世之作。

画家悲哀地说,他画不出来,他也不相信安格尔、莫蒂利安尼他们就一定画得出来。

5

访问妙岛,是我访问一系列海岛雷达连队的第一个目的地,待我完成全部访问计划,回到基地,知道那位女士的事情也已经结束调查,有了结论。

原来她是从一个水上俱乐部的游船上投海的。那天,游船玩疯了,竟偏离航道,围着军事禁区妙岛绕了几个圈子。判断女士正是在游客们一片欢闹之中乘机脱身的,依照她本人天衣无缝的策划,她从此便无声无息,无影无踪了。

官兵们明明知道,当天有一条游船在岛外兜圈子,连长气得差一点就要鸣枪警告了。可是谁也没有把这条游船和女士的到来联系起来。他们脱离现实了,更乐于往神秘莫测的方面去猜想,有人已经在谈论着美人鱼的寓言故事了。

待发现了女人的尸体,事态严重了,大家才恍然醒悟,立即报告基地去追查。水上俱乐部回答很干脆,查无此人。以后查明,他们在偷偷地开发一个新项目——裸游。多一个人上船,他们不会放过,少了一个人,交过费的了,谁还会问。

基地政治部派人参加了联合调查组。政治部主任向我透露,虽然结了案,领导上并不满意,主要是自杀原因这一条,结论写得含糊其词,偏重于从理性上作出了种种分析,缺乏说服力。

这类恶性事件,在一个未婚的年轻女性,十之八九是起因于私生活问题。这是调查组最为重视,也是大家最有兴致的一个方面。调查结果平淡无奇,倒是有过几次不大不小的绯闻风波,引起人们叽叽喳喳的议论,并不具有爆炸性,绝对不能构成她要死要活的缘由。

主任给我看了女士的名片复印件,一面中文,一面英文,密密麻麻的小号字印满了。主任说明,名片上所有的职称、学位,包括社会团体的头衔以及荣誉职务,还有受聘国外实业界和研究机构的名义,全部货真价实,没有哪一项属于虚张声势吓唬老百姓的。有些人,名片上清清楚楚印着电话和移动电话号码,传真号码,电报挂号,可是你永远和他联系不通。女士留给人的联系号码都是真实的,有值班秘书随时恭候。在她的同学和要好的女友当中,甚至可以说,在和她同龄的这一辈职业女性当中,她始终处于高人一头的地位。主任特别提及,在美国打工求学期间,别人只能在华人区找地方住,只有她一个,住了白人高薪阶层集中的街区。

人们无法想象,一个从来是以强有力姿态出现的人,怎么会绝望已极,为自己做出了一个低于极限的定位。主任打一个比方说,像是观看万米赛跑,一位运动员脱颖而出,把所有对手远远抛在了身后。忽然一头栽倒在地,再爬不起来,只能被判自行退出比赛。全场观众一片惊呼,为什么?

6

我又见到了妙岛连连长,他调动工作了,在基地等待分配。

女士做客妙岛,对于这一方军事圣土来说,实在是极端偶然,也是极不谐和的一段生活插曲,在连史里,当然不会留下什么记载,过去就过去了。我没有想到,会给这位上尉连长带来那么大的影响。

领导上和他谈话,说是属于正常调动,连长自己明白,绝对不会再调他到另一个战斗连队去,很可能是后勤生产部门一个什么小单位。从展望一名青年军官个人发展的角度看,等于他已经离开主航道,进入了一个回水湾。

连长对上级的处理没有一句怨言,他承认自己负有直接责任。手上有一个连队,竟然完不成对一名妇女的警卫任务,你这个连长是干什么吃的? 连长只是从内心觉得对不起那位女士,对不起女士的老父亲老母亲,他们只有这一个女儿。

女士的父母来认领尸体的时候,连长当面向两位老人道了歉。他很动感情,心里想着不能哭不能哭,还是哭出了声。连长告诉我,如果不是穿着军服戴着军衔,他要给两位老人跪下了。两个老人很受感动,倒反来劝慰连长,再三说明,孩子,不能怪你,也不怪卫兵,就算是部队好好地把人送回家来,还是留不住她的,这是早晚的事。

二位老人早已经有了不祥的预感,只是说不大清楚,是从哪一天起,女儿和二老双亲的诀别进入了倒计时。她曾多次半真半假地对母亲说,她不自杀便罢,如果她自杀,先就脱个一干二净,什么也不穿,绝对的,我不需要做最后的一次包装。发现了我的尸体,你只能说,这是一个女人。你不可能从衣着上指认出,我是这样那样一个所谓的当代女性。

7

虽说如此,并不能消除连长内心的歉疚。没有严格交代警卫,这一条跑不了,此外也还存在处置不当的问题,够他悔恨自己一辈子的。

台风过去,基地通知要派船来了,连长随即告诉了女士,明天一早就可以欢送她回陆地,还代表全连,祝愿女士早日和家人团聚。讲这个话本来也没有什么要紧,现在看就是大错特错了。如果事前稳住她,等船靠了码头,突然通知她上船,她要生出什么枝节,也来不及了。她得到消息,表面不动声色,暗中提前行动了,差不多就是连长催赶着女人投海的。

第二天一早,连长冒雨去查看码头。回来遇到一个战士,被一件大号军用雨衣罩得严严实实的,雨衣帽拉得很低很低,看不见他的脸,只见雨衣下面两只赤脚,快速地走在石板小路上。连长注意到那一双脚,白白细细的,很招人眼。活见鬼了,记不得是哪一个大头兵,错生了这么一双女人的纤足。这时候,如果连长随便叫问一声是谁,一条人命,也就被他捎带着捡回来了。可是他没在意,和对方擦肩而过,各走各的路。

这天全连早起整理内务,战士们一个个蒙在雨衣里,出出进进,各自忙碌着。女士机巧地利用了这样一种人来人往,又彼此不见庐山真面目的大好时机,顺理成章地完成了三十六计中金蝉脱壳一计。

夜间,两个卫兵高度警觉地守护在女士门口,天亮就灵活多了。库房门外七七八八堆放了许多东西,一个卫兵顺便在归置杂物,另一个卫兵到伙房打水去了。等他们敲门进去,请女士洗漱,人不见了。

女士完全是按照人民解放军内务条令要求整理了房间。一身迷彩服,放在最显眼的床头柜上,折叠得平平整整,有棱有角的,熨斗熨过了也无非如此,明白表露出了女人的尽心细巧,和她对雷达兵战士默默无言的谢意。

连长刚从码头回到连部,两个卫兵跑来了,看到他们惊慌失措要哭的样子,连长已经明白发生了什么事情。他一下想到了那一双女人的纤足,连连用拳头捶击着自己的额头,二话不说,冲出门去向海边狂奔。

远远看见了女士的背影,依在一块岩石旁边,仿佛是在眺望大海。近前一看,是一件空雨衣。这种双层塑胶军用雨衣又厚又硬,像古代的铠甲,人去了,雨衣还活灵活现地站在那里。

如果是平日,海滩上会有女士的一行浅浅的脚印,因为雨点很大,人走过去,脚印随即就冲刷掉了。女士来也匆匆,去也匆匆,她不可能有任何一样东西留给妙岛作为纪念。唯一可行的是,最后在海滩上留下她的一行足迹。遗憾得很,连这一点纪念也没有留下来。

或许你看到过日出

老妻读过了这篇东西的初稿,夸奖我说,这一篇比前一篇好。二女儿回家来,拿去随便翻了翻,说不及前一篇。母女俩的评语截然相反,听下来意见却是完全一致的。随后全家讨论了一番,一家人向我发出的忠告,纯粹是发端于他们各自艺术感觉的诉求,并不全是针对我的,但我急切需要借到一点感觉,正如大旱之望云霓!时至今日,我还在弄短篇,我应当自知,作为元神之府,我的头脑里只留得些许尾矿,已无多大开发前景的了。如果是在正式的作品研讨会上,我得向到会的学者批评家们说多少道谢的话。在家里大可不必,我只是从他们的感觉空间,截取了几片流云,以图掩饰自己意趣不到之处,怕也还是未见起色。这里写到了一位军事学博士,照说,我应该在军事理论研究圈子里,约请几位朋友过目一下,听听反映,又怕小题大做了,就免了吧。好在这里没有涉及什么过于严肃的问题,也无泄密之虞,只是披露了关于博士的一点传闻逸事。

这位军事学博士,不了解他的人,说他整个儿一个穿军服的陈景润,专业上才力过人,个人生活方面,差不多是一个白丁。陈先生把他全部时间用于"猜想",此外心无旁骛,居然不知道苹果是可以削了皮吃的,更不必说怎样去追求一位异性了。我们的这位同行,则反其意而用之,虽说建立家庭比大家滞后了,他所处地位则更加优越,很难有谁能效仿他那样,把自己单方面恋情的好兴致绵绵不断地延续了十多年下来。当时,我们很有些不明白,为了争夺美女海伦,也不过打了十年特洛伊战争,博士既然可以燃烧自己心中的圣火达十几年之久,为什么不能转入实质性阶段,进而成就天作之合呢?以后才知道,其实他只是迷恋着一个陌生女孩子的微笑,迷恋到了超出现实的地步。与其说他一年又一年处于热恋之中,不如说他是一年又一年在等待着鱼汛期,等待着捕捞一个年轻女性的笑容,如同捕捞一种最为名贵的稀有鱼类。

一天,他五时起床跑步,不知不觉间跑到了一个依山傍水的小公园,叫做妙园,全部陆地覆盖着银杏树,气息特别好。他决定选一个僻静地方,读希伯来语一小时,然后跑步回营房,准时上班。正在练习口语,无意间看到,一个女学生一侧身,很方便地就从公园铁栅栏墙的空隙间挤进来了。女学生像是发现有人在注意她,对他微微一笑,顺着林中小路匆匆去了。女孩穿着小红裙子,两条腿瘦长瘦长,显得步幅很大,书包在胯骨上一磕一碰的。公园要查验门票的,她应当从大门口出入才对,所以他觉得,女学生送过来一个微笑,是希望得到他的谅解。一连三天都是这样,他开始有所警觉了,尽管不是有意为之,你接连几天,在固定的地方,观望十三四岁的一个女学生,给人印象,怕是离犯罪不远了。他换了一个地方，好静下心读外语。可能是生物钟起作用，一到那个时刻，总不由得向栅栏墙那边注视着。女学生照常挤进来，照常是那样微笑着，消失在银杏树林里。他明白了，女孩子根本没有留意到他的存在，显然并不是为了得到谅解，特意向他发出微笑，这纯粹是他的主观想象罢了。

从此，他每天跑步有了目的地，一早赶到妙园，像是赶到海滨观日出，热切地等待着粉团团的一张笑脸儿出现在公园栅栏墙外面，如同等待着水漉漉的一轮朝日浮出海面。

那年，他作为交换学者，进入了法国圣西尔军事学院。送他上飞机的时候，我们嘱咐他，一定要拐带一个金发细腰的法兰西妞儿回来，不然让人家笑话，等于白白出去云游一趟。他哪里会有这么大出息呢，他总是远隔重洋遥望着故土，遥望着那片银杏林，遥望着妙园的栅栏墙。从法国回来，他照旧每天起早到妙园去读外语，一连多少天过去了，冬去春来，再没有能看到女学生。换了别人，即使没有任何进一步的意图，仅仅是为了满足好奇心，也会想方设法从侧面去了解一下，为什么女学生不再借路穿过妙园了。博士不可能采取这一类行动的，他打一个比方说，在沙漠里发现了海市蜃楼，只能是远远地停留在原地去观赏，你多向前迈出一步，那一番空中胜景便会在一瞬间消散。已经消散了，不要想着再去寻找，不是你能找得来的。

事情过去很久了，博士才开始向我们解密。照他的描述，女孩子那笑容并无特别之处，莫知其然而然，自觉不自觉地绽露出那么一抹笑意，极淡薄极淡薄的。他很难用简单几句话说明，这极淡薄极淡薄的微笑，为什么竟会引起他内心极深切极深切的呼应。他凭直觉知道,这是可遇而不可求的,怕很难得从另外一张面孔上发现这样的笑容了。正如博士早已料到的,对他的妙园"日出",我们不以为然,现成的一个大问号等着他,那笑容假如不是来自一个女孩子,而是出现在一个黄脸婆的面孔上,出现在胡子拉碴的一张男人面孔上,至于会引起你的洋洋醉意吗?他无可奈何地说,无论他怎样辩驳,别人听来只能算是牵强附会,只能招致加倍的取笑。本来他决意要独自享有这个秘密,至死不示之于人。别人对他如何看法无所谓,只是他已经隐忍了十年,整整一个年代,又终于忍不住要向外界宣布他的发现。博士表现出他从没有过的激动说,他观察到的妙园"日出",应该称得上是他的一个伟大发现。

人们常常看到,他们的小宝宝无缘无故地自己在那里笑,玄妙莫测的样子,好玩极了。再没有什么比婴儿的一抹笑意,能给做父母的更大慰藉了。但也只限这段时期,待稍稍长大一点儿,婴儿所特有的那种笑便永远消逝了,更不可能在成年人那里发现这样的笑。关于这种特殊现象,民间有许多神奇而又神奇的解释,你既不能予以肯定,也就不便随意加以否定,存而不论就是了。博士认为,这里有一点应该肯定,微笑是一种自然行为,一种天然行为,一种先天行为。一个婴儿,出生便双目失明,从不曾见识过别人如何微笑,你也不可能教会了他,他同样会对人笑脸相迎。婴儿除去喂奶喂水,换换尿布,此外一无所欲。虽说他已经是插足后天,尚未直立行走,还陷得不深,心身还保持着完全的自由和放松,自本其然,自尔如是。婴儿的这种纯任自然的状态,及至面部,便会自觉不自觉地绽开一抹笑意,谓之自然微笑,谓之天然微笑,谓之先天微笑。现在竟然有了一个例外,一个惊人的例外,已经背着书包上学的一个女孩子,依然保持了只能是婴儿才会有的那种微笑。我们感到疑惑的是,他又依据什么认定了女学生的笑,同婴儿的那种玄妙莫测的笑正相吻合呢?他回答说,如果不相吻合,那只能说是他又发现了另外一种更为玄妙莫测的笑。

他特别讲到了,启程去法国的前一天,他一定要看到女孩子,做一次不经告别的告别。天不作美,他是冒着狂风暴雨赶到妙园的,心里并不抱希望,这样的天气,女学生肯定不会出门。他照旧守候在栅栏墙那边,不想女孩子在公园大门口出现了,一件透明雨衣紧紧裹在身上,正迎着风雨往前去。一棵刺槐被暴风刮倒,树枝挂住她的雨衣,怎么拉扯也扯不脱,她干脆把雨衣留在树枝上走了。洁白的麻纱连衣裙,水淋淋地裹着腿,她简直迈不开步。博士这才恍然大悟,难怪在栅栏那边等不到她,即使不穿雨衣,以她现在的身高和体形,钻栅栏进来也已经是根本不可能的了。博士下部队搞调查,有一段时间没有到妙园来了,女学生该是高中毕业了吧?他回想着女孩子两条腿瘦长瘦长,疯长到这样一个高身挑大姑娘,原本是顺理成章的事,因为间隔时间并不长,给他的感觉,她生理上的这种历史性变化,是骤然之间完成的。他本来很难认得出她的了,又所以一眼认出了她,是因为那一张粉团团的脸儿上,依然绽露着婴儿般的微笑,尽管大雨浇着她。

这位军事理论家写文章,很少以直白的语言表述自己的本意。现在向我们供认不讳,说他禁绝不了人类最难以禁绝的那种痴心妄念。他心目中,女孩子如果形容枯干,没枝没叶的,愈是长得高,愈是会成为自己的一个劣势。下肢明显长于上半身的一个高身挑,加之发育饱满,那万千气象,就决不是中等以下身材的姐妹们可以同日而语的了。他常常在心里描摹着那位陌生而又十分熟识的妙园女郎,描摹着她身体每一个特别醒目的部位,如同一位老农,反复丈量着他所贪恋的每一寸土地。

博士承认自己大错特错了。既然已经不会再有妙园"日出",他本应当立下一个誓言,从此不再踏进妙园一步。他痛悔莫及正在于此,隔三岔五他还要到妙园走走,果然有了他内心隐隐期待着的一次不期而遇,博士又看到了那个女学生——现在应该称呼人家"那位女士"了。让他大跌眼镜的是,他在法国圣西尔军事学院时时恋念着的所谓自然微笑,所谓天然微笑,所谓先天微笑,从那一张丰韵俏丽的脸上消失了,一点也看不出了,像是女士依照女学生的貌相,做好了一副笑容可掬的面具戴着,简直不可思议。他怕是自己有错觉,一连三天,观察的结果同样如此。这些年来他习惯了风和日丽,一变而为这样暗无天日,给他感官上造成的落差太大,他无论如何承受不了。这天是星期日,本来有几处约请,他以身体不适为由,全给推掉了。而且他确实是不大舒服,勉强着跑步来到了妙园。那位女士匆匆忙忙从他面前走过,他晚到几分钟,也就错过去了,偏偏让他赶了一个正着。博士认定,这是一种宿命的安排,是错不过身去的。

经历了这样一个大波折,我们倒还不曾发现博士有心灰意冷的情绪。这位仁兄像是吸食了一种长效的LSD,始终沉浸在迷幻世界里,迷醉而不知返。他耐心地对我们讲解说,站在银杏树下,你会感受到暖融融的一脉和煦温润的气息。银杏树有活化石之称,科学家们考察这种孑遗植物,居然可以测知,当初在我们这个星球上,银杏树分布最为广阔,生长也极茂盛。可见树木保藏着生物信息传接延续的某种图像,否则人们无法追溯到地质历史的古远时期,无法破解银杏树生长的奥秘。植物如此,人又何尝不是这样呢?一个微笑的缘起,或许应当逆流而上,追寻到人类生长繁衍这条长河的源头。试想,如果不是人类的生命信息作用,现代人的一个微笑,何以竟会是那样悠远深长呢?如果人的笑容不是蕴蓄那样悠远深长,何以能够瞬息间就沁透了你的心脾骨血呢?反过来讲,如果不是同样具有原初的灵明,你又何以能够从另一个人那里领略到这样的一抹笑意呢?博士进一步说明,人们彼此交往,多有赖于语言文字,现代电子技术,更无限地延伸了语言文字的功能。须知,人类进入语言文字社会,还只是昨天的事情,就人类史完全的意义而论,语言文字无论怎样发展,也只是辅助性的。人们彼此相识,未必能够相知,陌生人之间,只一抹笑意相辉映,便是一切了,无须附加任何可操作性。博士有过这样的冲动,他真想迎上前去,对女学生讲明,你实在是得天独厚,给了你怎样的一种笑容啊!他随即就打消了这个愚蠢之极的念头。首先,他很难表述得又形象又准确,就算女学生心有灵犀,完全领会到了,那只是停留在理论上,必须让她本人鉴赏一下,让她得到确证。怎么办呢?只有请她去照镜子。而一旦她把自己的一个微笑投映在镜面上,便已经附加了可操作性,已经不可能是她与生俱来的那一抹笑意了。

博士永远不会淡忘,他日复一日年复一年,在妙园迎接日出,回想那一张笑脸儿水漉漉地浮出海面,便足以滋润他的一生一世。日本卡通片《一休》中的小师父,总是举起一个手指,高呼"休息!休息!"不知博士从哪里得知,更准确一点,这句台词也可以译为"放松!放松!"每次他从妙园观"日出"之后,跑步回营房,总有一种异乎于俗常的感觉,似乎开始起跑就已经超越了疲劳极限,跑得特别特别放松。马路上嘈杂的汽车喇叭,人流如云,他根本视而不见。也完全忘记了平时难以忘记的种种忧烦纷扰,完全摆脱了难以彻底摆脱的种种智巧竞逐。这位同行坦白地告诉我们,以至于也抛开了他在军事理论专业上野心勃勃的种种梦想。新近有学者提出了"超限战"[注]概念,认为现代战争已经改变了战争本身,未来人们面临的将会是超越一切局限并超越一切界限的广义战争。博士十分赞赏这一种新说,在他看来,超越不了的是战争的非理性征服性质。而作为个体的人,即如他这样自视甚高的人,终归又超越不了自己在军事思想不断翻新和军事高科技无止境开发进程中的过渡性质。无论你怎样优秀,怎样成熟,怎样得力,最终是无差别的,任何个人只是完成了自己有来有去的一次过渡而已。讲到了这些,博士深感庆幸,那时候他突然心血来潮,决定早起跑步锻炼身体。附近适宜晨练的地方不少,他并没有加以比较选择,信马由缰,跑进了妙园,而没有跑到别处,这是一次未加选择的最佳选择。只有他本人才能透彻理解,在妙园不经意观察到那个女孩子的微笑对他意味着什么。他十分恳切地说,对他这样心性孤傲的一个冷冰冰的人,这无异于一灯如豆,融解了原始冰川。讲到了这些,博士也深为那位女士感到痛惜。她原先的笑容,如同声光电子信号,在她全然不知不觉中尽数脱落了。她哪里知道,如果她希望恢复原有的信号,不可能依照程序又从外部重新录入。她只能逆时针流转,回到她本来的那一抹笑意的发祥地去寻觅,只此一途,其外没有任何近便可行的路。

他的这一番言语,是不是带有过多神圣化的夸张呢?博士争辩说,他无意用神圣的光环来装扮一个普普通通的女孩子。一汪山泉,清澈见底,气泡儿时断时续涌上水面,一簇簇一串串,如泄珠玑。不妨说,这便是大地的一个自觉不自觉的笑容,如果没有外力去改变地下水的经络,它总是会不断向我们这个世界送出一簇簇一串串微笑。女孩子的一个微笑,和一个水泡儿没有什么两样,说到底,无非是天地造化馈赠给人类的一个小小的微缩景观,无神圣可言。当然,也不可归入凡俗,落入凡俗,自然远离了神圣,着意神圣,也已经无异于凡俗了。以这小小的微缩景观,比之于世界十大人文景观,便显示出了截然的不同。人文景观是人力物力财力堆出来的,不难计算出它的价值几何。如果可以把一个笑容比作日出,那么这眉宇间的日出,便足可等同于宇宙间的日出。你无从计算这两种日出的价值,两者都是无价的。

由于偶然的机会,我们单位一个家属认识了那位女士,并且建立了亲密友谊。她告诉女士,很久以前有过那么一位年轻军官,换了便服暗暗追踪她达十年之久,夸张一点说,她是在一名军人远距离守卫之下长大成人的。非常难得的是,经历那样漫长的年月,这位守卫者只求尽心尽职,从没有一次打扰过她。起初女士以为是说笑话罢了,越听越认真起来,对方竟能说得出,她上小学背的是什么样的书包,书包带子太长了,在胯骨上一磕一磕的。又说她中学时代,用的是一辆二六凤凰女车,把车座升得老高老高,经过妙园不许骑车,她总是一只手拎着车把走。女士绝对不相信,分明又绝对的真实无误。她惊异极了,好一阵大惑不解。她回忆说,还是小学六年级的时候,有一天经过妙园,好像有人在注意她,她很不好意思,因为没有买门票,是从栅栏墙钻过去的。回头看看,又看不到人。从那天起,每次经过妙园,总感觉银杏树林里有人在观望着她,久而久之,也就不大在意了,可是这种有形无形的感觉始终存在的。她清楚地记得,那年高中毕业考试,她冒雨赶到学校去,雨衣被槐树枝挂住了,手扎得生疼生疼,怎么也摘不开。她不知怎么突然意识到,银杏树林里一双眼睛正远远注视着她。女孩子家,发现有人注意自己,不知怎么好,丢下雨衣不要了。女士自我解嘲说,当时下着瓢泼大雨,四处迷迷蒙蒙,大风要把银杏树卷跑了,树林里还会有什么人呢,只不过是她自己莫名其妙的一种直觉罢了。

[注]中国空军大校乔良、王湘穗合著《超限战——对全球化时代战争与战法的想定》,解放军文艺出版社1999年2月出版。

万里长城万里长

1

据研究报告,我们国家每年新增"植物人"(vegetative being)病例10万个,太可怕了!虽不属于军事医学,人民解放军第九军医大学还是特地组建了一个研究中心,主攻颅脑创伤神经功能损害修复及临床治疗。累计已经有近50名"植物人"得到成功救治,恢复了正常人生活。

最新治愈的是81床。对不起!住院期间你无名无姓,一概被称之为多少床多少床。纯粹为了医护工作上的方便,丝毫没有不敬的意思。更何况此人是当年鄂豫皖苏区时期的一名小司号员。要知道,由工农红军改编为国民革命军第八路军,又到成为中国人民解放军,每个连队始终仅配一名司号员。而今数百万将士之中,当过连队号兵并且依然健在的,独独只有81床了。当然,他只不过是以植物状态,将自己的正常呼吸及正常脉搏延续了下来而已。可是你不能不承认,至今他"依然健在"。

小号兵是得天独厚,凭借一把黄铜军号,顺理成章步入了云端之上的音乐殿堂,好像这一方境地原本就归属于他似的。他有一个独特之处,拔号音可以拔到最细微最细微的地步。一茬又一茬号兵集训下来,从没有谁能吹得出如此柔和如此弱化的号音,降低到一定音阶,别人的军号早失声了。小号兵也是吃苦最多的一个,大别山风雪弥漫的拂晓时分,他照常爬起来,到山岭上练习拔音。触到号嘴,便被撕下一片嘴皮,血丝随着号音从喇叭口飘飘忽忽飞扬出去……

一次,连队骑兵通信员执行任务回到驻地来。连队紧急转移了,转移到哪里去了?路程多远?不得而知。骑兵通信员急得要命,忽然听到了本连司号员的号音,他循着号音策马向前,果然找到了连队。看见司号员正练习一支小曲,粗粗估算一下,相距至少在10公里以上。从此,人们神奇地发现,愈是远远拉开距离,他的号音你才能听得更加清晰,更加真切。多年以后,他已经成为一位优秀的高级军事指挥员,而在人们心目中,他的丰功伟业可忽略不计,只是传颂着他一把军号的妙音绝唱。

2

81床昏迷将近二十年,竟然还能苏醒过来,重要的一条是,家属(军队内部特指妻子)照料特别给力。81床夫人堪称家属模范,若论相貌,那更没有话说。病区一道光鲜亮丽的风景线,不是那些年轻漂亮的白衣天使,而是已过花甲之年的这位首长夫人。一般女性,身体曲线稍显欠缺,不会选择穿旗袍的。81床家属有几件丝绸旗袍,替换着穿。老红军家属就只能是童养媳吗?只能是"改组派(放足)"吗?我偏要穿戴起来从你们眼前走过去,敢不敢看是你们的事。女同胞们甘拜下风,不吝种种夸赞之辞。男士方面,不曾听到对81床阿姨发表什么公开议论,至于私下里如何动心思冒傻气,只有他们自己清楚,不便彼此交流,以为共勉。

音乐学院指挥系一位副教授,就是这些冒傻气的其中之一。他出车祸受伤昏迷,在"九医大"住院不足半年,便苏醒过来了。青年才俊,事业有成,车子房子更不是问题,俘获一位歌星或是模特十拿九稳。本来第二天就急着要回家的,偶然在走廊见着了81床家属阿姨一面,立即改口了,决定延后出院,好巩固一下病情。当然,副教授不可能有他进一步的攻略意图,只不过是多磨蹭几天。每天早、中、晚三顿饭,便有三次可以在楼道里看见81床家属,推着一个带滑轮的小桌去餐厅打饭。

3

"九医大"研究中心根据神经再遁原理,在综合治疗的基础上,采取独特的中、西药及高压氧等方法,对各种类型"植物人"进行催醒治疗。陪床亲属给予全力配合,至少不亚于药物治疗。照说事情很简单,无非是还原患者昏迷前的身边环境,唤回他的记忆。但是时间太久太久,也有个别亲属承受不了,因此而采取决绝态度,终于酿成了惨痛的家庭悲剧。

81床家属恰恰相反,从不把在病房陪住当作多么沉重的负担。这等于给她一个机会,让她尽心尽力,以满负荷工作量来服侍病人。只有如此,才算是两下里找齐了,才有可能对自己与丈夫之间存在的实际差距多少起到一点补救作用,才能够让她心安理得。

"植物人"处于不可逆昏迷,已无意识、知觉、思维等等人类高级神经活动。但脑干仍具有一定功能,对外界刺激也还可以产生一些本能的反应。81床家属在病房里挂起了大幅的全家福照片,希望病人能感受到一缕家庭的温馨。又在阳台上摆放了绿萝、文竹、火鹤、巴西龙骨,使空气含氧量充足。她每天给老头子洗头洗澡,连包皮也要认真冲洗,从不漏过。洗完了脚,忘不了张口咬咬丈夫的大脚趾,以刺激他的神经。医生讲不妨垫上毛巾,更卫生些。她说,不是直接用自己牙齿不好把握,轻了不起作用,重了怕病人会痛。

最重要的一种方式,莫过于听觉刺激。特别是运用歌声,疗效上佳,这是为古今中外众多病例所证实了的。少则几个月,多则十年二十年,在自己亲人歌声的召唤之下,有病人重新在这个世界靠岸了。81床家属是部队大院里小有名气的业余歌手,无论美声,还是民歌唱法、通俗歌曲,张口就来。她最喜欢为丈夫演唱的一首歌,是当年鄂豫皖苏区普遍流传的《调兵歌》:

姐在房中闷沉沉,忽听门外要调兵,不知调哪营调哪营!

南军北军都不调,单调黄麻赤卫军,打仗有本领有本领……

主治医生指导她说,不能逮住一首歌唱,重复太多,等于在作催眠术,大脑会自然关闭规则声音的。这有何难,她会200多首歌,一首一首排着顺序唱下来,算是一个周期,不带重复的。唱了毛阿敏的《思念》《渴望》,接着是幺红的《图兰朵》《蝴蝶夫人》,再下来是成方圆的《游子吟》、王秀芬的《渔光曲》、张暴默的《鼓浪屿》、杭天琪的《黄土高坡》,迪里拜尔的《一杯美酒》。也还演唱了邓丽君的《在水一方》,嗓音虽够不上那样甜美圆润,也还颇有几分邓丽君小姐的余韵。

有上了年纪的好心人提醒她说,音乐界批判过靡靡之音。中国歌外国歌,可着嗓子唱你的去,干吗偏偏要招惹她的这一首?

大嫂嬉笑着说:"我给家人治病,管得着吗?"

4

虽然是在病房里,不可放声高歌,只能是低声吟唱,她还是经常口干唇焦,喉咙出血。医生说可以适当调剂一下,唱不动了,就对患者讲些他平时喜欢谈论的话题,会有一定作用的。爱打麻将的人,一边为他演唱歌曲,边夹杂一些牌局上的专有用语。老爷子是一个超级麻将迷,只要一上桌,别提够多么认真的,为一张牌和小孙孙争得脸红脖子粗。从此,夫人常常在老爷子面前念叨起了麻将经:三缺一,就等你了;平和断幺门前清,实打实的三翻牌;老少副,一般高,缺一门,碰碰和;青一色一条龙,杠上开花……

老爷子心目中极为高超、极富于理想化的一手好牌,即是"杠上开花"。麻将是三张为一副,一副牌是三张同花色顺序相连接的,也可以三张相同的牌,叫作"刻子"。如果你手上有了一刻,三个五筒,又起到一个五筒,即有权起回牌墙最末尾的一张,这叫作"开杠"。如果你的牌"听"了,等待开

"和"的恰恰就是杠上起得的这一张,便叫作"杠上开花",通吃,你赢大发了!

今天,81床家属决定换一首不常唱的歌,给老头子增添一点新鲜感。她一边给首长剪指甲,一边唱起了传统民歌《孟姜女哭长城》,一边扭头看看他。天哪!老头子的眼皮在微微闪动。她怕是自己看走眼了,屏住了呼吸凝视患者。只见他深陷的双眼慢慢慢慢地张开,忽然像是咣啷一下,两扇窗户被推开来。

红四方面军小号兵,以他昏花浑浊的目光,上下左右在寻视这个老年妇女陌生的面孔。女人见他干裂的嘴唇反复地在轻轻抖动,分明在口出什么言语,却未能发出声音。老妻终于"听"懂了,丈夫是在竭尽全力呼唤着她的名字。不!不是建制部队实力统计表册上所填写的一名女军人的正式名姓,而是在呼唤着与他同生共死形影不离的这个农家女的乳名!

女人哇的一声扑在丈夫胸脯上痛哭不止,好一场嚎啕大哭,又不时发出狂欢的笑声,听上去好怕人的。日复一日,年复一年,苦苦煎熬二十多个春秋,终于有了今天。不知为什么,大嫂忽地产生了一种莫名的恐惧感,她担心冷不丁一下,老头子再一次跌下万丈深渊。医护人员也正在午休,她急着要喊医生来,用力按住了紧急呼救的电钮。

听到电铃哇哇地响个不停,医护人员跑步赶来,一个个像是被施了魔咒,愣怔在那里动不了。他们好久弄不明白,以为出现了怎样的严重意外,原来是喜从天降,"九医大"神经医学研究中心又增添了一名"植物人"治愈病例。大家彼此击掌相庆,病区一片欢腾。

后面赶来的,还在焦急探问:"出什么事了？出什么事了？"

前面人回答说:"81床'杠上开花'了!"

5

神经医学研究中心的专业人员,谁都想第一个赶来探访81床,获得第一手资料。他们急于了解,是什么声音最先触动了患者,让他萌生了回返之意的？他听到的声音是从上、下、左、右什么方向传来的？音量很大或者是很小？是单纯的一个声音,还是伴随有别的声响？听到声音他的第一个反应是什么？……一概被院领导挡驾了,必须给患者一段时间静养,100%恢复神志。

其实,即使允许随时探访,他们也未见得会有多少具体收获。从不可逆昏迷状态被唤醒的病人的那个声音是哪里来的,经过了怎样漫长曲折的过程,终于抵达他的耳边？牵涉到人的生命体与"植物"之间彼此关联而又相互排斥的复杂命题。就患者而言,他只能回答说他听到了什么,没有听到什么,事情从始至终一切经历过程不必去问患者本人,他找不到北。

老太太凭借她近水楼台之利,第一个向患者发出提问:"你最先听到的,是我的歌儿,还是我跟你说什么话？"

"好像是唱歌。"

"哪一首歌儿？"

老人向夫人点点头:"正月里来是新春!"

"正月里来是新春",这是《孟姜女哭长城》的第一句歌词。女歌唱家颇有些失落感。她的演唱曲目数三十、五十首出去,也还未见得能数到这一首老歌。在丈夫床前演唱不知多少歌曲,这一首从来没有排上。纯属偶然,不知怎么忽然想起了,就心不在焉地为老爷子哼唱了一遍。偏偏就是这一下,创造了二十年植物状态下被唤醒的一个医学新纪录。而担任这次历史性重大演唱任务的,正是81床首长的老妻,并不是随便什么人所能取代的。她闭起眼睛,安安静静地站立在那里很久很久,享受着她最大的自我满足感。随即情不自禁以手指敲击着节奏,轻声吟唱起了《孟姜女哭长城》。

红四方面军老司号兵在静听妻子吟唱,禁不住也跟了上来。一对夕阳情侣在联袂献演,愈唱愈是情深意切,愈唱愈是醉意洋洋。

6

人们应该记得音乐学院指挥系那位年轻副教授,转眼之间,他治愈出院已经有几年了。得悉81床苏醒过来,立即前来探视他所崇敬的这位老红军病友。传闻是老伴用一首《孟姜女哭长城》唤回了老爷子的,他特地带了录音机来,要阿姨重唱一遍,录下来留作纪念。进了病房,正赶上老大妻两个一同在吟唱。他不向两位老人打招呼,先悄悄打开手提录音机录着音,然后轻声加入了吟唱,似乎他原本就是特地赶来参加友情演出的。

81床老人面部依然有些呆滞,喉咙沙哑,发音不畅。他全神贯注于吟唱的笨拙样子,让副教授深为感动。给他的感觉,这位老军人乐感超强,声音表现力特别丰富。不仅成功把握了乐曲独特的节奏,跟随乐曲的层次变化,情绪表达十分到位。似闻一个妇人呜咽哭泣,起而又息,止而又续。乐曲不似古琴曲《高山流水》那样富于描绘性;也不像二胡名曲《二泉映月》带有显著的叙述特点,《孟姜女哭长城》彻头彻尾是宣泄性的。通常歌曲会来一个大团圆,让人得到情感的缓和与慰藉。这首曲子与众不同,直至曲终,依然悲悲切切,怨愤欲绝。81床歌手不是凭借他的嗓音,而是发自心底的情感投入,倾其所有,一览无余,恰恰适应了歌曲的内在要求。其中一些装饰性唱法,渗透了民间歌手们非自觉性的美学意识,须极高的技巧,不是一般人谁都可以尝试的。副教授得出的结论是,只有这位老红军司号兵,才能将旋律中属于魂魄的精华部分渲染得淋漓尽致。仿佛老人自身不复存在,早已成为一条小溪,以它的全部流量注入了大江大河,一泻千里奔腾而去。爱乐乐团首席指挥一语不发,规规矩矩向81床行了一个三鞠躬礼。

夫人偶尔回头望望,看见老爷子眼窝中含有两颗晶莹的泪珠,从干枯多皱的面颊上滚下,如漫过一面坚硬粗糙的岩壁,滴落在土地上。他们已经度过了"金婚",妻子从来不曾看见过男人这样动情落泪。当即以她丰润的红唇,久久地热吻尚未完全脱离了植物化的红四军司号兵,热吻这个世界上她唯一最亲爱的人。

副教授以及在场的医护人员,意欲脱离这个"是非之

地",来不及了。大家干脆热烈鼓掌助兴,如同在观看一场拔河比赛,有节奏地一起呼喊:

"加油!加油!加油!"

7

大家欢欢喜喜闹哄了好一阵,终于安静了下来,音乐学院副教授这才向老夫妻俩表示衷心祝贺。81床呆坐在那里,没有任何反应,难讲他是否意识到了有人前来探视。副教授自管热情地拉着患者的手,致以他作为一个晚辈的敬意与慰问。中国工农红军唯一的一名小司号兵,告别我们二十年不肯就去,终于为一缕歌声牵引,欣然踏上了返程。这一则新闻发布出去,该有多少相识不相识的人,会送来他们对81床老人发自内心的祝福。

讲起《孟姜女哭长城》,副教授如数家珍:"这首歌传说起源于江苏松江孟家庄,流传到北方大地,发生了变异。曲调基础是依据'辽南鼓乐'改编为双管独奏曲《江河水》,又叫作《十二月花名》。六十年代初,湖北艺术剧院移植为二胡独奏曲,演出一直是采用原名加唱词。"

81床阿姨说:"啊哟!教授不讲我们哪里知道,原来这首老歌很有根底的。"

"不妨说,这首歌也同样与我有缘,由我执棒学院爱乐交响乐团对外公演,至今有三十几场了。中国艺术团去美国参加汇演,由世界著名指挥家小征泽尔指挥,波士顿交响乐团演奏,大大提高了国际影响……"高谈阔论中,副教授恍然有所醒悟,不禁呼喊起来:"不对!不对!老首长这歌儿唱的有问题!问题大了去啦!"

夫人有些不悦了:"教授!你怎么说话呢?一首老歌儿,充其量少唱一句多唱一句,有什么对不对的问题?别吓唬老百姓了!"

"不不不!不是讲唱得有问题,请不要误会!从老首长的歌声,我似乎发现了什么,我自己没有把握,不敢乱放炮。事情弄错了,等于是拿二老来制造假新闻,那可就是罪过了。"

首长夫人嘴一撇说:"有话当面讲明,何必那么神经兮兮的。"

"不不不!我得回去好好听听录音再说话。好了!二位,我们明天见!"副教授提了录音机,兴冲冲地去了。

8

第二天一早,医生查房刚刚结束。副教授如期而至。省去了探视寒暄的一切话语,他直奔主题:

"昨晚一夜无眠,录音带听了又听,直到现在脑子还处于高度兴奋状态。一时真不知该从哪里张口,才好把头绪理清,让二老听得明白。我想,我们可以采取记者采访的方式,由我提问,阿姨您答记者问,您看怎么样?"

"随你!我接受记者采访也不是一回两回了。"

"那好!请问您是不是认为,首长是听您唱《孟姜女哭长城》,一下就苏醒过来了?"

"当然!这还消问吗?这一点必须首先要肯定下来!"

"没有问题,这一点可以肯定下来。根据您自己讲,这一首歌您以前从来没有唱给首长听过,是这样的吗?"

"是!"

"等于说您确认,除去苏醒之前听到您给他演唱的这一遍,他不可能还曾听到过别人的任何一个版本,是这样的吗?"

"是!"

"也就是说,首长和您唱的完全一个样,不可能有任何一点差别,是这样的吗?"

"是!"

副教授严正指出:"问题就出在这里。我听首长和您唱的,曲子基本上就是那样,唱词明显是有区别的。"

夫人喜笑着说:"老头子平时不唱歌,什么时候高兴了,放开嗓子自由发挥一下,没有什么好奇怪的!"

"首长音准好,节奏感强,演唱也很开窍的。不过,我不会听走了样,他的唱词绝对不会是自由发挥。"

夫人更加警惕起来:"我再重复一遍,首长是听到我唱《孟姜女哭长城》苏醒过来的,其外杂七杂八拉扯什么我不想听!"

"阿姨! 既然首长是听着您的歌声苏醒的,那不就是说,植物化状态下,人的听觉是始终开启的,他同样能够听得到别人的歌声。至于要在怎样的主客观条件下,才有可能促使他作出反应,以至于重返正常状态,那是另外一个问题。"

阿姨嘲讽说:"照你这个逻辑,植物化二十年来,他听到别人的歌,那简直海了去啦! 是吗?"

"也未可知,我不能肯定,可也找不出否定的理由。"

81床家属据理力争:"我们彼此看着对方张嘴在唱,再清楚不过,一个字也不带错的!"

副教授耐心地说:"十二段词,老长老长的,就算个别字句唱的不完全统一也在所难免。我这里要指出的,不是字句上有什么具体差别,而是发声的问题。"

"哦! 我洗耳恭听,倒要看你怎么在鸡蛋里挑出骨头来。"

"这里牵涉到古代汉语的问题,我听过几次讲座,多少懂得那么一点点。这里也用不上许多专业词汇,只要阿姨您明白,古汉语分为四声,就不难理解问题的关键所在。"

"平、上、去、入,这个谁不知道!"

"好! 我们单说入声。现代汉语的普通话里,入声字已经完全缺失,在后世各自分化到其他三声里,或是分化为现代汉语的四声,只在一些方言中有保存。问题就出在这里,首长跟阿姨您不同,老人家还完整保存了唱词中所有的古汉语入声字。"

"老头子南腔北调,他又是哼哼着在唱,你怎么可能一个字一个字给他挑剔出来?"

"古汉语声调分为四类,表示音节高低变化。入声字用古音,也就是'平水韵'来读,又短又快,短促收藏,很容易分辨。"

夫人不屑地说:"我不相信!"

副教授毫不掩饰他的傲然自得:"我这个爱乐乐团首席指挥不是吃干饭的。上百件乐器在演奏,哪个演奏员错漏了一个音符,我的指挥棒一下就指戳到他的脑门心上去了!"

"再讲一遍,我不相信!"

副教授打开录音机说:"阿姨先不要把话讲得那么死。我们来放录音,当场验听,正式做一个订正。凡是首长唱到一个古音入声字,我手点一下,您注意听好了!"

"不忙不忙,以后有时间再听不迟!"81床家属力阻副教授继续"采访"下去,她打哈哈说:"让一位大教授一个字一个字来圈点,太烦人了。秦始皇不知道让你这样大费周折,知道的话,他会改变决定,万里长城不修了!"

副教授恳切要求说:"我们还是一起来听一下录音,果然不错的话,请首长点头认可才好,就算是由他本人做了一个鉴定。阿姨!请务必配合一下,请务必配合一下!"

老太太连连摆手:"他原籍山东临淄,流落到江南也已经是几辈人了。不是陕西人,不是甘肃人、宁夏人,什么秦始皇什么孟姜女,八竿子打不着的事!"夫人愈说愈是气不打一处来,拍打着枕头,下达了逐客令:"首长要睡觉了!"

副教授一脸苦笑,极力掩盖着他的慌乱与尴尬,不得不把求助的目光转向老红军病友,希望他能有所表示。老司号兵在那里闭目养神,始终面无表情,很难判断他是否听到了老妻与别人的一场激烈辩论。副教授只得提起他的录音机悻悻而去。

9

81床家属回复医院门卫电话,断然拒绝了音乐学院指挥系副教授的再次探视。她刚放下电话,人已经迈步进了病房,副教授以负荆请罪的姿态,向首长夫人作揖说:

"对不起！对不起！阿姨赶我走了，我厚着脸皮又跑来了。"

女主人笑吟吟地说："看你这话说的，欢迎你这位大教授怕还来不及呐。"

副教授取出一份资料，交给81床家属："阿姨！昨天您提到秦长城的事，一个简单明了的历史事件，我概念上很模糊，抱歉抱歉！我去图书馆查阅了资料，和人家秦始皇还真的扯不上。这里有一篇文章，请您过目一下。"

"有话请讲好了！"老太太把打印资料丢到一边去了。

副教授讲解说："孟姜女的故事，最早见于公元前549年，秦长城尚未开始修建，而齐长城西段已经完成了。传说齐国勇士杞梁，随齐庄公攻打莒国战死，妻子千里寻夫，见到丈夫尸首向天痛哭，长城为之倾倒。可以坐实，孟姜女哭长城的歌，指的正是齐长城。"

"秦长城怎么样？齐长城又怎么样？"

"古代齐国的首都是现在山东临淄一带，正是首长的原籍老家。我希望以后有机会，能陪同老爷子和阿姨去临淄一带走走，从当地方言里，不知是不是还能听得到古汉语入声字。"

81床家属仰天大笑："照你这意思，没准老头子还听到过孟姜女亲口唱的《十二月花名》哩！"

"也未可知，我不能肯定，可也找不出否定的理由。"

原是双方打嘴仗，老太太话赶话提到了首长原籍，反而为对方提供了有力的论据。她转念一想，这个人竟是如此痴迷的样子，不如就满足他的要求，免得他纠缠不休。老头子懵懵懂懂的,一大半还在梦里,管不了他的闲事。夫人态度立即和蔼了下来：

"教授！看你这样一而再再而三,不到黄河心不死！首长答应了,和你一齐听一下录音。来吧！我们开始！"

"啊哟阿姨！我怎么感谢您呢？我怎么感谢您呢？"

副教授打开了录音机,手脚麻利地操作了几个动作,播放开始。

《孟姜女哭长城》歌词采用"十二月体",用时令花名作序引。除去四月和五月空白,入声字分布在其余十个月份里,每月各有一两个两三个字。副教授坐在老太太旁边,以便将歌词中的古音入声字逐一给她指认清楚。夫人发话了,病员老红军服从命令听指挥,尽可能挺直了腰板,以一种足够"正式"的姿态,在静听自己的吟唱。

"正月里来是新春,家家户户点红灯,别家丈夫团团圆,孟姜女丈夫造长城。"

随着两位老人含糊不清的歌声,副教授伸出手指点一下正月里来的"月"字,又指点了下句中的一个"别"字。

"二月里来暖洋洋,双双燕子到南阳,新窝做得端端正,对对成双在华梁。"

上句中的"月"是重复字,不必再次指出,副教授只是点了下句中的一个"得"字。

81床家属集中注意力,在辨别老头子的吟唱发声。果然,凡遇占音入声字,他发声又快又短促,即出即收,与其他歌词唱法明显有别。重复的字不计,总共有15个古音入声字,她全都听出了。以老头子的拙口笨舌,让他对照口型来模仿,怕也学不来的,他怎么竟能发出这样一种奇异的声音呢? 夫人听"傻"了,百思不得其解。

现在就看红军小号兵的态度了,万事俱备只待东风。如果首长摇头了,本人不认可,所有问题都落实不下来,从此免开尊口;一旦首长点头认可,一切的一切都齐了,怎么讲怎么有理!

副教授十分紧张,目不转睛地在关注老人的反应。81床如同一台老式留声机,一张唱片播唱完毕,便停止了转动。没有谁用把手重新上满了发条,留声机便永远在那里纹丝不动,不会再发出任何一点微小声音的。好一阵儿,只见老人努力地抬起右摇手,食指缓缓指向音乐学院副教授说:

"你打的是一手'十三不靠'!"

"十三不靠"是麻将用语。按规则要求,包括两张麻将牌在内,14张牌之间,每一张与上下牌的数字不得靠拢,并且必须间隔两个空位以上,比如一条、四条、七条。说到"十三不靠",听上去不是那么悦耳,牌型也不那么好看。但同样赢的是大满贯,足斤足两。不过概率极小极小,若无天助,只不过南柯一梦而已。但是麻将牌的魅力也正在于此,有人宁肯落得去跳楼,也要把他这一手大牌玩下去。

老红军病友给出的结论,让副教授欣喜若狂,他双抱拳说道:"多谢老首长! 多谢老首长!"

夫人大笑说:"你多谢谁呢? 老头子言语不留余地,讲你太不靠谱了。得! 到此为止,什么孟姜女长孟姜女短的,以后就别再操这份心了。"

副教授心有不甘,希望把采访继续下去。夫人已经替他收好了录音机,递在他的手上,就差没有强行把他推出门去。来访者不得不走人了,刚刚转过身去,就听"嘭"的一声,病房的门关上了。

我观测一颗流星

去年,是世界反法西斯战争胜利50周年。我的同乡柴广平,为报刊写了一篇应征稿,记述的是抗日英雄刘玉珍的战斗故事。小柴专程送到北京来给我看,让我提提意见。

刘玉珍和我是同村同辈人,因为我自幼离开家乡,彼此并不熟悉。1944年冬天,我在太行联合中学读书,和许多同学一起,被抽调为边区杀敌英雄劳动模范大会服务。会上举办了生产展览,分配我在金皇后玉米展览馆当解说员。在参观的人群里,我意外发现了刘玉珍,他是作为磁武县代表前来出席大会的,胸前佩戴着红布条代表证。会上,他被评选为晋冀鲁豫边区一等杀敌英雄,边区政府主席杨秀峰授给他一面锦旗,一枚银质奖章。我为家乡出了这样一位神勇机智的传奇式人物颇感荣耀。我们那个小村庄——太行山东麓峰峰煤矿区山底村,也因在刘玉珍带领下,浴血抗击近千名日军,在许多抗日战争史料中留下了记载。可以毫不夸张地说,他把自己的姓名连同我们那个小山村的村名引入了史册。那年刘玉珍不过二十出头,他长我几岁,所以我和小柴谈起他,总是说这位老人如何长,这位老人如何短,其实我自己不也早已进入老人的行列了吗？十几岁和二十几岁，差异很明显，六十多岁和七十多岁的人站在一起，就很难说是谁大谁小了。

小柴谈起，刘玉珍从部队返回家乡，一直干采煤工，整整干了30年，几年前才退休。这使我很惊讶，刘玉珍入伍前就是一名战斗英雄，在部队又屡立战功，被任命为西南军区守备团团长。一个县团级干部复转回乡，总应该有个适当安排，何至于去干采煤工？不是我轻视工人，国家政策摆在那里的。小柴吞吞吐吐地告诉我，这位抗日老英雄的事情不大好说。

1954年年末，经领导同意，刘玉珍带着一名通信员，回老家探亲。以往远隔千里，也就罢了。回家来，实实在在目睹一家人的生活景况，那一份凄凉酸楚，让他难以承受。老父亲已经去世，母亲瘫痪在炕上，全靠妻子赵清华端屎端尿侍候着。他离家那年，女儿巧云刚出世，如今9岁了，瘦骨嶙峋，穿得很破旧，相见之下，一家人抱在一起痛哭一场。妻子抹够了眼泪，才想起丈夫远方归来，还饿着肚子。她向邻居借来两斤白面，擀了点面条，在砂锅里煮了煮。家乡是煤矿区，但买不起煤，烧的是小女儿打来的湿柴，满屋子是烟，睁不开眼睛。捞起一碗面，没有油，没有盐，碗里漂着几片葱叶。刘玉珍哪里吃得下。他双手捧着碗，送到老母亲面前，行了行做儿子的孝道。然后，刘玉珍久久地观望着妻子，他离家不过几年，女人已经变得这么衰弱，这么苍老。是啊！她怎么不老呢？一个缠脚妇女，本来行动就不便，加之当年跑"扫荡"摔坏了腿，一瘸一拐的，充其量是个半劳力，可她却要承担全部家务,还要侍弄几亩地。她的负重实在超出了体能的极限,夜晚倒在炕上,哼哼呀呀,借以抵抗过度的劳累。

第二天,刘玉珍向通信员小殷宣布,他决定留下来,命令通信员自己返回部队。小殷急得要哭了,他陪同首长一路,任务是照顾首长的安全和生活,现在把首长丢了,回部队怎么向领导交代? 刘玉珍想,倒也是,我犯错误,不能让人家孩子跟着犯错误,他同通信员回到了部队,递上了转业报告。部队领导以充分同情和谅解的态度,苦苦劝说刘玉珍,让他撤回转业报告。但无论如何谈不通。最后部队领导给他的答复是,要回家可以,只能算是自行离队,不能办转业,不能办复员,盖有部队印章的任何介绍信、证明信一律不能开。领导上没有给他留下一点回旋的余地,这一方面当然是维护组织的严肃性,另一方面,也表明上级是如何看重他,很不情愿放他走。但刘玉珍主意已定,转不过这个弯来。于是他不曾履行任何手续,两手空空回家了。

小柴讲述时,我就在想,刘玉珍在他人生的岔路口作出这样的选择,未免过于极端,至少这不是唯一理智而又可行的选择。不过我又想,事情过去四十多年了,世事变迁往复经历了骤雨流云的洗磨,或许有助于我们更加明晰透彻地来观察刘玉珍这一段个人历史。一颗流星陨落了,经过时空冷却,人们可以精确地加以测定。当它进入地球大气圈时摩擦燃烧,却又并未被烧毁,足见它毕竟属于一个高质量的流星体。

我相信,不会有人以为刘玉珍自行离队,是出于对战争的恐惧和厌倦。恰恰相反,如果还有仗打,这位一等杀敌英雄不会离开部队。他出入枪林弹雨,有几次子弹咬破了军服,偏偏一次也不曾"挂彩",成为他的一大缺憾。他原想有机会弥补一下,终于只能带着这个遗憾告别了军营。刘玉珍坦率承认,他对家庭看得很重。但如果就此说他是受到旧时代某种家庭观念的束缚,说他过分眷恋骨肉亲情,又未见得那么公允。解放战争开始,刘玉珍所在的地方部队编入刘邓野战军第二纵队,立即南下过黄河,随后是千里挺进大别山,几年里连一个口信也没有捎回家。他离家时,父母正害着病,妻子刚刚生产不久,但他没有丝毫犹豫,毅然决然随队出发了。建国后的最初几年,是共和国的一段黄金时期。经济建设的勃勃生机,政治生活的和谐气象,甚至冲淡了人们对战争创伤的痛苦感受。而事实上,8年抗日加3年解放战争,造成了深层的社会伤痕,特别是革命老区,更需要长时间休养生息。我们山底村近300户,就有110户军烈属,也就是说,一百多户人家生活无着。虽有代耕优抚政策,但村委会力量有限,照顾不了许多。都说刘玉珍在战场上威风八面,如出山的猛虎。现在这只猛虎将要蜷伏于洞穴中,舔平自己的伤口。他不想依赖国家,也不愿把家庭的重负加给村里人,宁可离队回家,自己来承担这一切。这实在是他事到临头所作出的一种现实选择。正如同当年他抛下父母妻儿,毅然决然地投入了南下大军的行列一样。

我又回想起,50年代初,部队里曾经盛行过一阵"改组"风。一些人为了达到另起炉灶的目的,以种种不能自圆其说的理由,摆脱了农村的结发妻子。这股风潮正是出现在战争硝烟散去,部队进入大城市之时,有着鲜明的历史印记。其来势似乎是难以抗拒的,却没有对刘玉珍产生丝毫影响,他带着对妻子的恩爱和敬意,回到了她身边。我无意牵强附会,确曾有人再三劝说刘玉珍,先把家乡那个有残疾的农家女离掉,然后从西南军政大学女生队给他介绍一个,文化水平又高又有风度,保证他称心如意。就此而论,刘玉珍不也有他头脑格外清醒的一面吗?和拟议中的西南军政大学那位女生的结合,是否一定会令他称心如意,尚未可知。可以确定无疑的是,他将给三代人的三个女性——他的母亲、妻子和女儿带来大不幸,这是刘玉珍最清楚不过的。他不难想象,那一幕幕足以令他心碎和愧悔莫及的悲剧将会怎样开始,又怎样了结。

刘玉珍早已被内定为重点培养对象,就在他请假探家前不久,上级决定他挂职去西南军政大学干部班进修,明白地向他暗示,学习回来升任副师长。是柴广平正式访问刘老,问到了这方面的情况,他才如实作了回答。他一向绝口不讲这些事,现在回头去讲自己当初如何有望被提拔晋升,显得多么无聊。而当时刘玉珍确乎正面对海阔天空的发展前景,在本部队是人所共知的。令人不解的是,他竟然来了一个向后转,打从哪里来,回到哪里去。上上下下很为他惋惜,却也不能不从内心敬服他几分。刘玉珍迈出这一步,需要加倍的勇气,他竟然可以如此坚决地离开部队,回到家乡去,却又面临的是一切没有着落。他既非转业,又不算是复员,不能指望政府部门会为他作出什么工作安排,不可能享受任何相应的待遇。他只能靠一双手,为自己和一家人挣饭吃。大军区守备团团长刘玉珍,脱去四个兜的呢料军服,穿起了斜襟袄、掩裆裤,脑门上顶起一盏井灯,干上了采煤工。

对采煤工这个职业,我自幼存有一种恐惧感。乡镇小煤窑,设施很原始,常常发生瓦斯爆炸。我三姐夫的一位兄弟,就是在瓦斯大火中丧生的。他已经逃出来了,工长丢了一把蒲扇,要他返回去取。随后他的尸体被抬出来。那不是一具尸体,简直是一块焦炭。刘玉珍以前并没有下过井,但他很快便掌握了瓦斯活动规律,他能够捕捉到种种极细微的征候,发出警报。屡次证明,他的预报准确无误,让他担任了瓦斯检查员。这个工作是兼任,不加工资不提级,只加给他一份责任。他尽心尽职,遇有危急情况,总是最后一个撤离现场。

采煤工常年在作业面上爬进爬出,饭食跟不上,身体支撑不下来。一家老小吃糠咽菜,细粮只供下井的人,矿工家庭,家家如此。我们家乡习俗——家乡的习俗永远不会淡忘——男人们不在自己家里吃饭,端着大海碗,聚集在街口大椿树下,一个个蹲在石头上吃饭。那些采煤工,高高挑起一筷子拉面,雪白雪白,和那一张张黑乎乎的煤黑脸,形成强烈的反差。他们吃完了饭,把碗筷扔在地上,等自家女人们来收。大家继续没边没沿地聊天,或议论近来战争的发展趋势,或是拉扯着什么不干不净的趣话。饭后流连于村街路口,日光充裕,树影婆娑,这可以说是矿工们最放松最畅快的一个时间段。谈笑间不觉消除了一天的气闷劳苦,一会儿又该进入地层深处去了。

以后,家乡又有人来,谈到刘玉珍退休金只有四百多元,儿子收入有限,五口之家过得相当紧张。他们建议由我出面去求见刘玉珍原部队的老领导某上将,请老将军批一张条子,商请当地有关部门,按县、团级待遇,为刘玉珍补办离休。这样,一切问题就迎刃而解。

由我去求见某上将未尝不可,但我明明知道,这是给老爷子出难题。被错划右派,或是打成了什么什么分子,依据政策条文可以平反改正。刘玉珍的情况不同,要疏通这件事,让人家从哪一个文件的哪一条哪一款入手呢?也有另一种可能,老将军并不考虑那么多,大笔一挥批了条子。有高层领导的批示,当地部门无妨顺水推舟,来一个照此办理,也未可知。事情办成办不成姑且不论,我心里总在疑惑着,刘玉珍本人是不是真的提出了这个要求?或是言语之间带有这样的意思?柴广平详尽地向我讲述过刘老的情况,如果老人有这样的想法,为什么小柴一句话也没有对我提起过?

我没有急于去求见某上将,有意拖延下来。小柴讲到,当初刘玉珍回到家乡来,第一个月拿到90元井下工资,让他喜出望外,好像这是一个多么惊人的大数字。那时候钱是很抵钱的,小米白面一样价,都是一角一斤,豆油和猪肉都是四角一斤。当年春节,刘玉珍为卧病在床的老母亲换上了里外全新的被褥,为妻子女儿添置的棉袄棉裤,一律不用土布,妻子扯的是阴丹士林布,女儿扯的是苏联花布。刘玉珍自幼习惯于山坡窑场的简陋粗淡,生活上很容易满足。不要说当地各有关方面对刘玉珍老人多有关照,即或是有一点什么难处,从老人的性情看,是不大可能向谁张口的。

后来弄清楚了。小柴来电话说明,刘玉珍本人并不曾有过要解决离休待遇的任何表示,是同村的一些好心人自作主张,说刘老出生入死那么多年,到头来连个"离休"也够不上,是按一名普通矿工退休下来的,他实在丢失得太多太多了,该找回来的,要想办法帮他找回来才好。他们显然出于为刘玉珍老人抱屈,以为这位一等杀敌英雄心理上终究是难以平衡的。看来人们对这位老军人还是缺乏深入的了解。我曾对小柴谈笑说,综合刘玉珍各方面基本条件看,假设他一直没有离开部队,假设他不曾犯过什么严重错误,假设他个人发展顺利,波折不大,且机遇又好,经历几十年,及至离休年限,他有可能担任了相当一级的高层职务,甚至于获得人民解放军任何一级的将官军衔,均属正常,并非什么奇闻逸事。我们这里为刘玉珍勾画出的一道风景线,早已为事实所粉碎,证明纯属虚妄,不过是故作惊人语。但是在40年前,就一位青年指挥员的发展前景做出种种乐观的假设,就未始不能成立。刘玉珍并不是那种自视过高的人,而作为一名热衷指挥艺术和追求捷报梦想的军事干部,对于自己的将来,也不会没有相应的假想和设计。说到底,假设只不过是假设,问题在于,刘玉珍彻底舍弃他在军队发展前景的义无反顾的决心,却并无虚假。流星既已坠落到地面上来,便不再存有升腾太空的幻想。科学一点说,陨星着陆,并不是自身坠落,而是受到地心引力的呼唤,以迸发出灿烂光亮的加速度扑向大地怀抱的。刘玉珍已归返生养他的那个小山村,完成了他此生的永久着陆。为此他甘心匍匐于地,承受着只能由他自己来承受的一切后果,而永无追悔。村里人应该知道,刘玉珍下井30年,一车一车拖出多少质地纯正的亮晶晶的煤炭,何曾有哪一车夹带过只言片语,流露出了他的幽怨不平?他常常对人谈及,他作为一个全劳力,抡起十字镐,借着额头前一盏青灯照射,在地层下刨找生活,内心最踏实不过。家乡的矿井很深,下降落差大。采煤工刘玉珍的心理空间却处于无落差状态。没有落差,也就没有冲击,没有震撼,没有波动。日复一日,年复一年,平静自安。由此我们完全可以肯定,对这位老军人来说,不存在什么心态平衡不平衡问题。试想,在享有了自得其然而得其本然的数十个春秋之后,他又何苦回头给自己找过不去呢?

回返未来

九

司马迁著《史记》,行文简洁,惜墨如金。关于举世共仰的都江堰工程,关于都江堰的设计者建造者李冰,只有寥寥数语:"蜀守冰凿离堆,辟沫水之害,穿二江成都之中。此渠皆可行舟,有余则用溉浸,百姓飨其利。"仅此而已。

世界各地,保留下来古建筑物很多,论其文物价值,不便区分高下。有一点可以肯定,没有任何一个建筑工程,能比都江堰,如一部永动机,从公元前256年启动,至今还在照常运转着,两千多年不喘息一下。《史记》成书,晚于都江堰约一个半世纪,想来是距离太近了一点,还来不及以历史的眼光,对这项工程做出充分的检验和认知。经历了两千多年的世事沧桑,我们有足够的理由说,都江堰实在是水利史上绝无仅有的神品,原来是很值得太史公花费一些笔墨的。

都江堰位于青城山脚下,青城山是中国十大丛林之一,周围地区道教盛行。为祭祀李冰建起的二王庙(旧称李公祠),便是由道士住持;当地流传着许多关于李冰的民间传说,也多属于仙话。川西平原历来受到岷江威胁,唐宋以来有过若干次特大洪水,总是安然无恙。这分明是由于都江堰发挥了"辟沫水之害"的防洪作用,传说中故意无视这个事实,却说李冰羽化仙逝,不肯远走他乡,依然在守护着古蜀郡一方的平安。是他屡屡用符箓道法降伏了岷江的河神水怪,才一次又一次免去了水灾。又传说李冰引郫江和检江穿过成都,担心会带来水患,于是刻了三只石犀,安放在城内石桥下,果然压住了水精,不能为害。于是有了浣花草堂杜工部的一首《石犀行》:君不见秦时蜀太守,/刻石立作三犀牛。/自古虽有厌胜法,/天生江水向东流。/蜀人矜夸一千载,/泛溢不近张仪楼。……

八

治理江河,古来就有各种不同的主张,我们不能说,只有李冰的方法才是唯一切实可行的。现在有了电力,有了钢筋水泥,有了电子计算机系统等等新科技,人们更不屑于再去仿效都江堰。可是你又不能否认,都江堰是值得我们效仿的永远的经典。

如果可以斗胆为《史记》作一点补充,约略的几句言语,说明都江堰的不同寻常,我应当怎么讲呢?

这里无妨套用一句成语,叫作"水到渠成"。李冰建堰,追求的是顺其自然,不施斧凿。他注重因其势而不逆其势,应其时而不违其时。仿佛工程的最高设计要求,便是效法天地而行所无事。

当然,这并不是我的什么新发现,相信和我一同参观的游人们，都会有同样的感受。四十年前，我第一次来都江堰，只是一味惊叹于李冰超凡的想象力，似乎这万千气象的一座古堰，完全是李冰奇思妙想的成果。不曾意识到，古堰的设计建造，竟会有怎样的超越性追求。读一首古诗词，深奥难解，过一段时间又拿起来读，恍然之间才捕捉到一点神韵。李冰率古蜀百姓建堰，苦尽甘来四十多个冬春，我以同样漫长的时间，才获得了心头的一线明悟，烟雨蒙蒙中，我看到了古堰的魂魄。

七

李公的第一个得意之笔，是借用岷江出山之后的一个天然弯道作为渠首。此处正是成都平原的三角洲头，向下便豁然展开，水势平缓下来。仿佛岷江是在演唱一首歌曲，先是蕴含着无尽的音量，经宝瓶口，随即放开歌喉，长长地甩一个拖控，一泻千里，自由奔放，没有一点磕磕绊绊，清朗的歌声足以达到观众席每一个角落。李冰应和了岷江之歌的旋律，都江堰从渠首起，直至千支万派的渠水末梢，不见一坝一闸，全部水量都是自流到位，不曾遭遇任何阻滞，没有外加任何强制力，谓之无坝取水。又如同一幢古朴精美的木结构房屋，梁柱门窗，任你去查，找不到一枚铁钉。

开凿离堆，同样是大自然的赐予。有记载说，李冰见有两山相对如阙，中间裂开一条深沟，使山体分离。这无异于一个明确无误的提示，于是他选定此处，凿开一个缺口，成为引水直下成都平原的咽喉，这就是有名的宝瓶口。即使是从当时来看,开凿宝瓶口,也说不上是有多么大的工程规模。令人深思的是,李冰竟是如此敏感于流水和山丘传递给他的信息,本能地借取了天然条件。换了一个人,就未必如此,也就未必还有什么都江堰了。同样得天独厚,不是谁都能够向天公交上一份满意答卷的。

六

渠首分水鱼嘴,是顺水流方向筑起一道人字形大堤,把岷江一分为二,内江引水灌溉,外江溢洪排沙。设计者精确地利用了弯道环流,虽迎头抵触江水,并不构成抵触的力度,为汹涌奔腾的岷江保留了它表现自己性格的充分自由。岷江则乘此兴会,乐得依从人愿,自动承担起了"分四六,平潦旱"的义务。春灌季节,正是岷江枯水期,经弯道自然制约,可集中主流六成水进入内江,保证春灌需求,而外江吞水只有四成。夏秋洪水到来,内江受水限于四成,外江变为六成水,恰好可以顺利泄洪。

几乎就是一条"活"的岷江了,把自行调节作用发挥到如此淋漓尽致。李冰并不喝令从万山丛中夺路而来的一条大江静止下来,并不猝然中断它的脉息搏动,而是在江水习常的流动中,解决了水利工程中,历来是互相依存又互相对立的种种复杂矛盾。以时间截取空间,以空间赢得时间,取水和排沙泄洪同步,灌溉与航运放排并举。这分水堤,还只是都江堰三大主体工程之一,如果连同宝瓶口和飞沙堰,从整体布局来考察,其系统作用更加凸显出来,随机有序,浑然天成,奥妙之处简直不可思议。

据专家们讲,必须引用动力平衡原理,弯道环流原理,和"整体、综合、优化"的系统思想,才能对古堰作出相应的解释。这就成为一个问题了。两千多年前,有谁能够想象现代工程理论为何物呢?有谁讲得出所谓系统思想究竟是什么仙丹妙药呢?可是,都江堰立在那里,又确实体现了两千多年以后才告面世的现代理论,确实展示了如此深刻的现代系统思想,如此完善的系统方法。似乎古堰设计建造者完全不受时空局限,达到了一种知解无碍的自由状态,这个悖谬情况如何拆解得清楚呢?

我来回答,就很简单,都江堰工程是李冰同日月山川达成的一个默契。

五

周恩来总理在世时,有过这样的感慨,说"水利比上天还难。"他讲上天,是指比航天还难。难在哪里,他没有详谈。我想和今天相比,尽管有许多具体不同之处,大凡兴修水利可能遇到的所有难题,李冰都是经历过的,不都顺利解决了吗?如此说来,水利比上天还难,并不包括古时,难也就难在我们今天。

最大的难题,想来怕是生态环境保护问题了。这是一个过于模糊、过于复杂、过于沉重的问题。如果我们回过身去向李公请教,回答的语气会是相当轻松的。对他来说,这是自不待言的事情,是顺理成章的事情。李冰不与天地争胜,无意以征服者和主宰者的姿态,去完成重新安排山河的豪迈壮举。他是那样轻手轻脚,根本不足以对生态平衡构成任何威胁。李公建堰,不过是向大自然小有借取。以现在的技术手段,我们不难为李冰算出一笔账来,他向自然界借取的一切一切,都给予了千倍万倍的回报,又何止千倍万倍。

成都一带属于湖沙堆积平原,至今尚在造陆过程中。岷江挟带大量泥沙卵石冲淤下来,照这样推算,过去两千多年了,成都平原早应该是乱石狼藉,一片荒漠了。事实恰恰相反,人们所看到的是:"蜀沃野千里,号为陆海。旱则引水浸润,雨则杜塞水门。故记曰:水旱从人,不知饥馑,时无荒年,天下谓之天府也。"

这个生态奇迹从何而来?正是来自闻名遐迩的六字诀——"深淘滩,低作堰"。

六字诀是都江堰每年进行养护维修的准则,高度浓缩为这六个字。"深淘滩",是指为了保证足够的水位,宝瓶口内沉积的泥沙卵石,必须深入淘挖,淘挖到埋有"卧铁"的深度,才够标准。"低作堰",是说飞沙堰不可作得过高,只能低作。因为这一道石堰既用于排沙,又是一个溢洪道,堰作高了,反倒失掉了权衡调节的功能。"低作"又以什么为标准呢?宝瓶口石壁上凿刻了一道道笔画,用红漆涂过。当水位达到十三画时,便可漫过飞沙堰堰顶,开始发挥排沙溢洪的效用。为什么不是十二画,也不是十四画,而是十三画呢?西方人说,这个数字代表凶兆,按中国古老的说法,十三这个数字是春阳牡丹,代表着一种欣欣向荣的旺盛的生机。

我们无从考证,李冰建堰之前,是不是对生态前景作出了光明的预测。有一点很清楚,李冰已经预知,如果不能保证工程进入永久的良性循环,生态后果则不堪设想,所以他手订了六字诀,提出了硬性要求。后世人们心领神会,知道这六字诀"循则治,失之则乱,虽大禹复生,不能易也。"人们一年又一年,一个世纪又一个世纪,深淘深挖,于是完全避免了下游淤积,保障了长久的生态平衡。成都平原本来是注定要走向一片荒寂的,却被宝瓶口涌出的汩汩清流溶解为一片陆海,成就了一个"天府之国"。站在今天来看,这等于超前两千年,预支了生态效应,而不是事后亡羊补牢,耗费巨大人力物力去恢复生态平衡。

今日都江堰,灌溉着27个县市,900多万亩良田,为四川首府等大中城市提供了工业和生活用水。李冰引二江双过郡下,使得芙蓉城至今一年四季水源丰足,生意盎然。由李冰勾画出的"二江抱城"的古时风韵,和谐地融入这个繁盛异常的大都会。"天府之国"的公民们,颇为家乡故土有这样的美称而自豪,是不是每个人都清楚这个美称源于何处呢?

四

都江堰无岁不修。岁修工程中,出现了一个"软"建筑和"硬"建筑之争。渠首大堤,采用的是竹笼卵石结构,即所谓"软"建筑。说来颇有意思,正是南宋大诗人陆游,心血来潮,首先提出了以一种一劳永逸的技术代替竹笼,以免岁一修的繁重劳苦。陆放翁的这个设想,至元末终于成为事实,改成了砌石贯铁工程,这便是"硬"建筑。

这一软一硬之争,难分难解,从元末至清代,整整争执了六百年。传统的一方认为,竹笼卵石结构,起始于李冰建堰,这里包含着李公良苦的用心,他们极力反对私智自用,坏了古人成法。光绪年间,主管古堰的一位水利同知,充分地表达了这种主张,他写了《请复篓堰旧制禀》:"石堤虽坚,能刚而不能柔,水激之其力更猛;竹篓虽陋,能泄而不与敌,水遇之其势可分。石堤撼则全局无存;竹篓颓而罅漏可补。……"

你可以说,争来争去不过是一个技术问题罢了。这位水利同知的一番言语,又分明让我们感受到了某种形而上论辩的锋芒。"天下之至柔,驰骋天下之至坚。"老子正是发现了这样一个普遍规律,由此得出结论,循体自然而行,你便会有真正的最大限度的行动自由。人们却往往反其道行之,欲执持而强行,逞刚力以妄为。岂不知这样必然要承受更大的反作用力,一旦出问题,便是从根本上崩溃,不可收拾。

我站在伏龙观前,久久注视着人字形大堤,总觉得什么地方在显现出某种理念意致的气息,我仿佛感受到了李公作为一位古哲人的缕缕思绪的灵动。

三

回家来翻书,才知道当真有这样的传说,讲李冰家族原是老子族子,隐居岷峨,与鬼谷子交云云。老子为楚国苦县曲仁里人,这个籍贯没有争议,除此之外,涉及老子身世的任何情况,历史各说不一,扑朔迷离。说李冰同老子有亲族关系,怕就更属于漫无边际的事情了。

有人揣测,是因为李冰受到普遍尊崇,道教人士自然乐于把他列入道教教祖的族谱,于是有了这样的传说。其实,老子是道家创始人,本与教门不相干,他死后才被奉为教祖的。既然有此传说,有文字可查,大家也就有理由作出种种推想。我宁可相信,是由于都江古堰上恍兮惚兮映照着老子论"道"的投影,人们多有体察,于是自然而然地把古堰建造者,和骑在青牛背上慢慢向我们走来的那位须发飘然的老者联系在一起了。尼采说过,老子留下的五千言,"像一个永不枯竭的井泉,满载宝藏,放下汲桶,唾手可得。"我不敢说,李冰一定拜读过老子刻写的竹简,如果他不曾受过《老子五千文》的滋润,那只能说是他的心性恰合于道,"合于道者,道亦乐得之"。

二

人说李冰治水成功,一个重要原因,是他继承了鲧和大禹治水的经验。这个话,笼统讲并无不妥,我觉得尚可斟酌。传说中的人物鲧,治水方法是随处堵塞,成效未可得知。大禹进了一步,视地势高低疏导江河,主要是达到防洪目的。李冰则是化水患为水利,这里存在着根本的区别。

更值得重视的是,李冰竟然把一项水利工程带入了某种令人神往的化境。我们不妨说,都江堰是他心灵境界的外现。有人称颂都江堰是水利科学的灯塔,那么这灯塔的光芒,便是设计者内心的灵明了。"夫莫之命而常自然",没有如此超拔的希求,他上不了这样的设计思路。李冰建堰成功的原因,向外部去找,多属于枝节性的,要从他自身去看,可说是心入于境,神会而行,自得其然。

《史记》早有定评,修建都江堰的结果是"百姓飨其利"。还有史家坦率地指出,说李冰治理蜀郡江河,是为秦统一六国开辟交通,为秦创建稳固的后方,所谓:"造兴田万顷以上,始皇得其利,以并天下。"这是史实,没有问题。尔后一朝一代,以蜀中为战略基地争霸割据,也都是无可否认的。对于李冰,这又能说明什么呢?都江堰与此兴彼落的重大历史事件密切相关,只能说明,她理所当然要在中华史册上占有光耀辉煌的一页。后人观念中,李冰只是都江堰的设计建造者。至于他作为秦蜀守,作为统治者阵营的一员,并且是一个外来的统治者,向来不为古蜀人和当今的四川人所重视。当然,我不能说,李冰和他所处的时代没有关联,和复杂污秽的社会背景没有瓜葛。正如我不能说,蝴蝶和蝶蛹没有联系。从幼虫蜕变为蝴蝶,是又一次生命的诞生,进入了全然不同的另一重天地。或问,在花丛间翩然飞舞的那是什么?我们只能确认,那是一只蝴蝶。

一

人们称银杏树为活化石,竟然可以描绘出这种孑遗植物,在地质历史远古时期是如何生长繁盛,分布又如何之广。李冰只是战国时期人,应该不难为我们这个世界所了解的。大家容易想象,李冰是在建功立业,希望以一项水利工程惠泽万世;不容易理会到,李公把他的大半生消磨在青城山河谷了。

在这个有限的生活空间里,他无限地开阔了自己的精神空间。他苦心探索能够归入大化的设计方案,其实也是在破解设计着自己。每年清明开水灌田,同时也是以岷山积雪融化的一江凛冽的春水,浇灌培蓄着自己的生命。飞沙堰能够自行排出卵石泥沙,澄清了宝瓶口内的河床,也自行为大堰设计者疏淘出了一切凡俗的纷扰,澄清了他胸廓间的一片碧空。

李冰曾借助于神祠祭祀,宣称他受到了蜀神的示谕,实则是为了动员建堰的劳力,并非出于神圣的信念。神圣和凡俗,都属于反自然态,自会为李冰所排斥。给我的感觉,李公正是这样一个人,他超凡又并未入圣,他习惯沉潜在理念的深海下,又时时浮现于诗意的云层之上。他不避艰难重负,却又能逍遥自适。我甚至于想到,李冰的本意,并不在于水利,或许他是以都江堰这样具有永久生命力的一个创造物,向世界昭示着什么。是什么呢?人们各自领略会有不同。看来智慧是不承认时空的,历史只能是顺时针走下去,而我们这个世界的未来,则须是在回程中作逆向探求。

传说,李冰一日至后城山,遇到一位白发老人问他,听到了鼓乐声吗?天帝率众神前来迎接你了。李冰说,恰好都江堰昨天完工了,不然我怎么走得开。我希望这不是传说,李公羽化而去,确实他没有远去。

附记:

写作这篇文字,参阅了《都江堰与李冰》一书中熊达成、王绍良、丁培仁、冯广宏几位先生大作,引用了文中有关资料,在此致谢。

陈斐老素描

仿佛我们并不是站在一位老人病床前,而是站在潭柘寺那一株古银杏树下。树干空了,四周又生出了气根,高大的树冠依然是一片苍翠。

每年的八月十五和春节,我们忘不了去看望陈斐琴老人。虽然我们夫妇俩也早已经步入了老年人的行列,还只能是以晚生后辈的诚意和恭敬,站在病床前问候老人。陈斐老1990年突发脑溢血倒下,所幸救治及时,至今头脑清醒,听觉尚可,只是失去了语言能力。子女们可以作翻译,也不过一知半解。老人说的什么?像是很重要的一句话,他一再重复着,孩子们终于无法翻译出来。老人不得不放弃了这样的努力。只是张着嘴天真地笑着,如同一个婴儿。

陈斐琴的夫人李佩琳,和我是一辈人,是我的同团战友。解放战争初期,我们堂堂第二野战军政治部文艺工作团,只有三个女演员。所有老年妇女的角色,固定由一位年龄稍长的女同志担任,所有少女少妇,固定由另外一位略小几岁的女同志担任,所有媳妇大嫂这类角色,都由李佩琳担任。平时看上去,不过是军队大院里普普通通不讲究穿戴的一位老太太,你哪里会看得出,这是当年我们文工团唯一的"青衣"台柱。她能演话剧,能唱歌剧,能唱京剧,还能唱河北梆子等几种地方戏,以山西梆子为最拿手,大有郭兰英之风。那年得知李佩琳肾衰竭,我们夫妇俩赶到医院去看望她,见她情况不好,不想第三天就上路远行了。在陈斐老面前,我们当然绝口不提佩琳,老人也从不提起。他的大女儿陈东讲,她们告诉老爹,妈妈需要长期住院治疗,不可能接她回家来。父亲一生最容易相信别人的话,所以五年过去了,至今依然信以为真,从未提出过疑问。我的判断正相反,五年之久竟没有提出疑问,恰恰说明,他毫无疑问地肯定老妻已经辞他而去了。老人避免提及此事,总是用默默的笑容感染着一家大小三代人,照例分发给了每人一个好心情。陈东说,老爷子躺在床上八年多了,谁也没有特别意识到家里有病人。陈斐老以婴儿般的笑容,代替了语言,这其实是更为丰富、更为生动,又更易于理解的一种以不变应万变的人类语言。我忽有所感,仿佛我们并不是站在一位老人病床前,而是站在潭柘寺那一株古银杏树下。树干空了,四周又生发出了气根,高大的树冠依然是一片苍翠。站在树下,便可以感受到截然不同于其他场所的那种和煦清新的好气息。

他属于"三八式"知识分子老干部群体。虽是多了一点儒雅谦和,却从不会忽视原则;虽是多了一点平等观念,却从不随随便便;虽是多了一点书卷之气,却从没有疏离了部队现实;虽是多了一副深度近视镜,大致上也还不失军人姿态。

第二野战军流传这样一种说法,说我们二野出了五大才子。是哪五个人呢?开列出名单,可就有若干种不同的版本了。较为普遍的说法是:三、四、五兵团各一位宣传部长,加上野战军政治部前后两位宣传部长,一位是任白戈,一位便是陈斐琴了。任白戈赫赫有名,是上海左翼作家联盟的宣传部长,各方面素养很高,大家都知道的。陈斐琴,一般人不大熟悉,只知道他会日语,是八路军前方政治部敌工部的部员,突然调他到宣传部领导岗位上来,野政文工团的同志不免感到意外。以后才知道,他早年便就读于上海艺术大学,后留学日本帝国大学,主修莎士比亚。最近,我读到《现代中外文化交流史略》一书,和《新文学史科》第79期林焕平先生的回忆文章,对陈斐琴在日本的情况有了进一步的了解。1933年冬,中国左翼作家联盟恢复东京支盟,在代代木开了成立大会,成员便有陈斐琴,那时他使用姓名是陈松。京支盟创办了文艺杂志《东流》,陈斐琴是由五人组成的编委会委员之一。《东流》的宗旨,以发表有进步思想的小说和散文为主,在东京编辑,由上海杂志公司出版。他还是东京"国际戏剧协会"的主要成员。陈斐琴由敌工部转而主持宣传文化工作,应该说是他归队了。

当年战斗频繁,一仗接着一仗打,陈斐琴部长总是往前边跑,及时了解情况,把部队的思想教育搞得有声有色。他很会使用文工团,经常带我们下部队,有时军情紧急,没有条件搞演出,就让我们到连队代职锻炼,分散作战地勤务工作,或带担架队,或俘虏营,哪里要人到哪里去。陈斐琴作为五大才子之一,从没有表现出一个富于才学的人那样有恃无恐,那样锋芒外露,那样清高潇洒。他属于"三八式"知识分子老干部群体。虽是多了一点儒雅谦和,却从不会忽视原则;虽是多了一点平等观念,却从不随随便便;虽是多了一点书卷之气,却从没有疏离部队现实;虽是多了一副深度近视镜,大致上也还不失军人姿态。

平汉战役中,有一个解放战士王克勤,经过诉苦教育,很快成了一名战斗英雄和官兵团结的模范人物。《解放日报》1946年12月10日为此发表了社论,题为《普遍开展王克勤运动》。陈斐琴部长及早组织我们到王克勤所在部队体验生活,创作了歌剧《王克勤班》。有多少次,部队是在集结地观看了这个歌剧的演出之后,怀着和剧中人息息相通的一腔激情奔赴火线的。那一两年间,我们还连续创作演出了歌舞剧《挖工事》、歌剧《两种作风》《吕登科》、话剧《赶走红毛鬼子》等等,此外还排演了歌剧《军民一家》《白毛女》《血泪仇》以及《孔雀东南飞》《廉颇与蔺相如》等一系列传统京剧节目。那段时间,可以说是我们二野文工团的一个战地黄花的金秋季节,在每个人的履历表上,留下了永远值得回味的一页。每当老战友们谈论起这些事,总是会记起陈斐老,他观看我们演出无数次了,下一次总还要到场,总还是那么有兴致,总还是和观众一起热烈鼓掌,乐此不疲。

我在二野文工团美术组,每到一地,先把我们创作的木刻和连环画张挂起来,向部队和驻地群众展出,然后便提着几个洋铁桶去写大标语。我小心地站在梯子顶端,高高举起毛刷子,在砖墙上涂写着,石灰水顺着刷子回流下来,经袖筒到腋下,又经裤腿直到鞋袜里,从脚板心冰凉到全身。一回头,见陈部长仰面在看我写标语。他说,冰天雪地的,这样不行,在手腕上缠一条手巾,石灰水就流不下来了。过了几天,记不得我们文工团是开什么会,陈部长到场讲话,他顺便从衣袋里取出一条羊肚子毛巾,说是宣传部奖励给我的,由坐在前排的人把奖品传递过来给了我。我知道,这一份奖品,不可能是由宣传部采办来的,当然是部长本人掏的腰包。以后我向陈斐老提起过,多承他那次发奖来得及时,解决了我的实际困难。老人抱歉地笑笑说,有这么一回事吗?他一点印象也没有了。

记得1946年春,野政机关驻武安县伯延镇,得知陈斐琴部长结婚,新娘子是我们文工团的女演员李佩琳。美术组因为什么事,没有赶上参加婚礼,第二天几个人才赶去祝贺。两位新人都不在,各自忙工作去了,屋子里冷冷清清的,几乎看不出刚刚操办了喜事的气氛。那时候,女同志有谁嫁给了骑马的(即指高级干部),议论可就多了,说女方不过是为了虚荣,是贪图享受,行军有马骑了。陈斐琴深得文工团同志的好感,用现在语言讲,他人气正旺,这一桩婚事居然没有受到什么抨击。就我所记忆,李佩琳婚后没有得到什么特殊享受,骑一骑马是有的。夜色朦胧中,有人牵了一匹马在路边等候着,待文工团队伍上来了,随即听到陈斐琴部长压低了声音说,佩琳同志!换着骑一会儿吧。听他的语气,你很难分辨这是一位领导对下属的关爱,还是一位丈夫对年轻妻子的体贴。他把妻子扶上了马,警卫员牵着缰绳先走了,陈斐琴随后深一脚浅一脚,追赶着队伍。

和陈斐老相识多年,我有这样一种想象,仿佛此人站在那里,地上便会映俩影子。一个是他真实的身影,此外还有他个人历史问题带来的阴影。无论他走到哪里,无论他的年龄如何增长,即或他已经瘫痪在床上,总还是有两个影子跟随着他。

陈斐琴是1911年生人,大革命时期,已经是一名青少年共产党员。"四一二"事变后,曾在香港被捕入狱,到部队来,这件事自然是要受到审查的。由于陈斐琴心地坦诚,毫无保留地把情况讲清楚了,也没有给党组织造成什么损害,所以组织上接受他的请求,于1941年10月重新吸收他入党了。我先前听说,一般人承担不了介绍人的责任,是由一二九师政委邓小平当的介绍人。以后才知道,这个传闻不准确,实际上是由罗瑞卿和杨奇清两个人介绍的,当然小平同志肯定也是点了头的。

从陈斐琴的任职情况看,并没有因为历史问题失去了组织的信任。特别是刘伯承、邓小平以及其他领导同志,一直是很看重他的。进军西南后,他仍然担任第二野战军暨西南军区宣传部长,并曾兼任过联络部长和青年部长,一身三任,占了政治部一小半,这是很少有的。西南军区撤销时,陈斐琴奉调北京,被任命为总政"解放军文艺社"主编,以后调任海军文化部长。但是,在某种情况下,便显示出了第二个影子对他的实际影响。1955年全军授衔,他被搁置了很久,以后才授给了上校军衔。按照陈斐琴资历等各方面衡量,授上校显然尚有斟酌的余地。如果说有第二个影子,过去只是存在档案里,现在则是由他自己扛在肩上的两块牌牌,标明了这样一个事实的存在。军衔制度,无疑是军队正规化建设的一个重要举措,对少数人来说,却构成了一个严重考验。有人觉得自己授衔低了,死活不穿军服,说丢不起这个人,个别人甚至采用更为耸人听闻的方式以示抗议。陈斐琴戴着上校牌牌,出现在大庭广众场合,出现在彼此熟识的同志面前,总是自自然然,看不出有任何一点不自在,不平衡。想来,拖延太久才为陈斐琴授衔,反而让他有时间做好了必要的精神准备。不!并非事到临头,他才来做精神准备,他对自己的第二个影子,从一开始就有了透彻的认识,遇事后退一步,不给自己找过不去。不!这一类问题,也不可能是靠消极克制所能解决的,克制只能作用于一时,终于要爆发出来的。应该说,这是一个人的整体素质所决定的。陈斐琴深受温、良、恭、俭、让传统观念的浸润,加之《论共产党员修养》的熏陶,具备了足够的免疫力,从来就没有得失计较的病苦。从旁看来,他近乎苛待自己了,而在他本人,却是顺理成章事情,从没有表现出任何委屈情绪。

"三反""五反"运动当中,查出西南军区文艺单位铺张浪费严重,陈斐琴作为主管部门负责人,受到了行政降级处分。这个处分是他自己写报告申请下来的,尽管他一向生活俭朴,堪称模范,但他觉得不能因此推卸自己对下属单位应负的领导责任。铺张浪费是极大的犯罪,背一个处分也不能说冤枉了他。不过,换了另一个人,怕就未必愿意作出申请处分这样一种选择。大女儿陈东告诉我,"文革"初期,她因公从兵团回北京,在长安街转来转去几个小时,思想斗争很激烈。到了北京,怎能不回家看看呢?要回家去,又怎么和父亲见面呢?一个大叛徒,只能是劈头盖脸地批他一通,可她无论如何开不了这个口。终于还是回家了,父亲不在,已经集中起来,就要送往干校去了,这一下陈东松了一口气。当天傍晚她要返回兵团,坐在公共汽车上,远远发现父亲和被集中管理的许多人一起,在营房旁边一个空地上干活儿。他搬着一块很大的石头,一步一步往前挪动着。陈东说,在这种情况下,如果他是一副凄苦的样子,看上去倒也正常。相反,父亲干得兴致很高,认真极了,显然还带着劳动的喜悦。陈东说,这样倒反让她有说不出的心酸,她偏过头去,不敢再望着父亲。大家无不称赞陈斐老,说他在顺利的时候,总是平平淡淡,从不张扬自己。身处逆境,同样平静如常,给人感觉,他的承受力实在是超常的,是无限的。也有人出于同情,却从反面作出评论,说陈斐琴这样一味承受而默默无语,不应该看作是他的一个优长之处,只能说是他性格上的一个软弱盲从的缺陷。和陈斐老相识多年,我有这样一个想象,仿佛此人站在那里,地上便会映俩影子。一个是他真实的身影,此外还有他个人历史问题带来的阴影。无论他走到哪里,无论他的年龄如何增长,即或他已经瘫痪在床上,总还是有两个影子跟随着他。

走在匆忙繁华的人行道上,对人行道的匆忙繁华又视而不见,动中取静,似实而虚,进入这样 种状态好极了。陈斐琴撰稿中许多精当得力的文句,都是漫步人行道时获得灵感的。

三、四十年代,部队武器装备还是相当原始的,主要靠大踏步机动捕捉战机。正如苏沃洛夫所说,脚是取得胜利的基本条件,手是辅助性的。陈斐琴亲历了抗日战争和解放战争的全过程,这个读书人,以自己的一双脚,熟读了当代军事学。他深知,庙算得当,或许不难制定出一个富于奇思妙想,又是十分周密完整的战略构想。最大的问题是,如何把这个构想付诸实施,而不至于付出了相当代价之后,发现根本无法达成目标。这就必须多多借重于前线将帅了。而作为前线将帅,则应该具有无尽的想象力,善于充分发挥构想中那一份灵动奇巧。又应该具有超常的意志力,敢于面对构想中所包含着的种种险恶与不测。1947年7月,第二野战军正是以这样高度机敏和坚毅果敢的行动,千里跃进大别山,直插国民党战略纵深,一举揭开了全国战略进攻的序幕。当敌我态势十分微妙,面临左右两难的抉择时,陈斐琴目击了刘邓首长如何忧心如焚。当冲破重重险阻难关,终于胜利抵达大别山时,他又注意到"一号"和"二号"露出了沉静的笑容。从那时起,陈斐琴暗自立下了一个誓愿,一定要把自己近距离观察到刘司令员独特的指挥艺术,以及这位杰出军事家一次又一次的惊世之举编写成书,把自己所领略到小平同志的深邃思想和不动声色的文韬武略编写成书,使之光照史册。

陈斐琴的这个夙愿,一直未能付诸行动。"文革"之后,他有很长时间被挂起来了,不给作结论,不分配工作,不恢复待遇。挂着就挂着好了,他决定立即行动起来,做一个独立编书人,以实现多年的夙愿。有人曾把陈斐琴比之于司马迁,似乎有点神圣化的夸张,随便说说罢了。不过,陈斐琴长时间背着"文化大革命"遗留给他的精神重负,实际困难又得不到解决,他全都放在一边,发愤编写革命战争春秋大义,真像是领受了那么一点史太公的遗教。我去看望陈斐老,一家人住着十四平米的一间小屋,进门就是一铺大"炕",无处让客人落座。老人正在与邻居共用的小厨房里抄写文稿,一个小方凳当桌子,坐着小马扎,一米八几的人,长时间以这样弓腰驼背的姿势写作,怎么受得了?加之蚊虫叮咬,闷热难当,煤烟油腥让人透不过气来。最初收集到散见于各处的刘伯承军事著作,全是在这间小厨房里一笔一画抄写下来的。他的一支金笔,很快就磨得像针一样尖锐,不小心触到手指,一下就见血了。为了节省花销,他推着小孙子坐过的竹编儿童车,从打印社把书稿运回家,由家人装订好,他再推着小车送到邮局寄发,这样便不必花装订费和运输费了。老夫子不无得意地对我说,推着小竹车走在人行道上,不必担心安全问题,往返一趟又一趟,正好是他思考问题和谋篇造句的好时间。我完全可以想象,走在匆忙繁华的人行道上,对人行道的匆忙繁华又视而不见,动中取静,似实而虚,进入这样一种状态好极了。陈斐琴撰稿中许多精当得力的文句,都是漫步人行道时获得灵感的。

一天,海军副司令员杨国宇主动找上门来,说他保存一些有关刘、邓的文字资料和照片,愿意毫无保留地供陈斐琴选用,还表示要尽自己所能给予支持帮助。杨国宁是原二野司令部军政处长,是一位老红军,喜好写作画画,书法又好,陈斐琴喜出望外,有这样一位志同道合的老战友合作,局面就会大大不同了。同时,陆陆续续已经联系了军内外许多作者,还联系了几家有眼光有魄力的出版社,编选工作果然进入了顺风顺水。虽然军委领导已经批复,同意了他的编选工作报告,有关各方面也都给予了关注,但他们仍然立足于民间地位。不申请办公处,不申请编制,不要一辆汽车,不要一分钱经费。也不成立编辑部,执事者各执其事,分别在自己家里"上班",有问题要研究,彼此走动一下,没有会可开,没有饭可吃,没有补贴和交通费可拿。他们唯一的经济来源,是用自己应得的编辑费,来支付组稿费、资料费、邮寄费、打印费、文具纸张费等等,叫作"以战养战",养之不足,就得个人掏腰包了,陈斐老终于成为万元"负翁"了。据我所知,有那么一些回忆录写作组和传记组,编辑队伍相当庞大,其间一些人不止一次提级晋衔,一些人从组建家庭到生儿育女,若干年过去了,还不见有书出来。陈斐琴这里,几个人单兵作战,几年之间,编写出版了《刘伯承军事文选》《刘伯承军事生涯》《刘伯承军事理论探索》《刘邓大军征战记》《刘邓大军风云录》《第二野战军纪事》等共计三十六部,一千余万字。有的书还获得全国图书一等奖、金钥匙奖。其中《刘伯承回忆录》(共三集)一书,陈斐琴是在太行山时代便开始积累资料,他没有想到,近半个世纪后得以问世的这本书,竟成为我国出版的第一部共和国元帅回忆录。

陈斐琴有一篇文章,记述了刘伯承元帅从事翻译著述的情况。刘帅在战争中失去了一只眼睛,身负几处战伤,常常不顾年高体弱,抓紧战斗空隙,在一盏麻油灯下,用放大镜进行翻译。更大的困难是,他手头只有一部古老的《俄华词典》,这部词典里许多汉译令人啼笑皆非,把俄语"混成旅"一词译成了"杂种旅",把"地主"一词译成了"员外"。本来,他可以向八路军前方总部参谋长左权同志请教,左权是苏联伏龙芝军事学院的高才生。1942年6月,左权在太行山反扫荡战斗中牺牲,刘伯承失去了这位俄文老师。此后他搞翻译,主要依靠一部《露和辞典》(即《俄日词典》),他可以通过日文中的部分汉字,去揣摩原词的词义。遇有日文汉字和汉文原意不相符合的,或是用日文字母书写的,他搞不通,就写一张纸条,让警卫员拿去,问机关里懂日语的同志。陈斐琴并没有写明,机关里懂日语的同志,不是别人,正是他本人。有时,二野司令部和政治部驻地很远,刘司令员派人送纸条来,马跑得一身大汗。纸条用毛笔竖行书写,字迹工整,抬头写着"陈斐琴同志大鉴",落款"刘伯承顿首"。我明白了,陈斐琴的文章是有意模糊不清的,避免了提及自己的名字,他如何担当得起"刘伯承顿首"这一句言语呢?

陈斐琴正是遵照刘帅那种谦虚审慎、一丝不苟的极端负责精神,来完成编写工作的。为深入研究,他曾不辞辛苦,重访太行山、大别山,重访第二野战军往返驰骋的"四战之地"中原战场。凡刘帅读过的书,陈斐琴都要找来读。一些古代兵书买不到,就借珍本抄录,他至少手抄过四十几万字。他发现刘伯承青少年时代,受梁启超影响很大,就把这位饮冰室主人所有的著作都买到了手。别人不会了解,年复一年的紧张编写工作,又是他博览饱学的一个连年丰收的过程。及至后来,他的文章竟自觉不自觉地透露着梁启超早期政论文的余韵。刘帅一篇讲话里,有这样一句话,"不教而战,是为善之"。陈斐琴搞不明白,不经过训练而投入战斗,反倒是为善之,为什么?他遍查《孙子兵法》《易经》《孟子》《中庸》《大学》《十三经索引》等书,找不到这句话的出处。第四天深夜,他忽然想起,刘伯承喜欢读诸葛武侯的兵书,立即下床,扑到书架上去找。果然,《诸葛亮集》里有这样一段话:不习而战,百不当一,习而后战,以一当百,故仲尼曰:不教而战,是谓弃之。陈斐琴据此断定,刘帅的原话应该是:"不教而战,是谓弃之;教而后战,是为善之。"后经多方面核对,是记录稿把中间的八个字记漏了。许多搞军史战史研究的学者说,陈斐琴他们编写出版的数十册书,应该得到足够的评价,只讲他们"抢救"和整理出了这样大规模珍贵史料,就已经功不可没。陈斐琴往往等不及出书,提前把全书打印出来,分秒必争地分送给许多研究人员参考,又分送给一些军旅作家艺术家们创作文艺作品。试想,如果没有这几十本书,刘伯承军事思想研究,以及抗日战争和解放战争史研究,将会遗留多少空白,无法填补。

作为一位资深编辑家,他的朴实无华而又特别老到之处,全在这里了;作为第二野战军的一位老战士,他对部队的深切感情,他重温当年捷报频传时的洋洋醉意,全在这里了;作为阅历极为丰富,却又时感意犹未尽的一位老人,他对自己一生给予了自我补偿的那种内心满足和庄严感,也全在这里了。

每出版一本书,陈斐老都要签名送我一本,特意留给我的一本《刘邓大军风云录》被别人拿去了,他竟舍得自己手头使用的工作本给我了。封面上写着:"工作本,不外借,外借一次请付五十元。"写明付款数,无非是要别人免开尊口,不可能外借的。见我无论如何不敢接受,又说让我先拿去看,等有了再版书送我一本,把工作本换回去。1991年中秋,我们夫妇去探望陈斐老,他送我一本《刘伯承军事理论探索》。他心血管出了问题,卧床很久了,由我双手捧着书,他在扉页上写了"徐怀中惠存"几个大字,签上了名。字不是写出来的,是画出来的,他顽强地坚持一笔一画,极力要写得工整,无奈笔画安排得总不是地方。这些年来,陈斐琴一直在透支着自己的健康,却一直没有放在心上。他几次住进海军医院,居然可以说服值班护士,同意他在病房熄灯以后,到护士值班室去编书。

战争年代,早有"刘邓大军"之说,刘伯承、邓小平两个名字,已由一条历史的彩带接在一起了。已经出版刘的每一本书里,其实也都写到了邓的。从1987年,人民解放军建军六十周年纪念日起,杨国宇、陈斐琴联合上海文艺出版社,共同发起了编写小平同志经历的征文活动。开始定名为《三山见闻》,从太行山、大别山、写到把红旗插上喜马拉雅山。以后,确定把时限放宽,从1938年写到1965年,跨度二十八年,后来成书便定名为《二十八年间——从师政委到总书记》(杨国宇、陈斐琴、王传洪编,上海文艺出版社出版)。陈斐琴住进干休所后,有了一间小小的书房,窗外有两棵石榴树,于是他为自己的书房取名为"榴妍书屋",以谐音取"刘伯承研究"之意。现在不只是研究刘,还要研究邓,陈斐琴想到,"榴妍书屋"应该易名了。他向杨国宇建议,在两家窗前各栽两棵柏树,两家书房统一取名"双柏书屋"。杨国宇拍手说,我怎么就没有想起这个好主意,他当即铺开宣纸,提笔为"双柏书屋"题了新匾。随即买来了树苗,两位老人兴致勃勃地亲手栽种起来。他们大发雅兴,还把记述刘邓的几页原稿,深深埋进树坑里去,以作纪念。他们希望以自己的笔迹,滋润两株移栽的柏树,尽快披满新绿。

人们当不会忘记,1989年那个气候反常的炎夏。正是这年7月,《二十八年间》出版了,不久,这本书的《续编》也跟着出版了。从1938年到1965年这一段时间,正是邓小平同志展示他睿智英明和卓越领导才能,为中国革命战争和国家建设做出了巨大贡献的一个时期。编者们最初也不曾想到,一本历史回忆录,适逢其时,竟能对最为敏感、最为尖锐的现实作出回答。正如《上海新书目报》打出的一个大标题:"《二十八年间——从师政委到总书记》将告诉你,邓小平是怎样一个人"。两本书多次加印,读者还是来信说买不到书。中央和各省市报刊纷纷转载,发表评介文章。台湾出版的《中国导报》第1258期封面,转登了《二十八年间(续编)》发表的邓小平彩色照片。这家杂志连续几期,在题为"邓小平研究"专栏内,全文选登了书中的六篇文章。四十多年来,这样做法在台湾还是首次。1992年7月,《二十八年间》第三编出版了(杨国宇、陈斐琴、陈鹤桥、刘备耕编)。以后,上海文艺出版社又将三本书精装为一巨册出版,书名为《世纪伟人邓小平纪事》。和学习《邓小平文选》的热潮相呼应,由《二十八年间》为开端的民间"阅读邓小平"活动在各地兴起,并且延及到海外和世界各地,这也是几位编者始料未及的。让他们无限感慨的是,有的老同志刚刚给编辑部来电话,答应了写稿,第二天知道,他已经遽然离开了人世。有的老同志,为本书写了稿的,等到书出来,他的文字已成遗作。有的老同志,一篇文章没写完,一病不起,不得不告知编辑部更改预告目录。有的老同志长年住院,在同病魔搏斗中坚持写作,两三千字的一篇感怀小文,竟费时一年有余。每念及此,令几位编者老人涕泪不止。

1989年11月20日,小平同志会见了第二野战军战史编辑修订人员,到会的有宋任穷、秦基伟、陈锡联、陈再道等二野著名将领。陈斐琴作为修订领导小组副组长,也参加了会见。当他上前和小平同志握手时,介绍的人把他的名字说成了陈裴琴,小平同志纠正说:"他不叫陈裴琴,是陈斐琴,他是一个编书人。"

"他是一个编书人",这句话概括了陈斐琴的晚年生活。陈老曾说,他年轻时候读李白的《春夜宴桃李园序》,颇欣赏"古人秉烛夜游,良有以也"句。这一句下面有个注:"古诗云,昼短苦夜长,何不秉烛游",自开始编写刘邓书系之后,他觉得应该反其意用之:"昼短喜夜长,何不秉烛书?"陈斐琴步入暮年,义无反顾地抛开一切牵挂,只想做成一件事,那就是秉晚霞为烛,编织一部经天纬地的大文章。他终于大获成功。在无休无止的编务工作之外,他工工整整地为书系撰写了十数万字专稿,撰写了若干篇序文后记,撰写了不计其数的注释条目。读者诸君,请勿忽略字号最小的那些长长短短的注释吧!作为一位资深编辑家,他的朴实无华而又特别老到之处,全在这里了;作为第二野战军的一位老战士,他对部队的深切感情,他重温当年捷报频传时的洋洋醉意,全在这里了;作为阅历极为丰富,却又时感意犹未尽的一位老人,他对自己一生给予了自我补偿的那种内心满足和庄严感,也全在这里了。

寻访陌生的故地

1

我们一家人去上海看"世博",在宾馆安顿下来,便一同沿着南京路人行道漫步,至永安百货公司大厦前驻足下来,我默默凝视着这一座灯光明亮的高层建筑……

我不曾在上海久住,对永安公司本来是完全陌生的,由于一个特别的原因,倒像是早已很熟悉很熟悉的了,数十年来,只要有机会来上海,一定要去寻访这一处陌生的故地。

初次走进这家商厦,是上海刚刚解放。第二和第三野战军文工团随南京市各界慰问团,乘坐宁沪线恢复通车的第一列彩车抵达上海,参加庆祝活动。两大野战军联合组成数百人的腰鼓队,浩浩荡荡行进在南京路上,上海市民夹道欢迎,好一番盛况。我因为没有演出任务,便悄悄离开队伍,到路边的永安公司大厦,去追寻他——我们晋冀鲁豫军区文工团前任团长,我的入党介绍人——钱海鸿同志失落的身影。

2

初中毕业后,钱海鸿无力升学,花钱找人推荐,进入永安公司烟草部当一名店员。1938年经上海地下党介绍,他辗转奔赴延安,先进了陕北公学。看他有文艺才能,又让他转学去了"鲁艺"。以后,钱海鸿来到太行山根据地,在第十八集团军前方总部实验剧团工作。1945年初,我从太行中学毕业入伍,恰好分配在实验剧团,当时他已经是团里扛大梁的主要演员了,话剧、京剧、歌剧都少不了他。解放战争中叫得很响的歌剧《王克勤班》,就是由他扮演一号人物王克勤。

王克勤是从国民党军队解放过来的兵,当了解放军排长,他喊出一个响亮的口号:"在家靠父母,革命靠互助!"他关心体贴新解放战士,从思想上给予启发引导,使他们迅速成为有觉悟的人民战士。延安《解放日报》发表社论,号召全国"普遍开展学习王克勤运动"。当时一些地方已经出现了兵员枯竭的现象,就地补充战士对赢得这场战争至关重要。正是出于这样一种紧迫的大局意识,文工团边写剧本、边作曲、边排练,很短时间推出了歌剧《王克勤班》。

钱海鸿的表演却并非急就章,他曾去王克勤所在连队体验生活,许多细致入微的深层感受,有形无形自会融入艺术形象创造。出现在舞台上的王克勤,是那样质朴自然,富于感性,首先是打动了同台演员,加倍强化了舞台气氛,演出效果出乎意料地好。

3

也是缘分,如果钱海鸿没有从延安到前方来,我就没有机会与他相识,我的入党介绍人也就不可能是他了。

那时候,年轻人无一不是上进心很强的,相互比着,力争尽早够条件加入组织,只待进入18岁,够了入党年龄,便随时可以填表了。已经给我填了表,该要上支部大会表决通过了,两名介绍人,却因为工作调动缺了一位,支部委员钱海鸿主动表示,不必再讨论,就由他来顶上这一个缺好了。

和党员培养对象的联系,支部有统一分工,谁负责和你联系并给予帮助,也就是你的入党介绍人了。分工和我联系的不是钱海鸿,他对我并不是多么了解,却很乐意做我的介绍人。我至今六十多年党龄了,什么时候想起来,总是从内心感谢钱海鸿同志,有这样一位入党介绍人,是我的荣幸。

钱海鸿被破格晋升为晋冀鲁豫军区文工团团长,全团上下一致拥护,说这项任命称得上是领导的一个英明之举。谈及新任团长,人们少不了会说,"一个好同志!一个好同志!"这是大家给予他最高的也是最为准确的一个评价。要问这位好同志好在哪里,却一时难以回答,真不知道从何说起,找不出哪一件事情值得特别"提炼"出来,作为钱海鸿的英雄模范事迹来宣扬一番。这个"好"字,全在他平时一言一行的点滴之中,点点滴滴从人们不经意间流失了,仿佛不曾留下什么难忘的记忆。

4

我在永安公司楼上楼下去问,一无所获。公司一位负责人翻查了卷宗,最后回答我,对不起,敝公司烟草部从无一名姓钱的店员。有可能钱海鸿这个名字是他到延安之后才改的,和原先的名字对不上号。另有几个老战友,也曾来查问过,同样是失望而去。我告诉负责人,我们的钱海鸿团长在一次战斗中英勇牺牲了,无论如何要找到烈士的家人才好。我讲了他牺牲的时间、地点以及简要情况,一旦有线索,总可以先给钱团长家人、亲戚一个准确信息。

1947年6月,刘邓大军千里跃进大别山,揭开了全国战略进攻的序幕。跟随大部队快速开进,仿佛听到了天下此兴彼落的历史向前迈进的足音。不曾料想,一到大别山,上级立即决定从部队各级机关抽调干部,分散发动群众,建立地方政权,文工团也全体参加,无一例外。

钱海鸿团长紧急向全团做了动员,要求再一次轻装,幕布乐器全部上缴保存,个人的东西可以扔的全都扔掉,又要大家立刻到县仓库去领武器,当天就分散下去,来不及彼此道别一声。

近二十万国民党军队在背后紧追不舍,在这种危急情况下,文工团男男女女老老少少的,让他们脱离部队独立行动,不难想象会有怎样的严重后果。然不如此问题更大,必须尽快开辟新区根据地,才能在大别山区站稳脚跟,否则长时间无后方作战,局面不堪设想。说整个野战军将面临全军覆灭,这个话并非危言耸听。

5

钱海鸿被任命为新县泗店区区委书记兼区长,带领文工团及其他单位近三十人的工作队出发了。连泗店在什么方向也不清楚,就先上了路,边走边向老乡打听,当晚赶到泗店区夏家湾住下来,第二天黎明便遭到当地土顽武装袭击。

同住夏家湾的十多个同志,因为地形有利,及时突围出去了。钱海鸿本来也可以突出去的,他担心小演员宋天兴,跑去找小宋,拉他一同突围。没有人知道当时的具体细节,事后有人看见,钱海鸿的身体挡在小宋前面。从两人倒下的位置判断,他们是想从前门冲出去,敌人一挺轻机枪正封锁着门口,两人同样是身中数弹,两人的血流在一起,浸透好大一片土地。

宋天兴只有十三四岁,是文工团不久前才招收的学员。学员队共十多人,一同学习戏剧、音乐、美术专业常识,我负责美术课,教他们素描速写和美术字。小宋很有天分,他更着迷于演戏,总是隐藏在侧幕条后面观摩钱海鸿的戏。不妨说,小宋最终如愿以偿,他深为崇拜的一位前辈军旅演员牵着他的手,一同走在黄泉路上……

为预防不测,钱海鸿先就把六名女同志转移到后山一个小村庄,哪里知道,这正是土顽头目陈大个子(特别矮小)的老巢,等于送进了虎口。六名女同志随即被俘,派去照顾女同志的两个人也一同被俘。其中一人是剧务组的小崔,他趁敌不备逃脱,跑回县里报信。另一人是团部通信员刘春湖,这个山东小战士一点也不惧怕,将唾沫吐在敌人脸上,又大骂不止,当即被凶残的乡保队活埋。

6

我被分配在另外一个区,担任乡的武工队长。各区乡的同志听到钱海鸿等人遇难的消息,无不失声痛哭,要求去泗店参加战斗,为钱海鸿团长和小宋小刘报仇,救出六名女同志。但有规定"区不离区乡不离乡",各自坚守"阵地",怎么可能批准大家到泗店去呢?恰好六纵一支部队在当地机动,派一个连包围了夏家湾,捕获到一些土顽头头们的妻女,向对方提出交换。双方谈定一个地点,同时放人,六位女同志全部营救出来,敌顽的姑娘媳妇十多人也全都放还。

1948年8月,文工团奉调踏上归建的路程,要回军区了,应该多么高兴,但大家只是默默行军,听不到一句欢声笑语。挺进大别山时,全团八十八人,队伍长长的一大溜,现在首尾相顾不足四十名。文工团实力统计报表上,钱海鸿的名字列第一,他第一个献出了自己年轻的生命,连同另外七名烈士的遗骨,都未及妥善埋葬。一些被俘失踪的同志始终没有下落,一时间要从这一份沉重中解脱出来,不是那么容易。

是谁说起,想再复排歌剧《王克勤班》,恐怕是不可能的了。演员不够可以补充新人,但谁能胜任一号人物呢?钱海鸿的"王克勤"气质,不是可以学得来的。他是男中音,共鸣音好,音色那么浑厚那么透明,这个先天条件,也不是别人比得了的。

第十届茅盾文学奖答谢词

薄薄一本小书，无可夸口。我们刚刚欢度了新中国70年大庆，如果与国家建设发展相联系，与个人的文学写作历程相联系，也还真的可以引出许多话题。回眸之下，不胜感慨。人们思想十分单纯，丝毫不计个人得失，踊跃奔赴最艰苦的边疆一线，参加各项建设的年代，我20岁出头，深入进藏部队及康藏地区，创作了长篇小说《我们播种爱情》等。艺术上并无太多斟酌，却满腔热情，见证了那个百废待兴、蒸蒸日上的黄金年代。至1979年，我已年过半百，正值改革开放大潮涌动，为文学实践注入了新的活力，我头脑中有形无形的种种思想禁锢被冲刷干净。我借小说《西线轶事》做了一点新的探索与开掘，为回应思想解放运动，交出了自己的一份答卷。2014年，经过一个寂寞而又漫长的创作准备阶段，我着手打磨长篇《牵风记》。赶上改革开放新时代到来，我们中华民族的伟大复兴如一艘巨轮，正顺风顺水全速前进，作为离退下来的耄耋老人，同样深受鼓舞与激励。我身心愉悦、精神抖擞，完全放开了手脚，竭力做最后一搏。一本夕阳之作终于让我给对付下来了，倒也痛快淋漓。"吐噜"一下，一梭子弹尽数打了出去。继续射击,要更换备用弹夹,留给我的时间有限,怕是来不及了。或许日后可以再拾起短篇来,以延续《牵风记》的未尽之意。

此时此刻,我不能不向《人民文学》杂志社、人民文学出版社领导及责任编辑表达我衷心的谢意。两个编辑部义无反顾,迅速推出了这部作品。感谢相识或不相识的读者,乐意接受我的这一份迟到的献礼。当然,少不了也还要感谢我的老妻于增湘,家庭是我坚固的大后方,没有后方总动员的全力支援,这一场战役我打不下来。